TEA
BOOKS

Naslov originala
Siobhan Daiko
The Girl from Portofino

Za izdavača
Tea Jovanović
Nenad Mladenović

Glavni i odgovorni urednik
Tea Jovanović

Lektura / Korektura
Agencija Tekstogradnja / Agencija Ortograf

Prelom
Agencija TEA BOOKS

Dizajn korica / Crteži za korice
Lizzie Gardiner / Shutterstock and Alamy

Izdavač
TEA BOOKS d.o.o.
Por. Spasića i Mašere 94
11134 Beograd
Tel. 069 4001965
info@teabooks.rs
www.teabooks.rs

ISBN 978-86-6142-228-7

ŠIVON DAIKO

DEVOJKA IZ PORTOFINA

Sa engleskog prevela
Gordana Subotić

Za Klodu, moju sestru

Ali sestrinskoj ljubavi nisu potrebne reči...
Ona je duboka kao otkucaj srca. Uvek prisutna kao bȉlo.
– Liza Vingejt

1.

1970.

Đina je zakačila zalutali pramen glicinije koji se izvijao iznad vrata paba. *U Portofinu,* pomislila je, *topao prolećni vazduh već je zamirisao od erupcije tih ljubičastih cvetova.* Ali ovde, u Engleskoj, glicinija obično ne cveta do maja, a vreme svakako nimalo ne liči na prolećno. Na jedan prolazni trenutak preplavila ju je nostalgija; prošlo je skoro dvadeset pet godina otkako je poslednji put bila u Italiji.

Vitica glicinije dodirnula joj je obraz; treba da je oreže ili će se mušterije žaliti. Prošla je kroz vrata, pa preko odaje pokrivene crvenim tepihom do dela s barom visoke tavanice, gde je njen muž Vinsent, ili Vini, kako mu je bilo draže da ga zovu, brisao pultove. Pre nego što je stigao da je pozdravi, telefon je zazvonio te je podigao slušalicu. – *Džordž i aždaja.* Izvolite?

Đina je pošla ka privatnim prostorijama. Vini joj je mahnuo i nastavio da razgovara s pivarom o isporuci piva. Srebrnaste vlasi naglašavale su mu kosu, dajući mu karakterističan izgled, ali dečački šarm muškarca za kojeg se udala i dalje je vrebao ispod njegove sve starije spoljašnjosti.

– Jesi li to ti, mama? – Houp je pozvala iz svoje spavaće sobe. – Jesi li mi uzela lekove?

Đina je uzdahnula. Houp je bila na antidepresivima otkako se vratila iz hipi komune u Dorsetu, gde je otišla da živi pošto je prošlog leta odustala od studija arhitekture na Londonskom univerzitetskom koledžu. Kakva šteta; imala bi briljantnu budućnost, ali tokom godine pauze koju je provela u Umetničkoj školi *Čelsi*, pre nego što je počela diplomske studije, uplela se s grupom uživalaca droge i otad nije viša bila ista.

– Jesam, dušo. Uzela sam ti lekove. – Đina bi radije bacila te pilule u klozetsku šolju. Houp je bila previše zavisna od valijuma, ali posle sloma nakon raskida s poslednjim u nizu momaka pre dva meseca, Đina se mnogo brinula za nju. *Dete leptir*, kao pesma koju mušterije uporno biraju na džuboksu u pabu, ali Houp ima dvadeset četiri godine i nije više dete.

U čajnoj kuhinji Đina je skinula kaput, poravnala svoju suknju od tvida, napunila čajnik i stavila ga na šporet. Kresnula je šibicu i upalila plin; usvojila je britansku naviku čaja u pet po podne nedugo nakon što je stigla u Britaniju, iako se njena italijanska strana i dalje držala jutarnje kafe. Uskoro će otići da pomogne Viniju za šankom. Čim popije svoj čaj i proveri Houp.

Vrata čajne kuhinje su se širom otvorila i Houp je dolelujala unutra. U izbledelim farmerkama zvoncarama i beloj pamučnoj laganoj bluzi, tamnoplave kose koja joj je u slapovima uokvirivala lice, Houp je napućila usne u šarmantan osmeh koji joj je obasjao čokoladnosmeđe oči. Mnogo liči na nju kakva je nekad bila, pomislila je Đina, i na njenu istovetnu sestru bliznakinju Adelu, u onim mirnim danima pre nego što su Nemci zauzeli Portofino i sve promenili.

Đina joj je uzvratila osmeh. – Jesi li za šolju čaja, draga? – Kotrljala je „r“ kao prava Italijanka, ali je izostavljala „g“ kao prava Londonka.[1] Palo joj je na pamet da je postala nekakav hibrid.

– Hvala. – Houp je uzela šolju iz kredenca, pa izvukla stolicu. Zevnula je, pokrivši usta šakom. – Tako sam umorna. – Houpin izgovor je daleko otmeniji nego izgovor njenih roditelja; stiskali su se i štedeli da bi joj pružili privatno obrazovanje. Slaba vajda od toga, nije mogla da ne pomisli Đina.

– To je zbog pilula. – Nije pomenula dop koji je našla ispod Houpinog dušeka dok joj je juče menjala posteljinu. – Možda bi trebalo da pokušaš da se izboriš bez njih? – *I bez trave.*

---

[1] Engl.: *darlin'*. (Prim. prev.)

– Možda... – Houp je pijuckala čaj. – Ali ako ih ne uzimam, ne mogu uopšte da spavam.

Đina se spremala da joj predloži da postepeno smanji dozu i prestane da puši travu, ali vrata se naglo otvoriše i pojavi se Vini. Razrogačenih očiju, držao je telegram. – Ovo je stiglo s drugom poštom. Adresirano je na tebe, ljubavi.

Đini ruke drhte dok ustaje i uzima koverat od njega. Drhtavih prstiju vadi parče papira.

Babbo è mancato. Chiamami subito. Tommaso.

– Otac mi je umro. – Đinu je izdao glas. – Moj brat želi da ga pozovem. – Suze su joj navrle na oči, zajecala je.

– O, dušo. – Vini je obavio ruku oko nje. – Tako mi je žao.

– Da, i meni. – Houp se pridružila zagrljaju. – Kako se to dogodilo?

– Tomazo ne kaže – uzdahnula je Đina. – Moram da ga pozovem i pitam.

Kasnije, pošto se Đinin glas probio kroz krčanje linije s Portofinom, a Tomazo joj rekao da je njihov otac juče iznenada dobio srčani napad dok su večerali, Đina je uspela da ga ispita, dok ju je grlo grebalo od suza: – Kako se mama drži?

Đina je razgovarala s njim na italijanskom, jezik joj se naslađivao dok se uvijao oko poznatih reči.

– Skrhana je, naravno – rekao je Tomazo – Kad možeš da dođeš?

– Hoćeš da dođem? – Đini su se osušila usta.

– Ne samo da želim da dođeš već očekujem da dođeš. Potrebna si mami. Potrebna si celoj porodici. Vreme je da se suočiš sa svojom odgovornošću, *sorella mia.*

Nazvao ju je svojom sestrom, kao da je zaboravila na to. A istinu govoreći, nije mu mnogo bila sestra. Nije ni upoznala njegove dve ćerke. – Kad je sahrana?

– Za tri dana.

– Tako brzo?

– Možeš da doletiš sutra. S Vinsentom i Houp.

– Ne zaboravi da moramo da vodimo pab.

– Onda ostavi Vinsenta u Londonu. Siguran sam da će se snaći bez tebe nekih nedelju dana. Dovedi Houp. Svi želimo da je upoznamo.

– Bojim se da se ne oseća najbolje...

– Nešto ozbiljno? – Tomazo je zvučao zabrinuto.

Kako da se upusti u celu tu žalosnu sagu? Đina je godinama s Tomazom razmenjivala samo božićne i rođendanske čestitke.

– Houp je samo malo iscrpljena – rekla je Đina i ostalo je na tome.

– Morski vazduh će joj prijati. Njene rođake čeznu da je upoznaju.

– Sutra ću pozvati mamu – rekla je Đina. – Moram da razgovaram s Vinsentom o tome. Pozdravi sve.

– Hoću. Uprkos tužnim okolnostima, radujemo se što ćemo te uskoro opet videti.

Đina je prekinula vezu pa prošla kroz bar, gde je Vini punio pintu. Izvio je obrvu kad je prišla.

– Sve ću ti reći posle zatvaranja – prošaputala je, udišući vazduh zagušljiv od piva, cigareta i čipsa sa solju i sirćetom.

Vezujući kecelju oko struka, osmehnula se mušteriji koja je čekala. – Za šta si, dušo?

Veče je bilo naporno i Đina je padala s nogu. Iako su ona i Vini imali zaposlene: Sandru i Ketlin, čistokrvne Istenderke, popularne među mušterijama i vredne, stvorio se beskrajan niz boca i čaša, nestrpljivih mušterija i, na kraju, lokalaca koji su dokoličili posle završetka radnog vremena.

– Idi da legneš, ljubavi – Vini je na kraju predložio. – Ja ću zaključati čim ova grupa ode.

Đina ga je ovlaš poljubila u čekinjavu bradu. U prolazu je osluškivala čuje li se neki zvuk iz Houpine sobe, ali sve je bilo tiho. U svojoj i Vinijevoj sobi, odbacila je salonke s nogu, otkopčala suknju i svilenu bluzu, pa otišla u kupatilo uz sobu.

Svako veče ista rutina; istuširala bi se i oprala kosu ošišanu na paž kako bi se oslobodila vonja cigareta i piva. Pošto se obrisala, skliznula je u spavaćicu, zadigla posteljinu pa se ušuškala da čeka Vinija. Ispustila je dubok, spori uzdah. Kako da ga ostavi da sâm vodi pab? I, što je još važnije, kako će ona izdržati bez njega u Portofinu? Vini je dugo bio njen oslonac, znala je da će joj nedostajati.

Mora postojati neki način da se izvučem iz ovoga.

Vrata spavaće sobe su se otvorila i Vini je prešao do kupatila. Đina je bila na ivici sna kad je osetila kako dušek uleže, a njegovo mišićavo telo se obavija oko njenog. – Još si budna, ljubavi? – promrmljao je.

Okrenula je lice ka njemu, prepričala mu telefonski razgovor s Tomazom. – Stvarno mi se ne ide.

Vini se odlučno zapiljio u nju. – Moraš, dušo. Potrebna si svojoj mami. Zamisli kako bi se osećala kad bi Houp živela daleko, a ti iznenada ostala bez mene. Poželela bi da bude s tobom.

– Ima Tomaza.

– Tvoja majka je u žalosti. Potrebna joj je cela porodica kraj nje.

Đina je klimnula glavom. – Kako ćeš ti s pabom?

– Pivara ima zamenu. Dovešću jedan bračni par od njih. – Poljubio ju je u nos. – Ne brini.

– A šta ćemo s Houp?

– Trebalo bi da je povedeš sa sobom.

– S njom su pune ruke posla. Ne znam hoću li biti u stanju da se izborim. Naročito kad se raspustimo u Italiji.

Vini je privio Đinu uza se, milovao joj ramena. – Ne možemo nastaviti da joj popuštamo. Jednom će morati da odraste. Možda će naći svoj put u Portofinu. To će je bar odvojiti od Londona i prijatelja zavisnika.

Đina se ugrizla za usnu. – Pretpostavljam da si u pravu.

– Znam da sam u pravu. I ako zamena bude upalila, možda ću moći da se izvučem i pridružim vam se.

Ponovo ju je poljubio, ovog puta dublje. Dovoljne su bile varnice između njih da zastenje od zadovoljstva pod njegovim dodirom.

Vodili su ljubav žestoko, žestoko kako je to bilo od početka. Nikad nije bilo rutinski, uvek iskreno. Među njima nije postojalo ništa drugo osim divljenja. I ljubavi.

Toliko ljubavi.

Tela su im se zajedno njihala, a Vini se izdigao na ruke da je pogleda.

Pomilovala mu je obraz i zagledala mu se duboko u oči.

Sve će biti dobro. Mora biti. Drugačije ne vredi razmišljati.

2.

1970.

Avion *Britiš ervejza* se spuštao ka Ligurijskom moru, pa se nagnuo i zaputio ka đenovljanskom aerodromu. Đina je zurila kroz prozor; daleko dole voda je svetlucala, zlatna na poznom popodnevnom suncu. U grudima ju je stezalo od mešavine strepnje i uzbuđenja. Uzbuđenja što će ponovo videti svoj stari dom. Strepnje od sećanja koja su isplivala na površinu.

Pokazala je Houp Tigulijski zaliv i rt Portofina. Đina nikad ranije nije letela iznad te oblasti; pri pogledu na planinsko zaleđe duboko sa obe strane tanke trake stenovite obale, srce joj je tuklo. Iz visine aviona litice ispod njih izgledale su bezazleno, ali Đina je znala da nije tako. Borila se s partizanima u tim planinama protiv nacifašista pre četvrt veka, u krajolicima nepristupačnim i neumoljivim poput neprijatelja.

Uskoro su počeli da se spuštaju iznad đenovljanske luke, najprometnije u Italiji, s mnoštvom brodova, kranova i skladišta, a onda su sleteli na pistu napravljenu na tlu otetom od mora.

– Koliko nam treba do Portofina? – upitala je Houp. – Jedva čekam da upoznam tvoju porodicu.

– Oni su i tvoja porodica, dušo.

Činjenica da je Houp od početka bila poletna zbog putovanja u Italiju sa Đinom, bila je božji blagoslov, pomislila je. Houp kao da se prenula iz nedavne obamrlosti i ponovo se zanimala za život, što je moglo da bude samo dobro. Čak je spakovala svoje vodene boje, prenosni štafelaj i blok za crtanje.

Sišle su niz avionske stepenice sa ostalim putnicima. Stisnute u autobusu kao sardine u konzervi, stigle su na terminal – gde su stale u red za ulazak u zemlju, a onda se hodnikom uputile ka holu za preuzimanje prtljaga.

– Šta radi taj pas? – Houp je zurila u nemačkog ovčara koji je njuškao kofer mlade dugokose žene. Alzaški pas na kratkom povocu koji je držao policajac stroge pojave, stajao je kod carine.

– Pretpostavljam da njuška u potrazi za drogom. – Đina je prostrelila Houp pogledom. – Nisi ponela to sa sobom? – Spustila je glas pa prosiktala: – Reci mi da nisi!

Houpino lice je postalo pepeljasto. – Moram u toalet. Mislila sam da ću se izvući ako sakrijem paketić u gaćice, ali taj pas će ga nanjušiti. Idem samo da ga bacim i klozetsku šolju.

Đina je brzo udahnula. Houp bi trebalo da se zove Beznadežna,[2] s obzirom na to kakva je. Đina je pokazala ka sedištima prislonjenim uza zid u udaljenom delu hola, zaškrgutavši zubima. – Čekaću te tamo.

Našla je kolica pa natovarila svoje i Houpine kofere na njih.

Pored nje je prošla žena s bebom u kolicima.

Đini se stomak uvrnuo. *Toliko izgubljenih beba.* Većinu je pobacila u ranoj trudnoći, njeno telo bi ih odbacilo pre nego što bi oživele u njenoj materici. Ali dve koje su joj iskidale srce na deliće, dečaci blizanci, mrtvorođeni posle jedva pet meseci trudnoće, slomili su je, i još je osećala težinu tog gubitka.

Vini ju je posle toga ubedio da prestane da pokušava. Rekao je da je video kako to na nju utiče, i nije želeo da ponovo prolazi kroz to. Imala je ćerku; trebalo bi da bude srećna. Ali Đina nije mogla da ne čezne da ispuni prazne ruke novim životom. Duboko je uzdahnula, sećajući se kako je držala novorođenu Houp, udišući njen slatkasti bebeći miris, ljubeći joj meku paperjastu kosu. *Iskustvo koje se nikad neće ponoviti.*

Đina je sevala pogledom na svoje „dete leptir" kako leluja kroz hol kao da nema nijedne brige na svetu. – Hajde. Tvoj ujak će se pitati šta je s nama.

---

[2] Igra reči: *Hope* – nada; *hopeless* – beznadežno. (Prim. prev.)

Houp se osmehnula i uzela kolica, gurajući ih ka prolazu „Ništa za prijavljivanje", a Đina je koračala za njom, mrmljajući za sebe: – Bar je mogla da mi se izvini.

Jedan policajac je rukom pokazao da stanu, a Đini je srce preskočilo.

Pas je dobro onjušio njihove kofere pa se okrenuo.

Policajac ih je pustio.

Houp je odmahivala glavom. – Taj prokleti pas mi nije ni prišao. Bez razloga sam bacila svoju travu.

– Šššš. – Đina je prinela prst usnama. Bila je toliko ljuta da je mogla da je ošamari. Ali ona nikad, nikad nije digla ruku na Houp, za razliku od nekih prijatelja Engleza, čija je mantra bila, „poštedi prut i razmazi dete". Možda je Đina u tome pogrešila? Ne, nasilje samo rađa nasilje, znala je to na osnovu gorkog iskustva.

Napolju su skinule kapute na toploj aprilskoj večeri, pa se zaputile ka mestu predviđenom za čekanje. Đinin brat Tomazo im je mahnuo. Bio je robustniji nego što ga je pamtila, a kosa mu je bila prošarana sedim vlasima, kao njena i Vinijeva. Tomazo je ispružio ruke, i ona je skliznula u njegov zagrljaj. Poljubio ju je u oba obraza.

– Dobro došla kući!

Đina je uzmakla. – Kako je mama?

– Još je u šoku. Svi smo. Ali jaka je ona… izdržaće. – Okrenuo se pa rekao Houp na engleskom: – Drago mi je što se napokon upoznajemo.

Houp mu je podarila svoj očaravajući osmeh, a on joj je uzvratio dvostrukom merom. – Tako ličiš na…

– Zar ne treba da krenemo? – Đina se brecnula. – Mama nas čeka.

Natovarili su njihove kofere u prtljažnik Tomazove lanča flavije i krenuli.

Nedugo zatim stigli su do naplatne rampe. – Ovo je nešto novo – rekla je Đina.

– Završen je '67. Stiže se dvaput brže od Đenove do kuće. – Tomazo je uzeo kartu od operatera i produžio.

Autostrada proseca planinske obronke i nastavlja se strmo na zadivljujuće sagrađene vijadukte. Posle otprilike pola sata sišli su sa

15

auto-puta kod Rapala. Odatle ih je put odveo do Santa Margerite Ligure, vijugajući pored velikih hotela s prelaska iz jednog u drugi vek.

Đina se sećala da su oba mesta decenijama bila letnje odredište bogatih Milaneza. A pre rata dolazili su i bogati Englezi. Prestali su da dolaze kad se Italija 1940. svrstala uz Nemce, a onda su nemački turisti zamenili engleske.

– Ovaj grad je tako lep. – Houpin zadivljen glas dopro je sa zadnjeg sedišta. – Divne su te građevine okrečene u različite boje.

– Čekaj da vidiš Portofino – hvalisao se Tomazo. – On je još lepši.

Vožnja iz Santa Margerite trajala je dvadesetak minuta, uskim putem koji je vijugao i zaobilazio velike urvine koje su štrčale i survavale se u kobaltnoplavo more. Sve je isto, čudila se Đina, sećajući se kako je tridesetih mnogo puta dolazila tim putem. Bilo je teško odrastati u malom ribarskom selu bez zabave za mlade. Ona se nadmetala u plivanju, što je značilo da mora da ide autobusom ili da pešači do Santa Margerite i Rapala.

Put koji je vodio ka Portofinu zavijao je iza kuća što su oivičile zaliv u obliku delfina. Tomazo je parkirao na parkingu za stanare pa uzeo Đinin kofer, oglušivši se o njene proteste. Houp se, s druge strane, nimalo nije bunila kad je Đina uzela njen prtljag od nje. Pomislila je da joj je ranac težak zbog sveg tog njenog slikarskog materijala.

Samo kratka razdaljina – selo je majušno – i za nekoliko minuta zakoračili su na mali kaldrmisani trg, okrenut ka centru u udubljenju u obliku slova U. – Opa! Ovo mesto je izvanredno – divila se Houp. – Jedva čekam da ga naslikam.

– Ti si umetnica? – Tomazo je pogledao Houp postrance. – Mislio sam da studiraš arhitekturu?

Houp je ćutala, te je Đina prošaputala: – Razgovaraćemo kasnije, važi?

Tomazo je klimnuo glavom pa se zaputio ka Kalata Markoni, nizu visokih raznobojnih kuća, podignutih duž levog kraka slova U. Đina je zastala, spustila kofer pa se zadivljeno zagledala u zalazeće sunce, koje je zarumenilo nebo i obojilo more ružičastim tonovima.

Zaboravila je kako živopisan može da bude njen stari dom; kad je bila mlada, uzimala je to zdravo za gotovo.

Malo toga se promenilo. Samo ribarski čamci. Davnih godina su zauzimali praktično svaki delić male luke. Ali sad njihov broj kao da je prepolovljen, dok su se ljuljuškali duž nekoliko velikih luksuznih jahti. Podigla je Houpin kofer pa pošla za Tomazom duž keja dok nisu stigli do okeržute kuće sa zelenim kapcima od drvenih letvica, koja je generacijama u vlasništvu Đinine porodice.

Primetila je još jednu promenu. Restoran koji je Tomazo otvorio sa svojom ženom 1950, kad je Portofino postao sinonim za *dolce vita* – hedonistički način života bogatih i slavnih – zamenio je skladište u prizemlju, *magazzino*. Tu je babo nekada držao svoj ribarski čamac, čekrk i mreže. Tuga je prožela Đinu kad je pomislila na njega, te je otrla suzu iz oka.

Tomazo je otključao drvena vrata s bočne strane zgrade, a Đina je, proverivši da li je Houp prati, pošla za njim uza strme stepenice do stana svojih roditelja na prvom spratu.

Mama ih je zacelo čula; stajala je na otvorenim vratima, tanka seda kosa bila joj je pokupljena u punđu. – Kćeri moja – zavapila je kad ju je Đina obavila u topao zagrljaj. Majka kao da se smanjila; telo joj je bilo sitnije nego što ga je Đina pamtila, osetila je njene kosti ispod naborane kože.

Ali kad ju je pustila i zagledala joj se u oči, Đina je uhvatila čeličnu odlučnost porodičnog matrijarha. *Jaka žena koja je sve držala na okupu nakon...* Đina je odmahnula glavom; nije htela sad da misli o tome. Samo je rekla na ligurskom dijalektu: – Ovo je tvoja unuka Houp.

– Oup – majka je ispustila H, ne kao Londonka, već zato što je u njenom jeziku H bilo nemi glas.

Houp je iskoračila i poljubila je, osmehujući se. – *Ciao, nonna.*

Đina je zinula u čudu: nikad dosad nije čula Houp da kaže nešto na italijanskom. Imala ga je kao predmet u školi, čak je stigla do nivoa O, ali tvrdila je da se stidi da ga govori pred Đinom.

– Onda, ostavljam vas ovde – rekao je Tomazo pošto je uneo njihove kofere u stan. – Vreme mi je da idem na posao.

Đina ga je stegla za ruku. – Hvala ti što si nas sačekao na aerodromu.

– Videćemo se sutra. Sahrana je u tri u Crkvi Svetog Đorđa.

Poljubio je majku, Houp i naposletku Đinu, pa se vratio niza stepenice.

– Ti si u svojoj staroj sobi, *tesoro* – rekla je majka Đini.

Kako je lepo ponovo čuti italijansku reč za „dušo“...

– A Oup je u Tomazovoj. – Majčin osmeh je bio topao. – Dođite u kuhinju kad se osvežite. Sigurno ćete odmah da jedete, mora da ste gladne.

– O, mama, zaboravila sam da pomenem da je Houp vegetarijanka – izletelo je Đini, obrazi su joj goreli.

– Ha. Onda je dobro, zar ne, što sam spremila tvoje omiljene ligurske specijalitete bez mesa?

– Šta je nona rekla? – Houp je nakrivila glavu ka Đini.

– Rekla sam joj da si vegetarijanka, a ona je odvratila da nema problema.

– Hvala, mama. – Houp je obasjala baku očaravajućim osmehom. – *Grazie, nonna.*

Kasnije, pošto su uživale u đenovljanskom pestu s kratkom, tankom i uvijenom testeninom poznatom pod nazivom *trofie*, uz tanak hleb iz pećnice sličan pici – *focaccia di recco* – sa *prescinsêua* sirom i na kraju u *farinati*, palačinkama od leblebija, Houp je izjavila da je sita pa se izvinila kako bi mogla da ode u svoju sobu.

– Oup je lepa. *Bella.* – Majka je uzela čašu od Đine dok su prale sudove. – Tako liči na tebe i Adelu u tim godinama.

– Hvala ti što si sakrila naše zajedničke fotografije, mama. Kao što znaš, tek treba da ispričam Houp. – Đina je odložila tanjir, osetivši olakšanje što se juče setila da je to zamoli kad je zvala da im saopšti detalje leta.

– Nije sve onako kako izgleda. – Majka je isprepletala prste. – Našla sam Adelin dnevnik kad sam ti spremala sobu. Naišla sam na labavu podnu dasku, a ispod nje je bio Adelin dnevnik. Zapisala je sve što joj se desilo od oktobra 1943. Mislim da bi trebalo da ga pročitaš.

Đini se odjednom zavrtelo u glavi. Uhvatila se za kuhinjski pult. – To je poslednje što želim da uradim.

– Tvoja sestra nije bila ono što su svi mislili. – Majka je dodirnula Đinu po ruci. – Adela je bila dobra i hrabra koliko i naivna. Mislim da duguješ uspomeni na nju da saznaš istinu.

Đina nije rekla ništa. Jednostavno je privukla majku u zagrljaj. – Umorna sam. Mislim da ću i ja, kao Houp, otići u svoju sobu.

– *Buonanotte, tesoro.* – Majka ju je ovlaš poljubila u obraz. – Izgledaš umorno. Sutra će biti stresno, ali kad spustimo oca da počiva, možeš da se opustiš.

Đina je ušla u sobu koju je nekad delila sa Adelom, i koža ju je zapeckala. Njena sestra je umrla pre skoro dvadeset pet godina, ali njeno prisustvo u sobi bilo je opipljivo. Prazan krevet bio je njen. Drugi orman bio je njen. Jastuče na stolici ona je sašila. Bilo je kao da bi svakog trenutka mogla da uđe na vrata.

Đina je oprala zube koristeći umivaonik ugrađen u zid pored prozora. Odrasla je kupajući se u drvenom koritu napunjenom vodom koja se grejala na kuhinjskom šporetu. Danas se na kraju hodnika nalazi pravo kupatilo, napravljeno posle rata. Đina je zaključila da je previše umorna da bi se večeras tuširala. Skinula se, obukla spavaćicu pa legla u krevet. Dušek je bio onaj isti na kojem je spavala tokom detinjstva i tinejdžerskih godina; prepoznala je blago udubljenje na sredini.

Zažmurila je, ali san joj je izmicao. Majka je rekla da će biti u stanju da se opusti. Ali kako? Previše je zakopanih tajni koje prete da isplivaju na površinu. Đina je volela svoju sestru, ali njena sestra nije pokazivala mnogo ljubavi zauzvrat. A kad je Adela počela da radi za Nemce, Đina je očajavala zbog nje. Ono što se kasnije dogodilo donelo je strašno uništavanje u njen život; i dan-danas je osećala posledice, zajedno s preplavljujućom tugom.

A sad joj majka kaže da je Adela pisala dnevnik. Da nije bila ono što su mislili da jeste. *Tako liči na Adelu da vodi dnevnik.* Baronica, žena za koju je Adela radila pre svog posla s Nemcima, ohrabrila ju je da se oslobodi tragova svog porekla. *Bilo je suđeno da se završi u suzama, i tako se i završilo.*

Đina je poželela da je Vini tu. Telefoniraće mu ujutru, odlučila je. Reći će mu za dnevnik i pitaće ga za savet. Reći će mu i da su Houp umalo uhvatili zbog droge na aerodromu. Đina se sklupčala; još je bila besna na tu šašavu devojku. *Samo bog zna šta će sledeće uraditi.*

3.

1970.

– Neizostavno treba da pročitaš dnevnik – podstakao ju je Vini. – To bi moglo da umiri neke duhove.

– Nisam sigurna da želim da oživljavam prošlost. A tu bi moglo biti i ličnih stvari koje Adela ne bi volela da znam.

– Tvoja majka ga je pročitala, zar ne? Ne bi ti predložila da uradiš isto da nije to smatrala dobrom zamišlju.

– Istina. – Đina je zastala. – Razmisliću o tome.

– Trebalo bi da uradiš to. Kako je Houp?

Đina mu je ispričala za jučerašnji dan. – Kiptela sam od besa – dodala je.

Vini se nasmejao. – Moraš priznati da je pomalo smešno.

– Mogli su da je uhapse.

– Da, dobro, ali nisu. Zato nemoj da se brineš zbog toga.

– Pokušaću. Hvala bogu da nije imala trave u koferu. Onaj pas bi je bez imalo sumnje nanjušio.

– Što znači da neće biti urađena u Portofinu...

– Osim ako ne naiđe na nekog dilera ili drugog zavisnika. – Đina je uzdahnula. – Uštedela je novac od socijalne pomoći živeći kod kuće. Može da priušti sebi da kupi nove zalihe.

Vini je zarežao. – Trebalo je da joj tražimo da plaća smeštaj i hranu.

– Predložila sam to, ali ti si rekao ne.

– Nije joj dobro. Mislio sam da ne bi bilo pošteno prema njoj.

– Sad je prekasno. Samo treba da otvorim četvore oči...

– Srećno ti bilo, ljubavi. Kad smo kod toga, nedostajete mi obe.

Đina je čula toplinu u njegovom glasu i srce joj se istopilo. – I ti meni nedostaješ, dragi. Godinama se nismo odvajali.

– Zbog toga je ova odvojenost još teža. Ali Sten i njegova žena zasad sjajno rade. Možda bih mogao da se izvučem iduće nedelje...

– To bi bilo divno. – Đina je pogledala na sat. – Ali bolje da završimo s ćaskanjem, ne želim da naduvam mamin račun za telefon.

– Zvaću te sutra, dušo. Volim te.

– Ja tebe još više.

– Nemoguće. – Nasmejao se.

Pošto je prekinula vezu preko operatera, Đina je poravnala svoju plavu pamučnu haljinu punog gloha pa otišla u trpezariju, gde su njena majka i Houp pijuckale kafu grickajući hrskave hlebne rolnice namazane džemom od jagoda. Đina je sipala sebi šolju kafe iz lončeta za espreso s pulta, pa izvukla stolicu.

Houp je podigla pogled sa svog tanjira. – Kako je tata?

– Dobro je. Nedostajemo mu. Možda će moći da pobegne iduće nedelje.

– To bi bilo strava.

– Rekla sam mu znaš već šta.

Houp je bila dovoljno pristojna da izgleda postiđeno, obrazi su joj se zacrveneli. – Izvini, mama. Shvatila sam da je to bilo glupo.

– Dobro. Neka ti to bude za nauk.

– O čemu razgovarate? – upitala je Đinina majka.

Đina joj je objasnila da će Vini možda doći, a majka je izrazila zadovoljstvo. Predložila je da Đina i Houp pođu s njom u pogrebni zavod radi tradicionalnog „pečaćenja kovčega". Đina se setila uznemirujućeg iskustva kad su je ohrabrivali da poljubi voštani, kao kamen hladan obraz njene none, koja je umrla kad je Đini bilo petnaest. Nona je ležala u hrastovom kovčegu, u najboljoj nedeljnoj odeći, dok je cela porodica plakala i zapomagala oko nje. Đina nije želela da Houp doživi taj običaj i, da bude iskrena, ni sama nije želela da prolazi kroz to. Odbila je, uz izgovor da Houp nije upoznala svog deku za života i da bi bilo neprikladno da njen prvi susret s njim bude posle njegove smrti.

Majka je klimnula glavom i predložila Đini da pokaže Houp selo, a Houp se bez oklevanja saglasila s predlogom. Završile su doručak, Đina je pomogla majci da pospreme, a onda su otišle.

Dole, na keju, Đina je pogledala Houpinu dugačku ružičastu cvetnu suknju, belu široku bluzu i japanke. – Jel' ti se ide negde posebno?

– Šta misliš da odemo tamo? – Houp je mahnula ka drugoj strani luke. – Volela bih da vidim onaj čudan mali zamak na brdu. Izgleda tako romantično.

Đina se trgla. Može li se izboriti s tim da pokaže Houp mesto koje je tako tragično povezano sa Adelom? – Odlična ideja – rekla je sa usiljenom razdraganošću. – Odatle se pruža neverovatan pogled.

Šetale su se kejom, prošle pored kafea koji su zamenili prizemna skladišta u kućama u nizu, pa se zaputile ka malom trgu, gde je tirkizno more zapljuskivalo obalu. Dok su išle ka desnom kraku uvale u obliku slova U, Đina je pomno posmatrala ne bi li videla nekog koga bi mogla prepoznati iz starih dana. Ali činilo se da je Portofino pun pridošlica.

Zadivljeno je posmatrala elegantne pramce luksuznih motornih jahti usidrenih i nanizanih duž mola.

Mora da pripadaju novim uticajnim žiteljima.

Houp je zastala da se divi terasasto nanizanim visokim i raznobojnim kućama s druge strane zaliva. – Evo te kuće – pokazala je ka porodičnom domu Bjankijevih, jednom od nekoliko koji su još pripadali starosedeocima Portofina.

Ptičji poj je odjekivao Đini u ušima; proleće je granulo i ptice su bile ispunjene prolećnom radošću. Tu je i glicinija, nabrana preko pergola, puzi uz bočne zidove zgrada, visi s drveća. Njen miris je omamljujuć i popravlja Đini raspoloženje. Uz bezbrižan osmeh, provukla je ruku ispod Houpine pa ju je povela ka strmom stepeništu uklesanom u rub rta.

Na najvišem stepeniku staza se izravnava i pretvara u niz prstenova oivičenih kamenim zidovima na terasastom zemljištu. Niskog drveća, javora, crnogorice i grmlja ima u izobilju. Đina udiše slatkasti miris narandžinog cveta i žbunja jasmina i ponovo je opijena glicinijom. Delići Portofina, a zatim i Tigulijskog zaliva igraju se žmurke kroz azaleje – mlazovi i kapljice jarkocrvene skoro su zaslepljujući u svojoj lepoti.

Staza zavija oko druge strane rta. – Opa! – uzvikne Houp kad se ukaže cela ligurijska obala.

Nastavile su da hodaju duž drugog ravnog dela staze i iznenada su iznad njih visoke kule od kamenih zidova. Tu je gvozdena kapija s natpisom *Kastelo Braun*.

– Zašto ima englesko ime? – pita Houp.

– Zato što je britanski konzul u Đenovi, koji se prezivao Braun, krajem prošlog veka pretvorio srednjovekovnu građevinu u rezidenciju. Sad pripada Portofinu, čula sam, zbog čega je otvoren za javnost.

– Strava – kaže Houp.

Sa platoa pokrivenog pergolom gledaju zasade maslina i vinove loze koji okružuju stare seoske kuće na brdima iza sela. Portofino se ugnezdio u dnu doline kao mačka na svom ležaju, njegove živopisne kuće odražavaju se u luci kao da ogromna sirena drži ogledalo iznad mora.

Đina vodi Houp uza stepenice pa kroz još jednu gvozdenu kapiju. Natpis kaže da je zamak zatvoren – otvoren je samo vikendima, a danas je petak.

Houp slegne ramenima. – Doći ću sutra. Sad znam put.

– Hajde da se malo odmorimo – predloži Đina.

– Da, hajde. – Lagani povetarac nežno podigne Houp kosu, a ona je skloni s lepog lica.

Našle su klupu u hladu pod kišobran-borom, s neverovatnim pogledom koji se pružao pred njima. Daleko u zalivu, ribarski čamci kruže kao jato belih ptica na skoro nepomičnoj vodi.

– Mama? – Houp ćušne Đinu.

– Da?

– Zašto me nikad ranije nisi dovela ovamo? Hoću da kažem, tako je očaravajuće. Nona je sjajna, kao i ujka Tomazo. Jel' postojao neki problem? – Houp je gleda u oči.

Đina ju je uhvatila za ruku, stegnula je. – Tvoj tata i ja smo morali da radimo. Tvoja školarina je bila ogromna. A meni nije bilo dobro...

Houp je odmahnula glavom. – Ne razumem zašto si uporno pokušavala da rodiš još jedno dete. – Zastala je, ugrizla se za usnu. – Zar ti ja nisam bila dovoljna?

Đini je srce potonulo. – O, dušo. Nemoj to da misliš. Tvoj tata i ja te mnogo volimo, a imamo više nego dovoljno ljubavi da je podelimo s još jednim detetom.

Houp je frknula pa ustala. – Hajde da se vratimo kod none. Rekla je da će za ručak spremiti fritatu, omlet, s *peperonatom*. Koliko sam razumela, to je nešto kao ratatuj. Nona je rekla da će me naučiti kako se sprema.

Đini samo što nije pala vilica. Houp nikad ranije nije ispoljila nikakvo zanimanje da nauči da kuva. *Ali nikad ranije nije bila kod svoje none.* Đina je progutala knedlu krivice. – Ti vodiš, dušo.

U predviđeno vreme, u tri po podne, Đina je sedela u prvom redu crkvenih klupa, na sahrani svog oca, između majke i Houp. Mala Crkva Svetog Đorđa, dupke puna, izgledala je isto kao pre nego što je avion bacio bombu na nju 1944, budući da je pre dvadeset godina u celosti ponovo sagrađena. Đina je iskrivila lice, sećajući se relikvija tela Svetog Đorđa, sveca zaštitnika Portofina, koje su tu navodno doneli moreplovci na povratku iz krstaških ratova. Kosti su od šesnaestog veka čuvane u ćivotu u kripti, a preživele su čak i bombardovanje u Drugom svetskom ratu. Na dan praznovanja sveca, njegovi ostaci su nošeni u litiji po selu, a Đina se seća kako je kao devojčica bila obučena u belo i nosila lanternu u procesiji.

Orgulje su se oglasile, prekinuvši je u prisećanju. Pastva je ustala, a nosači kovčega, između ostalih i Tomazo, poneli su očev kovčeg prolazom da bi ga spustili na postolje ispred oltara. Majčina ramena su se dizala dok je jecala u maramicu. Đina ju je obgrlila rukom, mehanički pojeći molitvu, rešena da se ne slomi. Ako se slomi, pomislila je, potpuno će izgubiti kontrolu; decenije potiskivane tuge pokuljaće iz nje kao punjenje iz poderane krpene lutke.

Na kraju mise, sveštenik je poškropio očev kovčeg svetom vodicom i izgovorio blagoslove. Napolju, u crkvenom dvorištu, ljudi su prilazili da izraze saučešće Đininoj majci i Tomazu. Malo je njih pamtilo ili čak znalo ko je Đina. Prepoznala je Alfreda, koji je ribario s njenim ocem, i njegovu ženu Loredanu. Ali more drugih lica ostarilo je otkako ih je poslednji put videla – ili su pripadala ljudima koje su njeni roditelji upoznali posle njenog preseljenja u Englesku, tako da je Đina jednostavno predstavljala Houp i ljubazno se smešila.

Delila ih je samo kratka šetnja od groblja, smeštenog iza crkve koja se nalazi na prevlaci rta Portofino. Odatle se pružao čaroban pogled ne samo na selo već i na otvoreno more.

Sveštenikova mantija nežno leluja na povetarcu dok radi oko babovog tela u jednoj od niša u zidnoj grobnici i svi saginju glave u molitvi. Tomazova žena, Emilija, i njegove ćerke, Kjara i Federika, jecaju kao da im je srce slomljeno, ali Tomazo hrabro stoji između Đine i mame, koja sad izgleda pomireno sa sudbinom. – Postoji život i postoji smrt – mrmlja ona. – Ovo je putovanje smrti.

Posle toga, Đina, Houp i mama su pošle strmom stazom ka selu. Svratile su kod Tomaza i Emilije, na sprat iznad maminog, na kafu. Prijatno okupljanje nije u planu; sahrane su sumorni događaji u Italiji.

Mama kaže da je umorna, a Đina da će sići s njom. – Mogu li da ostanem ovde sa svojim rođakama? – pita Houp. – Volela bih da ih bolje upoznam.

Đina upitno pogleda Tomaza. Njegovim ćerkama je osamnaest i dvadeset godina. Obe rade u restoranu i izgledaju krajnje obično, nimalo nalik Houpinim pseudohipi prijateljima. Đina se zapita ima li ona išta zajedničko s njima.

– Voleli bismo da Houp provede ostatak popodneva s nama – potvrdi Tomazo. – Kjara i Federika čeznu da vežbaju engleski.

– A ja bih volela da vežbam svoj italijanski – kaže Houp, podarivši mu svoj čarobni osmeh. Na sebi ima jednostavnu crnu haljinu bez rukava koja joj divno stoji uz njenu plavu kosu. Njene čokoladnosmeđe oči izgubile su bezizrazan pogled koji su imale od kombinacije valijuma i trave. Ali Đina neće dozvoliti sebi da poveruje kako je Houp počela da se menja. *Daleko je od uobičajenog okruženja, to je sve.*

U dnevnoj sobi svog stana mama otvori gornju fioku radnog stola ispod prozora i izvadi knjigu u kožnom povezu. – Adelin dnevnik – kaže bez uvoda. – Možeš početi da ga čitaš dok se ja odmaram.

To kao da nije pitanje, već naređenje. Đina se osmehnula za sebe. *Mama, matrijarh u svom pravom izdanju.* Kako može da odbije?

4.

1970.

Đina je spustila dnevnik na stočić pored kreveta. Odbacila je cipele s visokom potpeticom, skinula crnu haljinu pa obukla komotne pantalone i bluzu, zatim opet uzela dnevnik. Bila je to tanka sveska uvezana u nešto što je ličilo na teleću kožu obojenu u ljubičasto. *Adelina omiljena boja*. Đina je sela na svoj krevet i otvorila dnevnik drhtavim prstima. Stranice na linije ispunjene Adelinim urednim, nakrivljenim slovima. Dok joj je srce tuklo, Đina je počela da čita.

9. oktobar 1943.

Dragi dnevniče,
Juče mi je bio rođendan, a ti si bio poklon od baronice – ona mi uvek daje tako divne poklone. Obožavam te, kao što obožavam nju. Miris tvojih korica i snežnobele stranice tako su privlačni. Skrivaću te i pričati s tobom kao da si mi najbolji prijatelj.

Ja i nemam pravog najboljeg prijatelja – nemam ništa zajedničko s devojkama iz Portofina, kao što nemam ništa zajedničko sa svojom identičnom bliznakinjom. Đina je muškarača i sve vreme provodi sa Stefanom, koji je nekoliko meseci mlađi od nas i živi u susedstvu, u jezivo prenatrpanoj kući, s roditeljima i šestoricom braće. Đina tvrdi da je on ne zanima romantično, da su njih dvoje samo prijatelji, zato što im je zajednička ljubav prema sportu. Rade zajedno u Manjifiku, služe u restoranu tog luksuznog hotela koji gleda na Portofino i stenoviti zaliv ispod puta za Santa Margeritu. Ali mislim da je on zacopan u Đinu – zuri u nju onim psećim pogledom.

Ona bi mogla da cilja na nešto više, po mom mišljenju. U normalna vremena, da sam na njenom mestu, cilj bi mi bio da navedem nekog od imućnih hotelskih gostiju da se zaljubi u mene. Samo što ovo nisu normalna vremena. U prošlosti bi Manjifiko *leti uvek bio pun bogataša iz Milana, zimi engleskih aristokrata, a ponekad uz ponekog bogatog Amerikanca. Ali jedina slavna osoba koju je Đina ikad pomenula bila je Eva Braun, Hitlerova ljubavnica, koja je odsedala u tom hotelu svakog leta od 1938. Ipak, Hitlerova otmena ženska neće doći idućeg leta. Italija je upravo promenila stranu u ratu – to je objavljeno prošlog meseca – a Đina je pomenula da su se nemački mornarički oficiri razmileli po* Manjifiku.

Da ti kažem nešto više o sebi, dragi dnevniče. (Sumnjam da te zanima moja sestra; ona nije mnogo zanimljiva.) Dakle, o meni. Poslednje četiri godine bila sam gospođina sobarica. Volela bih da sam išla u srednju školu, možda čak i na fakultet, ali to nije bilo planirano. Moj otac je skromni ribar i ne može da mi priušti više obrazovanje. Moram da radim za život i da doprinesem porodičnom budžetu. Svakog dana zahvaljujem Bogu što je baronica Elizabet fon Galen tražila novu služavku u vreme kad sam ja tražila svoj prvi posao.

Sigurna sam da nije uobičajeno za plemkinju da se zainteresuje za svoju sobaricu, ali baronica se prema svom osoblju ponaša sa izuzetnom dobrotom. Jednog dana, nedugo pošto sam počela da radim za nju, ušla je u biblioteku svoje divne vile. Trebalo je da brišem prašinu, ali ja sam uzela primerak romana Emil i detektivi *na italijanskom i toliko sam se zanela u čitanje da je nisam čula kad je ušla u sobu. Umesto da me izgrdi, ponudila je da mi pozajmi tu knjigu. Možeš li da zamisliš?! Utučena, objasnila sam joj da kod kuće nemam nijednu knjigu, da bi me gledali kao nekog ko se „ne ponaša u skladu sa svojim položajem" kad bih uveče čitala umesto da slušam muziku s radija i radio-drame s Đinom i roditeljima.*

Baronica je onda insistirala da svakog dana uzmem sat slobodno za čitanje. Još moram da se uštinem kad god se setim toga.

Baronica me je uzela pod svoje okrilje. Ona nema dece i verujem da me voli kao da sam joj kći. S vremenom je promenila moj zadatak, te sam od obične služavke postala ono što sam sad – njena lična sobarica, pa čak i, usudiću se da kažem, njena družbenica. Jesam li pomenula da je obožavam? Zahvaljujući njoj, mnogo sam naučila. Naučila me je nemački, kako bih mogla da čitam više knjiga iz njene ogromne biblioteke. Čak me je naučila da pomalo govorim i engleski.

Volela bih da ti pričam o Elizabet fon Galen. Rođena je u Engleskoj i njen maternji jezik je engleski, ali porodica joj se preselila u Nemačku kad je bila dete. Postala je nemačka državljanka kad se udala za barona, koji je bio mnogo stariji od nje. Pre dvadeset godina, kad se on povukao iz diplomatske službe, Portofino je postao njihov stalni dom.

Baron je umro 1928, ostavivši baronicu obudovelu u četrdeset prvoj godini. Njoj se mnogo sviđalo da živi ovde, te je odlučila da ostane. Omiljena je među žiteljima Portofina, velikodušna je prema svom osoblju i troši novac u lokalnim radnjama. Ipak, većinu vremena provodi sama.

Sviđa mi se što se oblači jednostavno u suknje do gležnjeva iz davnih vremena. Njena talasasta seda kosa srednje dužine uvek je otmeno očešljana u šinjon. Prirodno je lepa, njenoj engleski rumenoj koži ne treba nikakvo ulepšavanje. Ima divne bore ispod očiju i oko usana, ali ako se to izuzme, malo je znakova njenih poodmaklih godina. Kad je napolju, nosi šešire širokog oboda da se zaštiti od sunca.

Volim je skoro koliko volim i svoju majku. I ne mogu a da ne osećam zahvalnost što baronica nije internirana kao neprijatelj kad je Italija 1940. objavila rat Velikoj Britaniji. Ima nemački pasoš. Ali ja znam da ona ne podržava Hitlera. Kako znam? Zato što mi je sama to rekla kad je jednog jutra otkrila da slušam BBC.

Možda ne bi trebalo da pišem o ovome. Ako te bilo ko nađe, dragi dnevniče, i pročita ono što sam upravo napisala, baronica bi bila u neprilici. Moram se postarati da nađem savršeno mesto da te sakrijem od radoznalih očiju. Đina je do juče bila pripadnica Mladih fašista, kad je, kao i ja, napunila osamnaest godina. Jednom je rekla da je potpisala samo da bi mogla da se bavi sportom, ali nikad ne možeš biti previše oprezan.

Đina je uzdahnula, zgranuta Adelinim nagoveštajem. Cela porodica se u javnosti pravila da je fašistička, ali to je bilo sve. Ocu je trebala članska karta ili ne bi mogao da prodaje ribu koju ulovi.

Đina je uzdahnula pa okrenula stranu. Reči njene sestre bile su tako neodoljive. Skoro je mogla da je čuje kako govori. Stegla je zube i nastavila da čita.

10. novembar 1943.

Dragi dnevniče,
Prošlo je više od mesec dana otkako sam ti prvi put pisala. Mnogo toga se dogodilo i jedva da znam odakle da počnem.

Imamo nove stanovnike u Portofinu. Nemce! Pre nekoliko nedelja, rekvirirali su restoran Nacionale kao oficirsku kantinu, smestili ljude u vile bogataša i preuzeli Kastelo Braun. Ceo rt Portofina je naoružan protivavionskim i protivmornaričkim baterijama. Odvratno! Naš predivni park Maunt Portofino, napravljen pre samo osam godina da bi se sačuvao naš jedinstveni biljni i životinjski svet i krajolik, sad je meta napada.

O, dobri bože, posledice okupacije ne trpimo samo mi u Portofinu. Cela moja zemlja je pretvorena u ratnu zonu. Naš kralj i vlada pobegli su u Brindizi, na krajnji jug, koji je u rukama Saveznika. Italija je zvanično objavila rat Nemačkoj. Britanske i američke snage oslobodile su Napulj, ali nacisti su zaustavili njihovo napredovanje južno od Rima. To je prava i potpuna propast.

Što je još gore, Hitler je proglasio Musolinija, za kojeg smo mislili da smo ga se rešili prošlog leta, vladarem „Italijanske Socijalne Republike". Sad je stacioniran u Salou, na jezeru Garda, na severu, nedaleko od Verone. Baronica mi je rekla da je Duče postao marioneta koja igra kako Nemci sviraju. Odrasla sam pod njegovim režimom – u školi smo bili indoktrinirani kultom Musolinija – ali uvek sam ga smatrala pompeznim, a njegovo podilaženje Hitleru nečuvenim. A sad je gurnuo Italiju u još veću zbrku nego onda kad je poslao naše nepripremljene mladiće da se bore u Severnoj Africi i Rusiji. Tužno je to.

Nekima od vodećih figura iz vlade koje su prošlog jula glasale za svrgavanje Musolinija sudio je fašistički sud, a zatim ih je pogubio streljački vod. Baronica je rekla da je taj užasavajući čin tek početak mračnih vremena, a ja se bojim da je u pravu. Naša zemlja je postala ne samo bojno polje između Nemačke i Saveznika nego i poprište rata za nacionalno oslobođenje.

Danas, u tišini svoje radne sobe, baronica mi je rekla za pokret otpora. Civili antifašisti pridružili su se partizanskim formacijama, koje su osnovali vojnici iz rasformiranih jedinica Armije Kraljevine Italije, koji su izbegli nemačko hapšenje nakon primirja. A sad se Komitet nacionalnog oslobođenja, poznat i kao CLN[3] – postavio iza neprijateljskih linija. To je tako uzbudljivo, rekla sam joj, uhvativši sjaj u njenim očima, ali da budem iskrena, zabrinuta sam. Italijani antifašisti boriće se protiv Italijana fašista, kao i protiv nacista. Ako Saveznici uskoro ne stignu, bojim se da će mnogo krvi biti proliveno.

Britanci i Amerikanci kao da imaju više sreće na nebu nego na zemlji. Otkako su Nemci zauzeli Đenovu, saveznički avioni su četiri puta bombardovali grad. Avioni lete nisko iznad Portofina. Kad ispuštaju bombe na mete – izgleda da su to železničke tranžirne stanice u gradu – nebo iznad nas postaje crveno.

---

[3] It.: *Comitato di Liberazione Nazionale*. (Prim. prev.)

Jedna dobra vest. Juče smo dobili pismo od mog brata, Tomaza. Pošto je mobilisan, Saveznici su ga zarobili prošlog marta u Tunisu. Poslali su ga u logor za ratne zarobljenike u Engleskoj. Ali sad je, zato što Italija nije više u ratu s Britanijom, dobio priliku da radi, kao „saradnik". Umešao se među meštane Jorkšira i uči engleski. Drago mi je zbog njega; to će mu proširiti vidike i pomoći mu da uradi nešto sa sobom. (Tomazo je uvek bio zenica maminog oka i potpuno ga je razmazila.)

Bože, čujem Đinu da dolazi hodnikom iz naše sobe, zato je bolje da prestanem da pišem. Ona ne sme znati za tebe, dragi dnevniče. Ne sme znati za baronicu. Brzo ću te sakriti i uskoro ću pokušati da podelim još tajni s tobom.

Đinu je steglo u grudima. Sećala se svega toga. Bunkera podignutog na obronku brda iza *Manjifika*. Mamine radosti kad je dobila pismo od Tomaza. Bilo je to kao da Adela sedi na krevetu pored Đine, pričajući joj priču, njene reči su bile neobično pronicljive. Adela je uvek bila ona pametna. Bila bi odlična novinarka. Đinu je srce bolelo zbog nje, te je okrenula požutelu stranicu da nastavi da čita.

15. decembar 1943.

Dragi dnevniče,
Mnogo mi je žao što ti sto godina nisam pisala. Teško je bilo naći miran trenutak. Đinine smene u Manjifiku se stalno menjaju, te je često kod kuće uveče kad i ja, tako da ne mogu da te izvadim iz svog skrovišta. Zapravo, uskoro ću morati ponovo da te sklonim jer će se ona svakog trenutka vratiti.

Malo toga se promenilo od mog poslednjeg zapisa. Svakog dana idem na posao, nosim baronici doručak u krevet, sređujem joj sobu i pomažem joj da se obuče. Ona mi drži čas nemačkog, a onda se šetamo imanjem njene vile, ako nam vreme dozvoli. Kuvar sprema ručak, a ja ga poslužim baronici, koja uvek insistira da sednem i jedem s njom. Dok se ona po podne odmara, imam slobodno vreme za uživanje u čitanju romana. Trenutno sam na sredini italijanskog prevoda romana Prohujalo s vihorom, *koji je baronica naručila baš za mene. Volela bih da jednog dana odem u Ameriku i svojim očima vidim divna imanja kao što je Tara Skarlet O'Hare.*

Kad se baronica probudi, sluša u potaji BBC, a ja stražarim kako neko od posluge ne bi saznao šta ona radi. Žao mi je što moram da kažem da se italijanska kampanja Saveznika ne odvija dobro. Koristeći prisilni rad zarobljenih italijanskih vojnika, nacifašisti su izgradili zadivljujuću liniju utvrđenja. Bunkeri i kule podignuti su od sredozemne do jadranske obale kroz južne Apenine. Strme i neosvojive italijanske planine nalik tvrđavama premrežile su italijansku čizmu od vrha do dna. A britanske i američke vojske se muče da ih probiju.

Ovde u Portofinu, kud god da odeš, ima Nemaca. Mi, žitelji Portofina, mislili smo da će ovaj kutak rivijere biti pošteđen. U prošlosti, naši su posetioci dolazili u duhu mira i zarad uživanja u pogledu. Ali naši današnji takozvani gosti misle samo na rat i uništenje.

12. mart 1944.

Dragi dnevniče,
Izvini, ali nisam bila raspoložena da ti pišem proteklih meseci. Nije bilo mnogo toga o čemu bih pisala. A volela bih da je i dalje tako.

Prošle noći vratili su se saveznički avioni. Đina i ja smo bile kod kuće. Čule smo brujanje njihovih motora i istrčale na kej da pogledamo. Bombarderi su nam leteli iznad glava u V formaciji, očigledno na povratku iz napada na Đenovu. Izbrojale smo šezdeset šest njih, koji su srebrnasto svetlucali na mesečini.

Odjednom su pomahnitale nemačke baterije s rta. Britanski avioni su kružili, zatim su ponirali nisko. Tako nisko da smo mogle da razaznamo koncentrične krugove ispod njihovih krila, koji su pokazivali da pripadaju RAF-u.

Bez upozorenja počeli su da ispuštaju bombe. Ne na Đenovu, već na poluostrvo Portofina. Zamisli kako smo se prestravile! Đina i ja smo se uhvatile za ruke, svaka kost u telu nam se tresla. Odjek eksplozija odbijao se o brda. Stomak mi se uvrnuo, osetila sam gorak ukus u ustima. Bilo je kao da gledaš nešto na filmu. Osim što to nije bio film. Dim se podizao sa obronaka iza sela, jedak vonj štipao je za oči. Onda se pojavio babo pa odvukao Đinu i mene unutra, te smo se s njim i s mamom sakrili u skladište dok ta zastrašujuća buka nije prestala.

Činilo se da je trajalo satima, ali u pitanju su bili samo minuti. Minuti su sve što je potrebno da se okonča ljudski život. Ponovo smo istrčali napolje. Gomila cigala i kamena u plamenu bila je sve što je ostalo od zgrade uz kej, naspram luke. Restoran Luna. Omiljen i među meštanima i među posetiocima. Bombe su ga raznele u paramparčad.

„Hajde, moramo da pomognemo", rekla je Đina, povukavši me sa sobom. Nismo bile jedine koje su otrčale na mesto gde su pale bombe. Već se oformila kolona ljudi koji su morskom vodom polivali izgoreli krš. Onda smo kopali, lomeći nokte i prljeći dlanove dok nam neko nije dao lopatu.

Jedina mrtva osoba koju sam pre toga videla bila je draga stara nona, dok je ležala u kovčegu. Iako je bila hladna kao kamen, izgledala je spokojno. Ali ne i porodica Luna, koja je živela iznad restorana. Njihova izubijana, slomljena tela bila su oblivena krvlju. Oči su im bezizrazno zurile u zaborav. Plakala sam kad sam videla Viktoriju da leži tu, ruku savijenih iznad glave kao da pokušava da se zaštiti. Išle smo zajedno u osnovnu školu. Bila je verena za Emanuelea, koji je prošlog meseca mobilisan u vojsku Musolinijeve Italijanske Socijalne Republike. O bože moj. Sve je to tako tragično. Žao mi je, ne mogu više da pišem...

Đina je spustila dnevnik na svoj krevet. Obgrlila se, prisećajući se te noći. O, i te kako se sećala. Zažmurila je, stomak joj se skvrčio, vratila se kroz vreme. U 1944. U svoju smenu u *Manjifiku*. Do nemačkog oficira koji ju je pipkao. Do Stefanove objave da će se pridružiti partizanima, svoje odluke da pođe s njim. Spremala se da kaže to roditeljima kad ju je brujanje avionskih motora nateralo da izađe sa Adelom.

5.

1944.

Đinine potpetice lupkale su po mermernom podu dok se približavala stolu u uglu u restoranu *Teraca* hotela *Manjifiko*. Šest nemačkih oficira. Zarežala je u sebi. Vermaht i SS-Vafen koristili su hotel kao centar za odmor i rekreaciju, smeštajući svoje najbolje vojnike u sedamdeset soba i apartmana. Prošli su dani kad je tu služila ugledne posetioce. Otkako je šest meseci ranije počela nemačka okupacija, hotel su zauzimali ljudi koji su se mogli opisati jedino kao svinje.

Večerašnje svinje dobrano su napredovale na putu ka teškom pijanstvu. Počeli su u baru s *negroni* koktelima, praćenim jednom za drugom čašom *vermentina*, belog vina koje su pili uz obrok.

Ukusnu hranu jedva da su dodirnuli koliko su bili usredsređeni na piće. Poslužila im je specijalitet šefa kuhinje, *pansoti in salsa di noci* – raviole punjene biljem i povrćem, u sosu od oraha – i glavno jelo *scaloppa di branzino con pinoli e olive* – grilovanog brancina s maslinama i pinjolima. Bila je gladna – u poslednje vreme je stalno bila gladna – kuvalo je u njoj kad je videla koliko su hrane oficiri ostavili na svojim tanjirima.

Đina je potisnula uzdah. U Portofinu je postojao sistem racionisanja, ali retko kad je bilo raspoložive robe da se on i primeni. Babo i ostali ribari činili su što su mogli da bi utolili glad stanovništva, ali kad su nacifašisti prisvojili više od razumne količine, a ostali pokupovali na crnoj berzi sve što je preteklo, meštani su morali da se zadovolje samo ostacima. Đina bi volela da jede dok se ne zasiti u restoranu *Manjifika*. Umesto toga, morala je da se zadovolji činijom testenine bez dodataka, koju su pre početka smene davali osoblju.

Grleni nemački jezik odjekivao je s drugih stolova; restoran je te večeri bio pun. Đina je spretno žonglirala poslužavnikom dok je spuštala dekanter i šest čašica za brendi na uštirkan beli stolnjak. Građena kao Amazonka, imala je snažno telo, listovi su joj bili nalik trakama mišića od pešačenja i vožnje bicikla, bokovi i nadlaktice čvrsti od plivanja. Ali to nije sprečilo Nemce da je smatraju opravdanom metom.

Kad se sagnula da raščisti sto, osetila je kako joj se crna suknja od uniforme zateže preko mekih butina. Onda je, niotkuda, jedna ruka krenula naniže i stisla je za zadnjicu.

Odskočila je zaječavši, a tanjir je pao na pod i razbio se.

Pogled šest pari bezizraznih pijanih očiju kružio je po njoj. Oficiri svetle kose i plavih očiju, u istovetnim mornaričkim uniformama, svi su ličili jedni na druge. Osim jednog. Modar ožiljak spuštao mu se preko levog obraza. Pijano se zateturao osovivši se na noge, zakoračio prema njoj pa se skaredno zacerekao.

– *Bella signorina* – trtljao je uhvativši je oko struka pa pokušao vlažno da je poljubi u usta. – Hoćeš da se zabaviš? – Zakikotao se. – Ja ću ti pokazati šta je zabava.

– *No, grazie.* – Izmigoljila se iz njegovog stiska, koža joj se naježila od odbojnosti. Obrisala je ruku nadlanicom.

Drugovi tog odvratnog čoveka, oficiri, grohotom su se smejali, kao da je to nešto najsmešnije što su ikad videli.

Posramljena, Đina je podigla razbijen tanjir, pa ispravila ramena, čvrsto stegla poslužavnik i otišla.

Nemci su se kucnuli čašama iza nje. „*Heil Hitler*“, uglas su povikali pre nego što su pijano zapevali: „*Es ist so schön Soldat zu sein*“.[4]

Oficiri za drugim stolovima promuklo su doprineli svojim glasovima kad je Đina izašla iz trpezarije, bes joj je ključao u grudima. Da nije nosila poslužavnik, mogla im je pokazati svoj omiljeni nepristojni gest, dođavola i s posledicama.

Ruke ispružene u visini struka. Podignuti palčevi, a kažiprsti ispruženi, odvojeni od palčeva. Taj gest je doslovno značio *Tako ću te šutnuti u guzicu da ću ti ovoliko razdvojiti guzove*. Đina se

---

[4] Nem.: „Tako je lepo biti vojnik“. (Prim. prev.)

nasmejala u sebi. Uvek su joj govorili da je grublja od svoje bliznaki-nje. Ali ona je ribareva kći; nije se pretvarala da je nešto drugo. Njen rečnik i gestovi bili su karakteristični za njeno okruženje; nikad se nije pretvarala i prenemagala kao Adela.

Pošto je odnela poslužavnik u kuhinju, potražila je svog najbo-ljeg druga, Stefana.

Našla ga je u sobi za pauzu, kako puši *makedonija* cigaretu. Do-voljno je bilo ovlaš da je pogleda pa da shvati šta se upravo desilo. – Jel' neka od tih svinja nešto pokušala? – zarežao je.

Nije to bilo prvo veče da neki Nemac uhvati Đinu. Mnogi Nem-ci kao da su verovali da polažu „božansko pravo" na žensko oso-blje. Nekoliko njenih koleginica je pristalo na „zabavu" u zamenu za dodatna sledovanja za svoje porodice. Đina je zaškrgutala zubima; nikad ne bi rekla „da" nekom nacisti; to bi se kosilo sa svim onim u šta je verovala o sebi. *Možda ima ulične manire, ali nije uličarka.*

– Snašla sam se – rekla je Stefanu. – Ali mislim da neću moći još dugo da se branim od tih svinja. Večeras sam stvarno htela da im uzvratim.

Stefano je provukao prste kroz gustu kestenjastu kosu. Pogle-dom je sevao po sobi dok ga nije zaustavio na njoj. – Pozvali su me u Musolinijevu vojsku. – Zastao je. – Pre bih ošurio ruku u vrelom ulju nego postao *repubblichino*.[5]

Đina mu je prišla i načas ga zagrlila. Bio je visok – preko metar i osamdeset – a njegove široke jagodice i fino isklesana vilica činile su ga skoro pa previše privlačnim. Njene prijateljice su ludele za njim, ali ona ga je volela kao brata. – Šta ćeš da radiš? – upitala ga je.

– Odlučio sam da se pridružim partizanima u planinama. – Ohrabrujuće joj se osmehnuo. – Zašto ne pođeš sa mnom? Potrebne su im devojke kao ti da budu *stafette*.[6]

Poslužila se cigaretom iz dragocene pakle koju je kupio na crnoj berzi; uvek su delili pljuge. – Previše sam crnča da bih bila običan kurir, znaš da jesam. – Đinina fizička sposobnost značila je da može

---

[5] It.: republikančić; podrugljiv naziv za vojnike, a zatim i za sve sledbenike Italijanske Socijalne Republike. (Prim. prev.)

[6] It.: kuriri. (Prim. prev.)

da se nosi s većinom momaka svojih godina. – Volela bih da me tretiraju kao jednu od momaka.

Stefano je prasnuo u smeh. – Siguran sam da bi se složili s tobom kad bi saznali kakva si. – Namignuo je.

Ćutke su sedeli, pušeći. Đina se pitala kako bi njeni roditelji reagovali kad bi im rekla da odlazi od kuće.

Ne samo da odlazi od kuće. *Već da odlazi da postane borac za slobodu.*

Pomisao na to potpalila joj je, duboko u stomaku, uzbuđenje iščekivanja.

Pogledala je na sat. – Smena nam je gotova. Idemo.

Hodali su niza stazu ka Portofinu. Hotel je obgrlio obronak iza njih, sijaset prozora svetlelo je poput lanterni. Ispod njih, more je svetlucalo na mesečini, a prekoputa zaliva, svetla *Kastela Braun* zlatno su sijala naspram tamnog rta u pozadini.

Dok su hodali mračnim prolazom koji vodi na mali trg, Stefano je ćušnuo Đinu. Dohvatio je zgodno odbačen štap pa prineo kažiprst usnama.

Usamljeni Nemac u uniformi oficira *Kriegsmarine*[7] stajao je u zasvođenom prolazu desno od njih. Pripaljivao je cigaretu, a unaokolo nije bilo žive duše.

Đina se osmehnula i podigla palac ka Stefanu. Spremali su se da izvedu trik koji su već nekoliko puta izveli, te joj je srce uzbuđeno tuklo.

Stefano joj je dodao *makedoniju*. Nestao je u senci, a Đina je prišla Nemcu, njišući kukovima.

Ispružila je cigaretu. – Mogu li da dobijem vatre?

– *Natürlich*. Naravno.

Kresnuo je šibicom, a ona je savila šake dok je prinosila vrh cigarete plamenu.

Sjaj šibice obasjao mu je sveže, mlado lice.

---

[7] Nem.: ratna mornarica. (Prim. prev.)

Đina je spustila pogled, ne želeći da je prepozna ako je ikad bude ponovo video. – *Grazie.*

Nevidljiv, Stefano se prikrao oficiru. Zarežavši, uperio mu je štap u slabine. – Ruke uvis!

Nemac je zakevtao smesta poslušavši.

Ne sklanjajući štap, Stefano je drugom rukom izvukao pištolj Nemcu iz futrole.

Đina je bacila cigaretu, pa mu otkopčala pantalone, spustivši mu ih niz noge iznenađujuće glatke kože. Pantalone su se zaustavile na čizmama; Đina ih je otkopčala pa mu ih izula i skinula mu pantalone.

– Marširaj – naredio mu je Stefano. – I ne osvrći se ili ću pucati.

Iako Nemac nije razumeo italijanski, značenje Stefanovih reči bilo je jasno na osnovu njegovog tona.

Ne osvrćući se, oficir je ubrzao niz ulicu u čarapama i gaćama.

Stefano je pružio pištolj Đini. – Zadržao sam prethodni koji smo ukrali – rekao je. – Ti uzmi ovaj. Trebaće ti kad odemo u planine.

– Kad će to biti?

– Uskoro. Inače će me uhapsiti zbog neodazivanja na poziv i poslati na prinudni rad za Nemce.

Đina je zatakla pištolj za pojas suknje. – Reći ću roditeljima čim stignem kući.

Ruku podruku, hodali su preko malog trga pre nego što su se zaputili na Kalata Markoni. Bacili su oficirove pantalone u luci, ali Stefano je zadržao čizme, rekavši da su izgleda njegov broj i da bi mu mogle koristiti.

– Vidimo se sutra. – Ovlaš ju je poljubio u obraz. – Možemo da razgovaramo o dogovoru pre nego što započnemo, nadam se, našu poslednju smenu u *Manjifiku.* – Zakoračio je u visoku i usku kuću u nizu pored njene.

Ona je otrčala uza stepenice na prvi sprat pa uletela u dnevnu sobu, gde su babo, mama i Adela slušali radio-dramu.

Iznenada je režanje avionskih motora odjeknulo kroz otvorene prozore.

– Saveznici ponovo bombarduju Đenovu. – Adela je skočila na noge pa zgrabila Đinu za ruku. – Vedra je noć. Hajde da ih gledamo dok prelećU iznad nas.

6.

1970.

Houpin glas je odjeknuo iz hodnika, uz trzaj vrativši Đinu u stvarnost. Brzo je gurnula Adelin dnevnik u fioku noćnog stočića, obrisala ruke o pantalone pa izašla iz sobe.

Houp je zatekla kako sedi s bakom u kuhinji. – *Ciao* – pozdravila ih je Đina pa ponudila da spremi večeru.

– Nema potrebe – rekla je Houp. – Ujka Tomazo nas je pozvao u restoran.

Đina je izvukla stolicu i sela. – Veoma velikodušno od njega. Ali pretpostavljam da još *nije* sezona.

– Nije. Možda nećemo videti nikog od džet-seta. – Houp su zasijale oči. – Mada bi bilo strava...

Majka je upitala o čemu to Đina i Houp razgovaraju. Pošto je Đina objasnila, majka je frknula. – Obični ljudi, prde kao i mi. Seru kao i mi. – Nasmejala se, a kad je Đina prevela, Houp joj se pridružila u smehu.

– Nona je prava bomba. – Zakikotala se. – Treba da se razvedriš, mama, i budeš malo više kao ona.

Đina je osetila da je pocrvenela na Houpine reči. Ipak se smejala zajedno s njom. – Kad nas ujak očekuje?

– Rekao je da siđemo u osam. – Houp je nabrala obrve. – Treba li da se obučemo? Jedina otmena haljina koju sam ponela je ona koju sam nosila na sahrani...

– I ja. Ali sigurna sam da je prihvatljivo da obučemo njih. Na kraju krajeva, u žalosti smo. – Đina je ovlaš pogledala u majku, koja je bila u crnini i ostaće u crnini narednih dvanaest meseci, kao što je običaj za udovice.

Houp je posegnula preko stola pa pomilovala Đinu po nadlaktici. – Jesi li dobro?

Taj neočekivan gest iznenadio je Đinu. – Dobro sam – odvratila je. – Hajde da se spremimo.

Dok su se presvlačile, razmišljala je o bratu. Tomazo je ostao u Engleskoj nekoliko godina posle rata, radeći u različitim londonskim hotelima. Stupila je u vezu s njim kad se preselila tamo, ali zov Portofina i njegove dečačke ljubavi, Emilije, bio je prejak da bi mu se odupro.

Vratio se kući, i novcem koji je uštedeo u Britaniji renovirao prostorije u prizemlju porodične kuće, koje ocu više nisu bile potrebne. Tomazo i Emilija su postigli veliki uspeh s *Grankiom*, nazvanim po rakovima koje velike oluje nanesu na kej. Taj restoran je, izgleda, mesto gde se sastaje sav „fini svet". Koliko se samo razlikuje od skladišta koje je babo koristio da u njemu drži svoj čamac, mreže i pribor za ribarenje. Ostalo je svega nekoliko ribara u Portofinu, ionako. Umesto toga, meštani su sada držali restorane i imali svoje radnje, zadržavši svoju veštinu izvlačenja krupne ribe.

Đina je prišla ogledalu naspram kreveta. Očetkala je svoju srebrnastoplavu paž frizuru i stavila bledoružičasti ruž. Njen odraz je zurio u nju. Tako ozbiljan. *Razvedri se*, rekla joj je Houp. Ali kako da se razvedri kad joj je tako teško na srcu? Mogla bi da pokuša, pretpostavila je, stežući vilicu. Otvorila je fioku noćnog stočića da stavi četku u nju.

Rukom je zakačila Adelin dnevnik i dah joj je zastao. Brzo je zatvorila fioku. *Lakše je reći razvedri se nego učiniti to.*

Dole, Đina je navukla osmeh na lice dok su ulazili u restoran. Poslednji put je bila tu kad se skrivala s majkom, ocem i Adelom tokom onog zastrašujućeg RAF-ovog bombardovanja 1944. Zasvođena tavanica bila je ista, ali prljavi zidovi iz prošlosti okrečeni su u belo, a staro skladište pretvoreno je u intimno mesto za obedovanje.

– *Buonasera*. – Tomazo im je prišao. – Rezervisao sam vam sto pored bara.

Poveo ih je za okrugao sto na daljem kraju dugačke, uske odaje, pa izvukao stolicu za majku. Ostali stolovi, oko osam njih – *Grankio* je mali – bili su svi zauzeti. Muzika Berta Bakaraka tiho je dopirala iz skrivenih zvučnika, „What the World Needs Now", a slana aroma sveže spremljene ribe prožimala je vazduh.

Tomazo im je pružio jelovnike. – Emilija će uzeti vaše porudžbine – rekao je. – Imamo malu krizu u kuhinju, jedan frižider je crkô i moram to da sredim.

– *Grazie*. – Đina mu je zahvalila. – Vidimo se kasnije.

Houp je ćušnula Đinu. – O, opa. Jesi li videla ko je tu?! – Pokazala je ka paru koji je sedeo otprilike u sredini restorana. – To je Reks Harison. – Glas joj je bio zapanjen. – Bio je tako čudan u *Moja lepa gospođice*.

Đina se trudila da ne zuri. Ali ne događa se svaki dan da deliš prostoriju s jednim čuvenim glumcem. Krišom je pogledala filmsku zvezdu. Sedeo je s plavokosom ženom, zadubljen u razgovor.

– To mu je četvrta žena – promrmljala je Đinina majka. – Ona pije. Kao i on. I obično se na kraju posvađaju u javnosti.

– Otkud oni u Portofinu van sezone?

– Imaju kuću ovde, zar nisi znala? Sazidanu na brdu iza *Manjifika*, gde su Nemci bili postavili bateriju tokom rata. – Đina je prevela Houp majčin komentar. – Stalno poziva svoje holivudske prijatelje u goste – dodala je majka. – Delimično je i zahvaljujući njemu Portofino postao tako poznat među Amerikancima.

Emilija je došla da uzme porudžbine. Zadenula je pramen crne kose za uvo pa stala sa spremnom olovkom.

– Ja nisam nešto gladna – uzdahnula je majka. – Previše mi nedostaje babo.

– I nama – odvratila je Emilija. – Danas smo svi vrlo tužni.

Oblak tuge visio je iznad stola, ali Đina i njena majka su iz učtivosti naručile špagete sa školjkama. Houp se opredelila za vegetarijanske makarone sa sosom od čeri paradajza. – Jeste li za čašu belog vina? – ponudila je Emilija.

44

– Ja bih volela – osmehnula se Houp.

Đina se nagnula i prošaputala: – Ne bi trebalo da piješ dok si na valijumu.

– Neću ga uzeti – obećala je Houp. – Mislim da mi ovde ne treba.

I Đina je prihvatila čašu, ali majka je odbila. – Meni je dovoljna voda.

Emilija je otišla, a one su razgovarale o restoranu, o njegovim čuvenim gostima – ne samo o Reksu Harisonu već i o Klarku Gejblu i Hemfriju Bogartu tokom pedesetih. Majka je očigledno bila ponosna na svog sina. – Snašao se neverovatno dobro.

Stigla im je hrana, koju je donela Tomazova starija ćerka, Kjara. Imala je upečatljive čokoladnosmeđe oči, na porodicu Bjanki, baš kao Houp. Ali Kjarina kosa je bila tamnija, vezana pozadi u urednu punđu. – *Buon appetito* – rekla je.

– *L'appetito vien mangiando* – zakikotala se majka, bacivši se na hranu.

– Apetit se otvori kad jedeš – prevela je Đina. Namotala je špagete oko viljuške, pa nabola školjku iz ljušture. – Ovo je veoma ukusno.

Nastavile su da jedu, ćaskajući o tome kako Houp planira sutra da kruži selom s blokom za crtanje.

Majka je popila gutljaj vode. – Jedva čekam da vidim tvoje radove, ali žao mi je što si odlučila da prekineš studije.

– Nije to za mene. – Houp je odmahnula glavom. – Pokušala sam da ih zavolim, ali osećala sam se kao da se gušim.

– Znaš na koga me podseća – rekla je majka na italijanskom pošto je Đina prevela.

– Molim te, ne pominji je sad.

– Nisam mislila na nju, mislila sam na tebe. Kad smo kod toga, koliko si odmakla s dnevnikom?

– Tek sam na martu 1944. Nastaviću kasnije večeras.

Houp je spustila viljušku pa uzela gutljaj vina. – O čemu ti i nona razgovarate?

– Ni o čemu što bi tebe zanimalo, dušo. – Đina ju je potapšala po ruci. – Zašto ne vežbaš italijanski s nonom? Kaži joj za svoje slike?

Houp se široko osmehnula. Na školskom italijanskom upustila se u opisivanje svoje umetnosti. Pričala je kako voli da crta životinje i ljude, ali radije slika krajolike.

Đina je odlutala u mislima. Mislila je na Adelu i njen dnevnik. Deo nje žudeo je da se vrati čitanju. Drugi deo je strahovao od onog što će u njemu naći.

– Idemo – predložila je majka kad su ona i Houp prestale da razgovaraju. – Umorna sam. Bio je ovo naporan dan.

Đina je spustila svoju salvetu. – Stižem za tobom čim se zahvalim Tomazu.

– Dobro. – Majka je energično povela Houp iz restorana, prošavši pored Harisonovih, koji su bili na drugoj boci vina i živo razgovarali.

Da se nisu upustili u jednu od svojih čuvenih svađa?

Đina je bila u iskušenju da ostane da gleda, ali pošto je od Emilije saznala da je Tomazo i dalje u kuhinji, izašla je na vrata iza bara da ga potraži.

– Jesi li uspeo da popraviš frižider? – upitala je.

– Nešto se bilo zaglavilo u kondenzatoru. Izvinjavam se što se nisam pobrinuo za vas.

– Bez brige. Iako smo tužni zbog baba, stvarno smo dobro jeli. Restoran je divan, *fratello*. Čestitam.

– Žao mi je samo što ti je trebalo dvadeset godina da dođeš – uzdahnuo je.

Đina je odlučila da ignoriše njegov komentar. – Videćemo se sutra.

– Neizostavno. Treba da razgovaramo o nasledstvu.

– Nasledstvu?

– Babo nije ostavio testament. Prema tome, po zakonu ti i ja nasleđujemo svako po jednu trećinu.

– A mama treću trećinu?

– Naravno. Ali možda je vreme da joj nađemo bolji smeštaj.

Đina ga je prostrelila pogledom ispunjenim nevericom. – Sumnjam da mama želi da se seli. Ona voli ovu kuću.

– Da, dobro. Razgovaraćemo sutra o tome, važi?

Đina je isturila bradu. – Samo ako mama bude učestvovala u razgovoru.

– Pošteno.

– Hvala još jednom na večeri – rekla je Đina, već se zaputivši ka kuhinjskim vratima.

U restoranu nije bilo ni traga od Reksa Harisona i njegove žene. Đina se tresla, stomak joj je treperio od nervoze. Nije joj se svidelo kako je reagovala s Tomazom. Stara Đina bi bila mnogo odlučnija s njim.

Ali ona nije više stara Đina, zar ne?

Pošto je poželela laku noć majci i Houp, Đina je otišla u svoju sobu. Da je bar Vini tu da je zagrli i umiri. Tomazo je nešto smislio; znala je to po krivici u njegovom pogledu. Podsetila ju je na ona vremena kad je, kao dečak, bio nestašan, i iskradao se da bi se našao s drugovima, umesto da pomogne ocu da krpi ribarske mreže. Da li bi Tomazo sledio porodičnu tradiciju i postao ribar da ga nisu poslali da se bori u ratu? Đina je sumnjala u to.

Spremila se za krevet, pa izvadila Adelin dnevnik iz fioke.

7. april 1944.

Dragi dnevniče,

Đina je juče otišla da se pridruži partizanima. Kad je to objavila dan pošto su bombe pale na Portofino, mama je pobesnela. Zapretila je da će je zaključati u babovom skladištu kako bi je sprečila da ode sa Stefanom. Ali babo je rekao mami da preteruje. Đina je dovoljno odrasla da odlučuje za sebe, a on je ponosan što će postupiti ispravno.

Ne mogu da ne budem malčice ljubomorna na sestru. Dobro, više nego malčice, da budem iskrena. Babo ne prestaje da peva hvalospeve na njen račun, a ja bih volela da i na mene bude ponosan. Volela bih da imam Đininu otpornost. Ali ja ne bih mogla da spavam u štali ili šatoru s grupom muškaraca, kao što mi je rekla da će ona spavati. Ne bih mogla da živim bez kupatila. I ne bih izdržala da se sve vreme plašim. A plašila bih se. Bila bih prestravljena da će me raniti i da ću onda umreti.

Jezivo je imati Nemce u Portofinu. Na poluostrvu postoji vila zvana La Toreta, zbog svoje visoke kule, gde drže i ispituju političke zarobljenike – partizane i slične – koje SS dovede u selo u crnom fijatu 1500. Vila je blizu baroničine i često čujemo potresne jauke ljudi koje muče. Strašno je. Trudimo se da ne slušamo, ali to je jače od nas. Svaki put lijemo gorke suze stida, zato što ne možemo da uradimo ništa da ih spasemo. Gledamo iza zavesa dok, nekoliko dana kasnije, te jadne duše, izubijanih i izmučenih tela, odvode u fijatu u zloglasni zatvor Marasi u Đenovi na dalje „ispitivanje". Jedino što baronica može da učini jeste da pošalje šifrovanu poruku CLN-u, štabu pokreta otpora i obavesti ih kad zatvorenike transportuju iz La Torete.

Danas je baronica imala posetioca. Poručnika Rajmersa, nemačkog komandanta. Otvorila sam vrata njemu i njegovom ađutantu, srce mi je tuklo. Posetili su je prošlog oktobra, nedugo posle dolaska u Portofino, ali otad su je ostavljali na miru. Ona je jedina Nemica koja ovde živi i s obzirom na to, Rajmers je rekao da neće rekvirirati njenu vilu za svoje ljude.

Sprovela sam njega i njegovog ađutanta u baroničinu otmenu dnevnu sobu, ukrašenu zavesama od brokata i s baršunom presvučenim namještajem, pa otišla da je pozovem iz njene radne sobe. „Pitam se šta hoće?" Glas joj je drhtao. Nisam mogla da ne osetim nervozu zbog nje. I zbog sebe. Šta ako su Nemci otkrili da baronica pomaže pokretu otpora?

Poručnik se naklonio prinevši ruku grudima pa lupnuo potpeticama. Ona je kao i uvek bila prijatna, ponudila je njemu i njegovom ađutantu šolju čaja, koju je poručnik odbio.

Da ti kažem nešto o Rajmersu, dragi dnevniče. Nije ni visok ni nizak, ni debeo ni mršav. Rekla bih da ima malo više od trideset godina, zbog svetle kose koja mu se blago povlači sa slepoočnica. Ima izuzetno plave oči, a kad se osmehuje, izgleda varljivo bezazleno. Kažem „varljivo" zato što je nacista. A nema ničeg bezazlenog u vezi s njima. Predstavio je svog ađutanta, zastavnika Majera, koji je najmanje pet godina mlađi od njega. Majer ima najsvetliju kosu koju sam ikad videla na muškarcu. Skoro kao da je izbeljena, a koža mu je prilično preplanula.

Baronica je obojicu ponudila da sednu na sofu, a ona je sela u svoju omiljenu naslonjaču napram njih. Tad sam izašla iz sobe. Zvanično sam baroničina sobarica i nema valjanog razloga da ostanem.

Posle otprilike petnaest minuta, baronica je pozvonila, a ja sam ispratila oficire kroz hodnik do vrata.

„Šta su hteli?", pitala sam kad sam se vratila u dnevnu sobu. Kad smo same, mogu da preskočim formalnosti i razgovaram otvoreno s njom – ona insistira na tome.

„Potrebna im je služavka u Kastelu Braun. Poslednja devojka koju si imali bila je beznadežna. Zato me je poručnik pitao da li znam nekog delotvornog i pouzdanog." Baronica se umorno osmehnula. „Rekla sam da ću videti šta mogu da učinim."

Klimnula sam glavom, ali ništa nisam rekla. Nešto mi je upravo sinulo. Luda, smela, ali briljantna zamisao. Još ti neću reći šta je posredi, dragi dnevniče. Nisam rekla ni baronici. Uskoro ću ti ispričati malo više o tome, obećavam. Sad kad je Đina otišla, moći ću češće da ti pišem.

Đina je zatvorila dnevnik. Nije mogla da nastavi. Znala je šta će biti sledeći Adelin zapis i nije mogla da se suoči s tim.

Vratila je dnevnik u fioku noćnog stočića. Kako je promućurno od Adele što je pomenula uslove s kojima će se Đina suočiti u partizanima. Nije imala pojma da je njena bliznakinja ljubomorna. Uvek je ona bila ljubomorna na Adelu, ljubomorna na njenu pamet, ljubomorna na to što je svima bilo lako da je zavole.

Đina se opružila na krevetu, želeći da je savlada san. Ali nije je savladao. Vratila se partizanima. Ona i Stefano su se borili s komandantom Ventom u zaleđu. To sećanje je tako jasno da skoro može da oseti vonj neokupanih muških tela.

7.

1944.

Đini su noge gorele dok je nosila težak ranac uza strmu stazu za mazge. Noć je bila vlažna, mesec se jedva pomaljao između gustih oblaka. Savršeni uslovi za kretanje bataljona od trideset partizana.

Išla je nogu pred nogu, miris kestenovog drveća mešao se s vonjem muškog znoja u njenim nozdrvama, pogled joj je bio prikovan za tlo. Brojanje koraka pomagalo joj je da nastavi i odagnavalo joj brigu zbog onog što bi sutra moglo doneti.

Ona, Stefano, komandant Vento i ostali zaputili su se ka planini Beko, na visini od osamsto metara u Ligurskim Apeninima, koja se kao trnov venac nadvijala nad obalom.

Đina je bila jaka i navikla na pešačenje; bila je mršava, mišićava i imala je plivačka pluća. Dokazala se njihovom vođi jer se ni na šta nije žalila. Nosila je na plećima svoje odgovornosti kao bilo koji od muškaraca – baš kao što je nosila svoj šmajser, svoj P40, nemački automat. Većina oružja u grupi bila je ukradena prošlog marta, u napadu na fašistički garnizon u Kjavariju u Tigulijskom zalivu. Komandant Vento, s crnim čupercima brade na napetoj vilici, obučio je Đinu i Stefana da pucaju iz tog oružja nedugo pošto su došli. Bio je to izvor ponosa za Đinu, koja je odmah savladala veštinu rukovanja svojim, pa je čak i pucala u Nemce kad je bila u patroli.

Kamenčići su se kotrljali ispod đonova njenih čizama, a bodljikavo žbunje akacije grebalo joj je listove ispod vrećastih pantalona. Imala je duge noge i držala je korak s muškarcima. Ne bi dozvolila da je umor uspori, već je nastavila da se penje, nogu pred nogu, ne razmišljajući o budućnosti. *Šta bude biće.* Ali prošlost je bila nešto drugo. Potisnula je drhtavicu, ne mogavši da zaustavi sećanja.

Od vremena kad su se ona i Stefano u aprilu pridružili komandantu Ventu, kretali su se po toj oblasti, često menjajući lokacije kako ih ne bi otkrili nacisti ili neki fašistički špijun. Kretanje im je omogućilo da se upoznaju s terenom i sprijatelje se sa seljanima, koji su im davali hranu, dok su Đina i partizani njima pomagali na imanjima.

Protekle nedelje bili su u dolini Čikero, u jednom ambaru. Sekli su drva za ogrev i kosili travu da bi zaradili za hranu, kad je stigla vest o predstojećem nemačkom napadu. Pobegli su na vrh planine Ramačeto i gledali s gnušanjem i užasom kako je selo ispod njih opljačkano i skroz spaljeno. Sedmoro seljana je ubijeno. *Samo zato što su nacisti čuli da su partizani u kraju.*

Činjenica da ih lokalno stanovništvo podržava i posle te tragedije iznenadila je Đinu. Mislila je da će taj užas okrenuti seljane protiv njih. Ali nije. Kontadinima, seljanima, kao što je bilo opštepoznato, bilo je dosta Musolinija; ništa nije uradio za njih. A sad kad su trupe njegovog prisnog prijatelja, Hitlera, okupirale zemlju, uzimajući dragocenu hranu, i čak odvodeći seljane u radne logore, kontadini su bili odlučno na strani partizana i spremni da istrpe zbog svoje odanosti.

– Stoj! – glas komandanta Venta dopro je s čela kolone i grupa se zaustavila. Mesec se probio kroz oblake. Uska dolina pružala se pred njima, skrivena između visokih grebena. Đina je čula da gore ima malih pećina i špilja, u kojima bi mogli da se sakriju ako dođe do upada neprijatelja. Ali zasad su bili bezbedni, a ona je samo želela da spava.

– Dođi, Elza – Stefano ju je pozvao po njenom konspirativnom imenu. – Hajde da nađemo neko mesto i raskomotimo se. – Brada mu je porasla od aprila – svi muškarci su bili bradati zato što nisu imali pribor za brijanje.

– Dobro, Čezare. – Široko mu se osmehnula.

Ime rimskog cara koje je izabrao uvek bi je nateralo da se zakikoće. S druge strane, ona je svoje uzela od omiljene joj filmske zvezde, Elze Merlini. Isprva joj je bilo neobično kad su je zvali novim imenom. Komandant Vento je spalio njihova dokumenta pošto je pristao da im se pridruže. Rekao je da moraju da zaštite svoje porodice, koje bi u suprotnom mogle biti žrtve odmazde ako uhvate nju i Stefana. Đinu je tad pogodila krivica; nije razmišljala o tome da bi njeni postupci mogli da imaju posledice za one koje voli.

Izvadila je svoje ćebe iz ranca i prebacila ga preko ramena; bilo joj je hladno sad kad je prestala da se napreže. Ostatak grupe se izmešao u senkama; uvek su to radili kad bi došlo vreme za spavanje. Đina se spustila na komad suve trave između dve kamene gromade. Stefano je legao pored nje, i slušala je kako mu se disanje usporava dok je padao u san.

Osmehnula se za sebe. Stefano jedva da se odvajao od nje. – Ti si divna devojka – rekao je. – Dozvoli mi da se pred ljudima pretvaram da sam tvoj dragan. – Đina je pristala. Iako bi po kodeksu Ventovih partizana – koji je strogo uredio ponašanje prema ženama – strogo bio kažnjen svako ko bi joj dosađivao, s obzirom na to da je bila jedina žena među njima, draže joj je bilo da ne dovodi sebe u položaj da neko od drugova dođe u iskušenje da isproba sreću.

S vremena na vreme bi pomislila da Stefano možda još nije prestao da se nada da bi ona mogla popustiti i stvarno postati njegova dragana. Ali ona mu je otvoreno rekla jednom kad je pokušao da je poljubi: „Ne želim da pokvarim naše prijateljstvo."

Zažmurila je, usredsredivši se na to da joj ne nedostaju majka, babo, Tomazo i Adela. Uvek bi joj pre spavanja najviše nedostajali, nedostajalo joj je majčino milovanje, isplovljavanje sa ocem kako bi mogla da pliva u zalivu, Tomazovo bratsko zadirkivanje i Adelini inteligentni komentari o radio-dramama u kojima su uživali.

Đina se okrenula na tvrdoj zemlji. Bila je gladna, pa je posegnula za vojničkim keksom u rancu koji su ukrali poslednji put kad su napali fašistički garnizon. Žvakala je i gutala.

Ali hrana je postala kisela šaka šljunka od koje joj se stomak skvrčio kad su u daljini zabrujali avionski motori, praćeni prigušenim eksplozijama, koje su ukazivale da Saveznici ponovo bombarduju priobalne puteve i železnicu. Izgovorila je tihu molitvu za bezbednost svoje porodice i prijatelja u Portofinu. Zato je bila tu – da pokuša što pre da privede kraju taj strašni rat. Držeći se te misli, napokon je zaspala.

Ujutru je Vento poslao Đinu i Stefana u patrolu. Zaputili su se duž grebena, gde se zemlja obrušavala i gubila u dubokom kanjonu obraslom kestenovom šumom debelih listova. Dolina se prostirala ispod njih, a u daljini je linija obzorja od izlomljenih vrhova stvarala visok zid. Nekoliko selâ je nesigurno čučalo u podnožjima između njih, terasasti vinogradi grlili su njihove obronke.

Đina je pokazala na potok koji je vijugao između stena i palo stablo malo napred. – Volela bih da se okupam – zamišljeno je rekla.

Stefano je počešao bradu. – Bilo bi previše rizično da se otkrijemo. – Vragolasto joj se osmehnuo. – Mada bi bilo zabavno gledati *tebe* kako se otkrivaš...

Šaljivo ga je udarila po ruci. Onda se zaustavila. Osluškivala.

Šuštanje koraka po suvom lišću dopiralo je sa staze za mazge.

Porco cane. Dođavola, neko se približavao.

Prinela je prst usnama pa pokazala Stefanu da se sakrije s njom iza stene.

Oprezno je provirila iza kamena. Jedan čovek. Visok. Svetle kose. Glatkog lica. U civilnoj odeći.

Verovatno špijun.

Znojavim rukama je zgrabila dršku svog šmajsera. Srce joj je tuklo dok je uklanjala sigurnosnu kočnicu. – Spreman? – uobličila je usnama gledajući u Stefana.

On je klimnuo glavom pa se prikrao s druge strane stene.

Koraci su bili blizu. Đina je iskočila i podigla oružje. – Ruke uvis ili ću pucati!

Stefano se pojavio iza stene i uperio svoj šmajser čoveku u slabine. – Poslušaj!

– Ja sam Englez. – Čovek je podigao ruke i rekao na odličnom italijanskom: – Možete li me odvesti svom vođi?

Đina je iznenađeno uzmakla. Držala je svoj šmajser podignut dok je Stefano pretresao muškarca u potrazi za oružjem.

– Nenaoružan je – potvrdio je Stefano. – Ali mislim da je špijun.

Đina je mahnula svojim šmajserom ka Englezu. – Hodaj ispred nas s podignutim rukama.

Staza duž grebena bila je kamenita, ali Englez je hodao ne spličući se.

Đina je odmahnula glavom. Šta jedan Englez radi tu gore, sâm i bespomoćan? Ako je špijun, onda je glup. *Špijun ne bi bio nenaoružan.*

Za nekoliko minuta stigli su u partizansku bazu. Ljudi su sedeli na čistinama između stenja, čisteći oružje. Stražari su se smenjivali, osmatrajući okolinu s podignutim oružjem. Uperili su oružje u Engleza kad ga je Đina gurnula napred.

– Ko je to? – upitao je komandant Vento, ustavši.

– Kaže da je Englez – promrmljao je Stefano. – Ali mi mislimo da je špijun.

– Uskoro ću saznati.

Komandant je poveo Engleza na obod proplanka, gde su dugo razgovarali.

Đina je sela na travu i počela da rasklapa svoj šmajser. Bilo je vreme da ga dobro očisti.

Nedugo zatim, komandant Vento se vratio sa Englezom. – Ovo je Enco – predstavio ga je. – On je odbegli ratni zarobljenik. Želi da nam se pridruži. – Vento je protrljao bradu. – Enco je vešt pomorac. Ali je obučen za borbu. Trebaju nam svi obučeni ljudi do kojih možemo da dođemo.

Stefano se nasmejao. – Malo si daleko od mora, mornaru.

Englez je zakoračio ka njemu. – Imaš nešto protiv?

Komandant Vento je stao između njih dvojice. – Odstupi – zarežao je. – To je naređenje.

– Da, gospodine. – Englez je poslušao, a Stefano je sledio njegov primer.

Englez je otišao da sedne s Ventom, malo dalje od ostalih, te su se ponovo zadubili u razgovor.

Đina je slegnula ramenima. Ona je poštovala njihovog komandanta. Enco je očigledno imao nešto da ponudi, u suprotnom mu Vento ne bi dozvolio da se pridruži bataljonu.

– Smiri se – šapnula je Stefanu. – Naš vođa zna šta radi. Treba da mu veruješ.

– O, verujem ja njemu i te kako. Taj engleski seronja, onaj je kome ne verujem. Nisi videla kako pilji u tebe?

– Prestani da umišljaš – rekla je Đina. – Da je piljio u mene, što, uzgred, nisam primetila, to bi možda bilo zato što nikad nije video tako neurednu devojku.

Stefano ju je odmerio od glave do pete. – Malo jesi zapuštena. – Namignuo je.

– Zapuštena? Nikad u životu nisam ovako smrdela. Šta bih dala za lepu toplu kupku i priliku da operem kosu. – Počešala se po glavi. – Mislim da imam vaške.

Zacerekao se. – Svi ih imamo. To ide u rok službe. Meni moje danima prave društvo.

– Pravi smo vašljivci – rekla je, pokušavši da unese malo humora u te okolnosti.

– Jesmo. – Nasmejao se, a ona se nasmejala s njim.

Đina se zagledala ka drugoj strani proplanka. Englez je okrenuo glavu ka njoj, ali bio je predaleko da bi mu protumačila izraz lica. *Verovatno je zgrožen vašljivom devojkom.* On je, s druge strane, bio čist i uredan, nosio je košulju otkopčanog gornjeg dugmeta i uobičajene seljačke pantalone od smeđeg somota. Mora da se od primirja krio među seljanima, čim je tako obučen. Čula je da su Nemci pokupili većinu odbeglih savezničkih ratnih zarobljenika. To ju je kopkalo. Enco mora da je poseban kad je preživeo tako dugo.

Dok ga je Stefano pretresao kad su naišli na njega, dobro ga je pogledala. Englez nije bio naočit: nos mu je bio kriv – verovatno slomljen, a lice mu je bilo previše duguljasto i mršavo. Ali imao je lepe oči. Tamnoplave oči koje su sijale ka njoj, što je u tom trenutku izgledalo neprikladno. Takođe se osmehivao nekako nakrivo, podižući samo jedan ugao usana, što je njoj bilo neobjašnjivo privlačno.

Đina se namrštila. Nije mogla dozvoliti sebi da je privuče taj Englez. Ona je partizanka, tu je na zadatku. U svakom slučaju, ne bi sebe dovela u položaj da se oseća neprijatno zbog njegove skoro sigurne odbojnosti prema njoj. Uz težak uzdah je uhvatila dršku svog šmajsera. *Usredsredi se na ono što radiš, Đina.*

Nastavila je da čisti oružje.

8.

1970.

Jutro je nakon očeve sahrane i Đina i njena majka upravo su ispratile Houp s njenim blokom za crtanjem kad je Tomazo sišao da proćaskaju.

– Jesi li za kafu? – majka ga je upitala kad su seli za kuhinjski sto.

– Ne, hvala – odbio je. – Neću se zadržavati. – Uzdahnuo je. – Samo sam hteo da se dogovorimo kako ćemo s popravkom krova.

– Šta je s krovom? – upitala je Đina.

– Prokišnjava. Prokišnjava u naš stan pošto smo mi odmah ispod. Prošle nedelje su ga pregledali. Trebaju mu nove grede i crep. Majstorova procena je pedeset miliona lira.

Đina je razrogačila oči. – Toliko?

– Veći deo troškova je za materijal. – Tomazo je zastao, uhvativši majku za ruku. – Ako bismo prodali tvoj stan, to bi pokrilo troškove, i više od toga...

Tajac. Jedini zvuk bilo je kucanje zidnog sata.

Đinu je obuzeo osećaj da tone.

Majka je zajecala. – Ali gde ću da živim? – Glas joj je drhtao.

– U Rapalu imaju odličan starački dom. – Tomazo se osmehnuo. – Mnogo udobniji za tebe od ovoga.

Đina je skočila i obgrlila majku. – Tomazo je malo požurio. – Prostrelila ga je ogorčenim pogledom. – Sigurna sam da možemo naći drugo rešenje...

Tomazo je odmahnuo glavom. – Veruj mi, da postoji drugo rešenje, našao bih ga.

Đina je htela da predloži da Tomazo stavi svoj stan na prodaju, ne mamin. Ali sinulo joj je da to nije njena kuća da bi je prodavala. Tu zgradu je nasledilo njih troje, prema tome, tehnički, njoj pripada i trećina prostorija restorana. Ona bi morala da se saglasi s prodajom, a nije to želela. Još ne. Mora da postoji drugo rešenje. – Moram da razmislim o tome – rekla je. – Hajde da sutra ponovo popričamo, Tomazo.

– Dobro – saglasio se. – Žao mi je što potežem to, mama, tako brzo pošto nas je babo napustio. Ali Đina je ovde samo nakratko, a mi taj problem moramo rešiti.

Majka je šmrcnula, izvadila maramicu iz džepa pa obrisala oči. – Jasno mi je. – Potapšala ga je po ruci.

On se sagnuo pa je ovlaš poljubio u obraz. – Svratiću sutra ujutru. Ostaviću ti vremena da razmisliš.

Đina ga je otpratila u hodnik. – Zašto mi sinoć nisi rekao za krov? – prosiktala je.

– Bio sam zauzet, sećaš se?

Pogledala ga je u oči. – Vini je obećao da će me zvati telefonom tokom prepodneva. Pitaću ga za savet.

– Kaži mu da ti stanovi vrede stotine miliona. Siguran sam da će razumeti moj način razmišljanja.

– Imaš li neku ušteđevinu?

Tomazo je odmahnuo glavom. – Nedovoljno da platim krov.

Đina mu nije verovala. Njegov posao s restoranom je cvetao. Otpratila ga je do vrata pa se vratila u kuhinju.

Majka je i dalje sedela tamo gde ju je ostavila, sa zaprepašćenjem na umornom licu.

Đinu je srce zabolelo zbog nje. – Zašto ne odeš da prilegneš? Izgledaš umorno. Ja ću čitati Adelin dnevnik dok se ti budeš odmarala. – Pomogla je majci da ustane. – Ne treba da se brineš, jel' me čuješ? Vini i ja ćemo nešto smisliti.

Majka je uzdahnula. – Ne želim da se selim. Ali ako Tomazo misli da je to najbolje...

Majka je ugađala Tomazu kao kad je bio dete. Adela je bila u pravu; mnogo ga je razmazila.

– Uradiću sve što mogu da se postaram da ostaneš tu – obećala je Đina.

Ali kad se vratila u svoju sobu, stomak joj je treperio od neizvesnosti. Da li je dala prazno obećanje? *O bože, nadala se da nije.*

Sela je na svoj krevet pogleda uprtog u noćni stočić. Adelin dnevnik ju je dozivao. Otvorila je fioku i dok joj je srce ubrzano tuklo, uzela ga je i počela da čita.

10. april 1944.

Dragi dnevniče,

Juče je bio Uskrs, ali ne bi se reklo da jeste. Svi su bili tako nesrećni. Mama je veći deo dana bila u suzama, strašno su joj nedostajali Tomazo i Đina. Babo je sišao u skladište da krpi svoje mreže da ne bi slušao njeno plakanje. Ja sam prebrisala stan uhvativši sebe kako želim da je Đina ovde. Dok nije otišla, nisam shvatala koliki je ona deo mog života. Ona je moja druga polovina, druga strana novčića Adela i Đina. Toliko se razlikujemo, ali možda smo bolje zajedno nego razdvojene. Pitam se da li Đina isto to oseća. Da li misli na mene tako često kao što ja mislim na nju? Brinem se što je gore u planinama s partizanima. Znam da je jaka, ali Vermaht je težak neprijatelj.

U svakom slučaju, dosta o Đini – obećala sam da ću ti saopštiti svoje planove, dragi dnevniče. Dakle, evo ih. Kad je poručnik Rajmers pitao baronicu može li da mu nađe pouzdanu služavku, palo mi je na pamet da bih ja mogla da preuzmem taj posao. Ne puno radno vreme, naravno. Nikad ne bih sasvim napustila baronicu Elizabet. Ali Rajmers ne zna da ja razumem nemački. Po mom mišljenju, CLN-u treba neko iznutra. Da otkrije kad SS planira da pohapsi u Đenovi partizane koje transportuju u Portofino na ispitivanje.

Nadam se da će se baronica saglasiti s mojim predlogom. Moraću da je ubedim – brinuće se za mene – ali ako Đina može da se bori protiv neprijatelja koristeći svoju fizičku

snagu, onda ja možda mogu to da radim koristeći um? Narav-
no da sam prestravljena. Nisam tako hrabra kao Đina. Ali
toliko želim to da uradim da ću savladati svoj strah.

Đina je ispustila dnevnik na svoj krevet, pokrila lice drhta-
vim rukama. Kako je mogla toliko godina da greši u proceni svoje
sestre? Ali nikad ranije nije čula to objašnjenje Adelinog rada za
Nemce. Sve što je znala bilo je da je Adela radila za njih; niko joj
nikad nije rekao zašto. Onda se setila da je sve što je bilo povezano
s pokretom otpora bilo strogo čuvana tajna. Adela nije mogla da ra-
zglasi šta radi iz straha od odmazde nad porodicom, kao što je Đina
sve vreme držala za sebe svoj pravi identitet i poreklo.

Kad pomisli da je Adela htela da se pridruži pokretu otpora da
bi mogla da bude kao ona! Đina nije imala pojma da se Adela tako
osećala, a to saznanje joj je nateralo suze na oči. Otrla ih je zglavci-
ma i duboko uzdahnula. Još drhtavim rukama, uzela je dnevnik da
nastavi čitanje.

11. april 1944.

Dragi dnevniče,
U Portofinu se dogodilo nešto najšokantnije. Nemačka
je podigla lukobran oko cele luke. Možeš li da zamisliš moju
užasnutost dok sam rano jutros prelazila preko trga. Jedan
kamion se zaustavio, a sa njega je sišla grupa ljudi koji su
zatim počeli da mešaju cement i prave betonske blokove. Ni-
sam mogla a da ne zurim u te jadne momke koji su bili jako
mršavi i zapušteni. Upalih obraza i očiju. Stražar je proverio
moja dokumenta pa zalajao: „Sich entferten!", što je značilo
da mi je naredio da odem. „Non capisco", pravila sam se da
ne razumem. „Andare via!", oterao me je.
Opisala sam baronici šta sam videla, a ona je u suzama
rekla da je čula da su nacisti pohapsili ljude širom zemlje.
Dodavali su ih grupi odbeglih italijanskih vojnika i onih koji
se nisu odazvali pozivu za vojsku, a koji nisu poslati u radne

logore u Nemačkoj, i koristili ih za građevinske radove po Italiji. Takođe je čula da je Vermaht bio ubeđen da se Saveznici spremaju da se pomoću amfibija iskrcaju na ligursku obalu, zbog čega su počeli da prave lukobran, koristeći robovski rad.

Baronica i ja smo se držale za ruke, jecajući od uznemirenosti. „Oni su oličenje zla", promrmljala je. „Ne mogu da verujem šta je nastalo od Nemačke, u kojoj sam odrasla, i od Nemaca, koje sam volela. Moj muž se sigurno prevrće u grobu."

„Nisu to svi Nemci", podsetila sam je. „To su nacisti."

„Znam. Ali narod je bio uz njih i dozvolio im da preuzmu vlast."

„Isto je i ovde s Musolinijem i njegovim crnokošuljašima."

„Crnokošuljaši kažnjavaju ljude sipajući im ricinusovo ulje u grlo." Baronica je iskrivila lice. „Esesovci su mnogo gori. Oni muče i ubijaju svoje žrtve."

Tad sam iznela predlog da preuzmem posao kod Rajmersa. Objasnila sam joj da želim da se pridružim otporu tako što ću postati špijun.

Baronica Elizabet je, užasnuta, digla ruke. „Ne. Neću to dozvoliti. Previše je opasno."

Bojim se da sam se nadurila i rekla joj da mi nije potrebno njeno dopuštenje. Odmah sam zažalila zbog svog ispada, kad sam joj u očima videla da je povređena.

„Žao mi je", rekla sam. „Možete li bar razmisliti o tome?"

„Neću se predomisliti, Adela."

Nisam više pokretala to pitanje dok nisam krenula kući. „I dalje bih radila za vas, baronice. Bila bih samo polovinu radnog vremena kod Nemaca."

„Moj odgovor je i dalje ne. To bi bilo kao da sam te bacila u lavlju jazbinu."

„Lavovi su već napravili svoju jazbinu u Portofinu", rekla sam. „Samo što su lavovi plemenite životinje..."

Tužno se osmehnula i poljubila me u obraz. „Ako si odlučila da uradiš to, neću moći da te sprečim, dušo. Radije bih ti dala svoj blagoslov nego da te potpuno izgubim."

Odskočila sam na prstima. „Hvala vam. Neću vas izneveriti, videćete.“

„To mi je poslednja briga“, rekla je. „Hajde da sutra popričamo o praktičnim stranama. Sad idi kući pre policijskog časa.“

Otrčala sam, gotovo se otkotrljavši niza strmu stazu do sela. Ali kad sam stigla na mali trg, srce mi je potonulo. Bilo je u potpunom rasulu. Betonski blokovi na rivi i duž stranica zaliva u obliku slova U. S tugom u srcu popela sam se u naš stan.

Onda mi je mama rekla da su nacisti naredili svakom ko živi na keju da nađe drugi smeštaj. Samo su ribari kao babo mogli da ostanu, jer je Nemcima trebala riba da nahrane svoje oficire.

Zgranuto sam zadahtala. „Kuda ćeš, mama?“, upitala sam je.

„Na imanje svoje sestre iznad sela.“

„A šta će biti sa mnom?“

„Ti možeš sa mnom, ili možeš da pitaš baronicu da te pusti da se useliš.“

Đina je htela da okrene stranu, ali prekinula ju je zvonjava telefona. Majčin glas dopro je iz hodnika. – Tvoj muž, *tesoro*.

– Stižem – odazvala se Đina, spremajući se da kaže Viniju sve o Tomazu i okolnostima s krovom. Vratila je dnevnik u noćni stočić i, osećajući prazninu u grudima, izašla iz sobe.

9.

1970.

– Ti si vlasnik jednog dela kuće, ljubavi – Vini je podsetio Đinu.
– Prema tome, pošteno govoreći, trebalo bi da doprinesemo troškovima novog krova.

– Ali kako to da priuštimo?

– Ne možemo. – Đina je čula poraženost u njegovom glasu. – Kakva prokleta zbrka!

– Tomazov restoran je veoma uspešan – rekla je. – Sumnjam da je plaćao ocu najamninu.

– Teško da mu možeš tražiti da plati najamninu...

– Ali mogu da iskoristim činjenicu da sam sad suvlasnik i da bi novac od buduće najamnine možda mogao nadoknaditi troškove za popravke?

– Hmm, to nije baš po pravilima, ljubavi...

– Volela bih da si ovde, Vini. Treba mi tvoja podrška.

– Rezervisaću let čim budem mogao.

– Kad?

– Za dan-dva, obećavam. Samo moram da se uverim da se naše zamene snalaze.

– Nedostaješ mi. – Glas joj je odjednom promukao od iznenadnog čvora u grlu.

– Ti meni nedostaješ još više. – Zastao je. – Kako je Houp?

– Bila je baš dobra s mamom. Sjajno se slažu. Možda si bio u pravu kad si rekao da će naći svoj put u Portofinu...

– Još je rano reći, ljubavi. Ali držimo fige.

– Samo želim da bude srećna.

– Znam da želiš. I ja to želim. A to će se dogoditi kad nađe ono za čim traga.

– Sumnjam da uopšte zna za čim traga.

– Znaće kad bude našla. To se nama dogodilo, zar ne?

– Valjda...

– Šta planiraš za danas? – Promenio je temu.

– Mogla bih na plivanje.

– Dobra ideja. Telefoniraću ti sutra, dušo. Dotad bi trebalo da mogu da ti kažem kad stižem.

– Savršeno. Molim te, neka bude tako. Potreban si mi, Vini. – Đina mu je poslala poljubac pa prekinula vezu.

Vratila se da vidi kako je mama, zatekavši je u sobi kako sluša radio-dramu. – Ako si dobro, nastaviću da čitam Adelin dnevnik pre nego što odem na plivanje.

– Dobro sam. – Njena majka je uspela slabašno da se osmehne. – Tomazovo otkriće je bilo šok, ali snaći ću se.

Đina ju je načas zagrlila. – Tako si jaka.

– I ti si, *figlia mia*. I ti si...

– Što nas ne ubije, ojačaće nas – Đina je promrmljala dok je išla ka vratima. Onda se setila da je Adela ponavljala tu izreku i osetila kako je oči peckaju od suza. Može li podneti da otkriva istinu o svojoj sestri bliznakinji?

Srce kao da joj se raspalo na komadiće.

Zato što je Adela dobrovoljno izložila sebe opasnosti. Dugovala je svojoj sestri da otkrije šta se zaista dogodilo u *Kastelu Braun*.

14. april 1944.

Dragi dnevniče,

Uselila sam se kod baronice, navaljivala je kad sam joj objasnila da su nacisti naredili evakuaciju keja. Nije htela ni da čuje da se penjem i silazim strmim brdom iza Portofina svaki dan kad dolazim od tetke Irme i vraćam se tamo. Zato sam te spakovala u svoj ranac i ponela umotanog u odeću kad sam juče ujutru pošla na posao, pošto sam se pozdravila s majkom i ocem. Videću ih u nedelju i svake naredne nedelje na imanju. Zovi me mazom, ali nisam mogla da ne prolijem malo suza. Ovo je prvi put da spavam van kuće...

I dalje te krijem ispod kreveta, iako sumnjam da postoji bilo kakva opasnost da te nađu. Olga, baroničina služavka, koja živi dovoljno daleko od lukobrana da nije morala da se iseli, nije baš savesna u čišćenju. Ne bi joj palo na pamet da čisti ispod kreveta. A čak i da te nađe, nepismena je i ne bi mogla da pročita naše tajne.

Sad ću ti opisati svoju sobu. Nalazi se na prvom spratu u zadnjem delu vile, gleda na baroničin vrt opasan zidom i na otvoreno more. Nikad ti nisam rekla da je njena kuća na tesnacu blizu Crkve Svetog Đorđa. Ispred nje se pruža predivan pogled na Portofino, ali meni je draži pogled sa zadnje strane. Volim da zurim u more i sanjam o putovanju Sredozemljem, do Atlantika, a zatim u Ameriku. Moja soba je savršena. Na podu je mermer iz Karare, zidovi su sveže okrečeni, a lep orman ofarban je u bledoljubičastu boju da se slaže sa zavesama i krevetskim prekrivačem. Jedva čekam da se zavučem ovamo kad ne radim ili ne provodim vreme s baronicom. Moći ću do mile volje da čitam i pišem.

Samo što me je sinoć, baš kad sam htela sve da ti opišem, košmarni zvuk sirena za vazdušni napad naterao da otrčim baronici i odvedem je dole u podrum. Krile smo se više od sat vremena, rukama pritiskajući uši. Vazduh oko nas je pulsirao kao zubobolja, a zemlja se doslovno tresla. „Mora da artiljerijske baterije na poluostrvu pucaju u savezničke avione", cvilela je baronica. „A oni im uzvraćaju."

Jutros je Olga stigla s vešću da je jedna od zgrada u Rimskoj ulici sravnjena sa zemljom. Ljudi su i dalje zarobljeni ispod urušenih zidova. Njihovi prijatelji i rođaci grozničavo kopaju. Baronica je poslala svog baštovana Đovanija da pomogne. Ali kad se vratio, rekao je da su Nemci napravili kordon oko te oblasti i sve ih naterali da odu. Kako je to bezdušno!

Po podne je Đovani odneo poručniku Rajmersu poruku od baronice, u kojoj kaže da mu je našla služavku. Mene!

Rajmers je odmah odgovorio da će ujutru obaviti razgovor sa mnom. Tako sam uzbuđena, znam da ću jedva zaspati. Da li se plašim? Da budem iskrena, potpuno sam skamenjena. Ali Đina me nadahnjuje. Kad god mi se stomak stegne od straha, pomislim na nju i na to kako je hrabra.

I dalje se nadam i molim da će Britanci i Amerikanci uskoro poraziti naciste. Ali baronica je čula da su nemačke snage, ušančene na brdu Monte Kasino na Apeninskim planinama, otprilike na polovini puta između Napulja i Rima, dovele savezničku vojsku u bezizlazan položaj. Strašno je. Rat u Italiji se nastavlja. Ja ću učiniti sve da pomognem da se završi. Jedva čekam da Portofino bude oslobođen od Nemaca i da se Đina vrati kući.

Suze su tekle Đini niz obraze i padale na stranice Adelinog dnevnika, mrljajući mastilo. Da je samo znala kako se njena sestra zaista oseća. Toliko toga je ostalo neizrečeno. Spustila je dnevnik, posegnula za maramicom iz kutije na noćnom stočiću pa obrisala oči. Uz drhtavi uzdah ponovo je uzela dnevnik i nastavila da čita.

15. april 1944.

Dragi dnevniče,
Tako sam uzbuđena. Moj jednonedeljni probni rad za Nemce počinje u ponedeljak. Ali prvo da ti prepričam svoj razgovor i da ti kažem za Kastelo Braun.

Posle doručka, koji se sastojao od ječmene kafe, domaćeg hleba (baroničina kuvarica, Rita, živi pored Olge i nije evakuisana) i džema od jagoda, baronica i ja smo pošle. Obukla sam uniformu za služavke koju mi je baronica dala kad sam počela da radim za nju – crnu haljinu do polovine listova s belim okovratnikom i manžetnama – i svoje uobičajene crne kožne cipele sa slaganom petom. Hvala bogu, trebalo je da pređemo samo dvestotinak metara duž tesnaca; postajalo je sve toplije i nisam želela da stignem tamo pregrejana i znojava.

Stražar je stajao ispred ulaza u zamak. Očekivao nas je i poveo nas niz prastaro stepenište, pohabano usled vekova upotrebe, a zatim kroz metalnu kapiju. Unutra smo se peli spiralnim kamenim stepeništem koje se pružalo sa obe strane zida kao u tamnicama, a iznad nas je bila zasvođena tavanica.

Srce mi je nekoliko puta preskočilo kad je stražar pokucao na hrastova vrata na kraju širokog hodnika. Još više sam se unervozila kad je odsečan glas poručnika Rajmersa lanuo: „Eintraten!"

Prešli smo preko kamenog poda oskudno nameštene, ali prostrane sobe. Zastakljena vrata otvarala su se ka jednom od mnogih vrtova zamka, a kroz njih se Judino drvo razmetalo divnim jarkoružičastim cvetovima, obasjano sunčevim sjajem.

Rajmers je sedeo za stolom od tvrde orahovine, njegov ađutant (čijeg imena ne mogu da se setim) stajao je iza njega.

Ađutant je skočio da nam primakne stolice, te smo sele naspram poručnika, iščekujući.

„Mogu li da vam predstavim gospođicu Adelu Bjanki?", baronica me je predstavila na nemačkom. „Radi za mene četiri godine i uveravam vas u njenu pouzdanost i poverljivost."

„Ti si iz Portofina?", upitao je Rajmers na italijanskom s jakim akcentom.

Duboko sam uzdahnula da bih smirila ustreptale živce. „Rođena sam u Portofinu i ceo život sam provela ovde."

„Sinjorina Bjanki će deliti vreme između nas", dodala je baronica. „I budući da je njen dom na keju evakuisan, ponudila sam joj sobu u svojoj vili."

„Vrlo zgodno." Rajmers je procenjivački lutao pogledom hladnih plavih očiju po meni. „Imaćeš nedelju dana probnog rada. Plaćaću ti isto koliko i baronica Fon Galen."

„Grazie", gledala sam u pod, kako je bilo primereno mom takozvanom položaju.

„Može da počne u ponedeljak. Biće ovde tačno u 6.30 ujutru. Očistiće zamak, poslužiće meni, mom ađutantu i dvojici *nižih oficira doručak i ručak, koje će naš kuvar spremiti u kuhinji, onda može da vam se vrati do kraja dana", rekao je baronici na nemačkom.*

Užasnula sam se što je nije ni pitao da li njoj taj dogovor odgovara. Uvek blagorodna, potvrdila je dogovor, a njegov ađutant nas je bez daljeg odlaganja ispratio iz sobe.

Kad smo se vratili u baroničinu vilu, upitala sam je: „Šta ćemo reći Olgi, Riti i Đovani? Hoću da kažem, mogle bi pomisliti da je malo neobično što iznenada radim za Nemce..."

„Prepusti to meni", rekla je, zamišljena lica. „Smisliću nešto."

Zato sam uradila upravo to i odlučila da zasad ne brinem o tome. Što se tiče moje porodice, koju ću videti sutra (nedelja je i moj slobodan dan), ništa im neću reći. Ne mogu im reći stvarni razlog što preuzimam taj posao, a ne želim da misle da sarađujem s Nemcima.

Da sarađuje s Nemcima bilo je ono što je Đina mislila da njena sestra radi, uprkos onome što se kasnije desilo. Ugrizla se za usnu pokušavajući jasnije da se priseti. Ali sve je to bilo tako davno. Godinama su ta sećanja bila zakopana; bila su previše bolna da bi ih prizvala. Čitanje Adelinog dnevnika već ju je nateralo da razmišlja o tim strašnim godinama više nego ikad dosad. Sad bi trebalo da prekine. Da vrati dnevnik majci. Samo što nije mogla. Bilo je to skoro kao da je Adela vaskrsnula i sedela pored nje u njihovoj sobi, pričajući joj svoju priču. Đinu je bolelo srce zbog nje, uzela je dnevnik i okrenula stranu.

17. april 1944.

Dragi dnevniče,
Danas sam se nadala da ću napokon dokazati koliko vredim. Umesto toga, samo sam radila za Nemce kao devojka za sve. To je tako razočaravajuće. Bila sam nestrpljiva da nađem neka dokumenta dok sam brisala prašinu u Rajmersovoj kancelariji, ali sva su bila zaključana. Za doručkom su Nemci

malo razgovarali, a i to malo su razmatrali miniranje keja u Portofinu, za šta su svi već znali – bilo je natpisa Achtung Minen iznad mrtvačke glave, postavljenih prošle nedelje. Ostatak jutra provela sam na rukama i kolenima, ribajući podove. Svi muškarci su se zatvorili u Rajmersovu kancelariju, ali stražar je čuvao vrata tako da nisam mogla da prisluškujem. Nije bilo nikakvog razloga da budem ma i najmanje nervozna. Nisam bila špijun, nego obična služavka. I to je bilo sve.

Za ručak sam im poslužila riblju čorbu, a zatim svinjske kotlete i gomilu prženog krompira. Jedini koji mi je zahvalio bio je Rajmersov ađutant. Tad sam se setila njegovog imena. Zastavnik Majer. Neke devojke bi verovatno pale u nesvest zbog njega; prilično je zgodan ako voliš plavokose preplanule Tevtonce, koje ja ne volim – draži su mi tamnokosi italijanski muškarci kao što je moja omiljena filmska zvezda Masimo Điroti.

Jedan od Rajmersovih oficira, podgojen muškarac s debeljuškastim šakama, zurio je u mene preko tanjira s neskrivenom požudom u očima, oblizujući usne kao da sam ukusno jelo koje bi da proba. Bar su Majer, Rajmers i četvrti oficir, riđokosi momak pegave kože, držali poglede i ruke k sebi. Morala sam da izbegnem debeljkove punačke prste koji su krenuli da me uštinu za zadnjicu dok sam prolazila pored njega s poslužavnikom. Đina mi je jednom pokazala modricu na zadnjici posle smene u Manjifiku. Nadala sam se svim srcem da se meni to neće desiti. Moram da budem obazriva u pogledu svog rada u zamku. Na mnogo načina.

Kad bi samo Rajmers i njegovi ljudi razgovarali o nemačkim planovima za odbranu, ili kad će sledeću grupu zarobljenih partizana dovesti u Đenovu. Umesto toga su ravnodušno ćaskali o tome kako su upravo dinamitom razneli ostatke one zgrade u Rimskoj ulici, koja se u vazdušnim napadima pre nekoliko noći svela na krhotine. Izgleda da su tela ispod ruševina počela da se osećaju. Razmišljala sam o tome, srce me je bolelo zbog tih jadnih ljudi.

Znam da moram biti strpljiva. Danas mi je tek prvi dan. Na kraju će sigurno biti informacija koje ću moći da sakupim. Zaista želim da doprinesem otporu kao što to Đina radi. Pretpostavljam da je njoj daleko uzbudljivije nego meni. Uzbudljivo i opasno. Nadam se da je dobro.

Đina je spustila dnevnik na kolena. U vreme kad je napisano to što je upravo pročitala, ona i Stefano su tek bili započeli obuku s komandantom Ventom. Kretali su se zaleđem preduzimajući gerilske akcije na priobalnim putevima i prugama ne bi li sprečili nemački transport materijala u Nemačku. Najvažniji deo delovanja bile su sabotaže. Kad je stigao Enco, usvojili su drugačiji pristup. Ali ne odmah. Po Stefanovom mišljenju, Enco je bio engleski seronja, a Đina je zazirala od njega. Zažmurila je i ponovo je bila tamo. Na planini Monte Beko, u julu 1944, trebeći vaške iz odeće.

10.

1944.

Đina je sedela na travi, na obodu proplanka veličine košarka-škog terena, trebeći šavove svojih rezervnih kaki pantalona. Ukoči-la se kad se Enco spustio na zemlju pored nje. – Prokuvaću ti malo vode, ako hoćeš. – Nabrao je svoj ružni nos. – Uspeo sam da napra-vim malo sapuna od ceđi. Iskoristio sam preostalu mast od divljeg vepra kojeg je Vento ustrelio, a kojeg smo juče jeli. Pomešao sam je s pepelom od drveta. Sapun i vruća voda jedini su način da se rešiš vašiju.

Vrelina joj se razlila preko obraza. Otkad je Englez stigao nede-lju dana ranije, izbegavala ga je koliko god je mogla; bilo joj je ne-prijatno zbog vonja vlastitog tela i vašiju. On je bio zauzet, pomagao je Ventu da obuči novopridošle – četrnaestoricu dezertera iz vojske Musolinijeve Italijanske Socijalne Republike – namećući im strogu disciplinu, te nije bilo teško izbeći ga.

Đina se podsmehnula sebi. Enco ju je podsetio na arhetipskog britanskog oficira iz filma *Juriš lake konjice*. Samo što on nije bio oficir, već običan mornar, sudeći po onome što je sâm ispričao. Ipak, nema sumnje da je umeo da izvikuje naređenja. Doduše, tek je tre-balo da se dokaže u akciji, a Đina se pitala hoće li biti na visini za-datka. *Gerilsko ratovanje na Apeninima sasvim je drugačija priča od ispaljivanja torpeda iz podmornice Kraljevske mornarice.*

– Hvala. – Osmelila se na osmeh. – Vruća voda i sapun su do-brodošli. – Čeznula je da i sama nešto preduzme. Ali kao jedina žena u batoljonu, nije bila voljna da istupi s potrebama drugačijim nego što su ih imali muškarci.

Enco je ustao i zaputio se preko sredine proplanka. Na ložištu su gorela drva koja su se dobro osušila kako ih ne bi otkrila izdajničkim dimom koji se vije u nebo. Napunio je lonac iz bokala s vodom koju su zahvatali iz obližnjeg potoka. Zatim je stavio lonac na usijane vrele ugarke, odmakao se, prekrstio ruke i čekao.

Stefano je igrao karte s trojicom drugova s druge strane ložišta. Skočio je i prišao Encu. – Za šta greješ vodu? Prerano je za večeru.

– Voda je za pranje. – Enco je odmerio Stefana od glave do pete, pomno posmatrajući njegovo prljavo lice i odeću. – Održavao sam ličnu higijenu u logoru za ratne zarobljenike. Održavam higijenu i ovde.

Stefano se podsmehnuo. – Ti si glupi engleski seronja. – Pljunuo je na Encova stopala pa se široko osmehnuo Đini.

Kao noćni leptiri privučeni plamenom, petnaestak njih je prišlo bliže. Na sebi su imali šaroliku kolekciju italijanskih vojničkih jakni, vrećastih seljačkih pantalona ili pantalona od nemačkih uniformi. Teško naoružani oružjem vojnog tipa, sačmaricama, lovačkim puškama, policijskim pištoljima ili mesarskim satarama, mogli su ubiti Enca za tren oka. Đina je poželela da je Vento tu da se umeša, ali on je otišao s dvojicom u patrolu, ostavivši ostatak bataljona da se odmori pre noćašnje planirane akcije.

Enco nije izgledao nimalo zabrinuto, pa ipak nije žurio da odgovori na Stefanovu provokaciju. Bilo je to kao da Englez teatralno čeka na svoju „publiku" kako bi izveo „predstavu".

Onda je, skoro usporenim pokretom, zakoračio ka Stefanu.

U deliću sekunde, potkačio je Stefana odozdo u bradu odigavši ga sa zemlje i nateravši ga da poleti.

Đina je zadržala dah kad se Stefano prizemljio nauznak, uz tresak.

Tajac među ljudima, praćen grupnim uzdahom.

Stefano se pridigao u sedeći položaj i protresao glavom. Kapi krvi padale su mu sa usana na umršenu bradu.

Enco mu je pomogao da se uspravi na noge. – Neka se na ovome završi – rekao je.

Ali Stefano se režeći bacio na Enca i udario ga pesnicom u stomak. Ljudi su vikali i navijali.

Đina nije mogla to da podnese. Morala je nešto da učini; probila se između Enca i Stefana, razdvojivši ih raširenim rukama.

– Prestanite. Prestanite da se bijete. To nije način da rešite nesuglasice. – Pogledom je prostrelila Stefana. – Ti si počeo uvredivši Enca. Hoću da mu se izviniš.

Stefano je bio toliko pristojan da izgleda kao da je kažnjen. – Izvini.

– A ti. – Uperila je prst u Enca. – Nije bilo potrebe da udariš Čezara.

Enco je promumlao. – Niko mi neće reći da sam glupi engleski seronja i izvući se s tim.

– Neće se ponoviti. – Pogledom je prostrelila najpre Stefana, a zatim Enca. – Sad me obojica izvinite, idem da se operem.

– Evo, uzmi ovo. – Posramljen, Enco je posegnuo u džep, izvadio parčence sapuna od ceđi i pružio joj ga. – Hoćeš li da ti donesem vruću vodu?

– Ne, hvala. Sama ću. – Okrenula se na peti. – Jesam žena, ali sam dovoljno snažna.

Pošto se nasapunala od glave do pete u samoći pećine u kojoj je počela da noćiva, Đina je sprala prljavštinu vrelom vodom koju je donela u kofi. Bilo joj je žao što je morala ponovo da obuče svoju vašljivu odeću. Ali bilo je divno osećati se čisto, a kad bude imala vremena, opraće i rezervne pantalone i košulju.

Uplela je kosu u dugačku vlažnu pletenicu, pomislivši na noćašnju akciju. Krajem juna, svim fašističkim organizacijama (bila je po jedna u svakoj regiji) Musolini je naredio da osnuju vojne jedinice regrutujući svoje članove. Te jedinice zvale su se crne brigade. One stacionirane u selu Ferjere, na brdu poviše doline Fontanabuona, počele su da maltretiraju meštane, napadajući imanja i koristeći silu. Seljani su bili na strani partizana, snabdevali su ih hranom i informacijama. Zauzvrat su tražili od Venta da organizuje napad na fašistički garnizon ne bi li naučili crnokošuljaše pameti i možda ih se rešili.

Enco je istupio s predlogom za koji je Vento mislio da je briljantna zamisao. Predložio je da bace bombu kroz prozor kasarne kako bi isterali fašiste na čistinu. Zato je Vento nabavio nešto dinamita i veliku metalnu cev, zatvorenu s jedne strane, s vrlo malim otvorom s druge. Napunio ju je eksplozivom pa zakačio fitilj.

Đinu je stezalo u grudima pri samoj pomisli na to. Njihova improvizovana bomba mogla je da eksplodira na putu za Ferijere. Ili je mogla uopšte da ne eksplodira, dovodeći sve u bataljonu u opasnost. Ali Vento je izjavio da je ta naprava „genijalna", iako nije imao nimalo rezervnog dinamita da ga testira. Dan ranije otišao je u selo u izviđanje i dao je odobrenje. Kasarna je bila nečuvana do sredine prepodneva – toliko su fašisti bili samouvereni u ubeđenju da se niko neće usuditi da ih najuri.

Đina je uz uzdah izašla iz pećine i stala u red za večeru, njihov uobičajen obrok kuvanog krompira – skrob bi im napunio stomak, ali ne zadugo.

– Izgledaš... drugačije – Stefano joj se osmehnuo.

– Napokon sam čista. – Uzvratila mu je osmeh. – Nadam se da ste ti i Enco izgladili stvar.

– I dalje mislim da je on glupi engleski seronja, ali neću mu to više reći u lice.

– Trebalo bi da mu pružiš priliku. Sigurno mu nije zabavno što je zaglavljen s nama, tako daleko od svojih sunarodnika. – Dodirnula je Stefana po nadlaktici. – Sve vreme mislim na svog brata Tomaza, koji je bio ratni zarobljenik u Engleskoj, a sad radi tamo. U pismima piše kako su dobri prema njemu.

– Hmmm. – Stefano je protrljao bradu umrljanu krvlju. – Ne sviđa mi se kako te taj Englez gleda.

Đina se ukočila. – Mogu sama da se čuvam. Zašto vas dvojica ne ostavite po strani svoje razmirice i ne ponašate se kao braća po oružju? Usredsredite se na neprijatelja, a ne jedan na drugoga.

Stefano je slegnuo ramenima. – Hajde da vidimo kako će se iskupiti noćas, važi?

* * *

Ostavivši nove regrute da čuvaju logor, Đina i njenih dvadeset devetorica drugova pošli su posle ponoći. Bio je mrkli mrak, bez mesečine, nijedne zvezde na nebu. Vento ih je predvodio, s baterijskom lampom u ruci, koju je palio samo kad je neophodno. Đina i ostali su ga pratili u koloni po jedan, držeći se za konopac koji ih je povezivao, kako ne bi upali u jarak ili se otkotrljali niz padinu.

Ona je hodala iza Stefana, ujedajući se za jezik da ne bi naglas opsovala kad god bi skliznula u rupu ili baru, ili kad bi Stefano u prolazu odgurnuo granu koja bi se vratila na mesto udarivši je po licu.

Napokon su, u praskozorje, stigli u Ferijere. Kasarna, bela jednospratnica s krovom od crvenog crepa, obgrlila je podnožje brežuljka obraslog kestenom. Izgledalo je da još niko nije ustao i Vento je rasporedio partizane na položaje. Trojicu je poslao u patrolu; naredio je Stefanu da pokriva krov svojim šmajserom, u slučaju da neko od fašista pripuca iz šmajsera koje su postavili gore; naredio je šestorici da nadgledaju ulaz i spreče da bilo ko pobegne; svima ostalima je, uključujući Đinu i Enca, naredio da pucaju u prozore.

Đina je pritisla prstima okidač na svom šmajseru. Zapucao je u rafalu glasnih odsečnih zvukova. U ušima joj je zvonilo dok su meci zviždali kroz vazduh. Uskoro su u paramparčad razneli sve prozore u prizemlju.

Pre nego što je iko od crnokošuljaša stigao da reaguje, Vento je uzeo bombu iz svog ranca i otrčao do najbližeg prozora. Đini je srce tuklo dok ga je gledala kako pripaljuje šibicu, pali fitilj i ubacuje napravu unutra.

Zadržala je dah i čekala da bomba eksplodira.

Ništa.

Hladan znoj pocurio joj je niz potiljak.

– Šta je, dođavola, pošlo naopako? – promrmljao je Enco.

– Ili se fitilj izvukao, ili ga je neko ugasio – prošaputala je.

– Pokrivaj me! – uzviknuo je Enco, otrčavši.

Đina je uradila šta je tražio od nje, zalegavši na zemlju i uperivši oružje.

On se probio pored Ventovih ljudi koji su nadgledali ulaz i za nekoliko sekundi bio je u zgradi.

Prolazile su sekunde. Onda se prolomila eksplozija. Zapaljeni dim nahrupio je kroz razbijene prozore kasarne.

Gde je, dođavola, Enco?

Neka prilika zateturala se kroz dovratak.

Enco, hvala bogu.

– Fitilj se ugasio – promumlao je, povukavši Đinu na noge. – Uspeo sam da ga upalim taman na vreme. Crnokošuljaši su trčali na sve strane, poluobučeni, kao da smo ih zatekli pre nego što su doručkovali.

Vento je prišao i potapšao ga po ramenu. – Hajde da pokupimo zarobljenike – rekao je, široko se osmehujući.

Te večeri, po povratku u logor na planini Monte Beko, Đina i njeni drugovi slavili su pobedu sedeći oko vatre, pijući grapu i pevajući „Fischia il vento", partizansku himnu. – Smrt fašizmu! – nazdravljali su jedni drugima. – Sloboda narodu!

Osećaj topline preplavio je Đinu dok je razmišljala o tome kako su izveli nepovređene crnokošuljaše, s rukama na leđima i odveli ih u centar sela. Šta su seljani posle toga uradili s njima i njihovim povređenim drugovima, niko nije pitao. Đina se nadala da neće biti nikakve odmazde Nemaca, s kojima su crne brigade bile kao nokat i meso. Bio je to rizik na koji su seljani naoko bili spremni, jer ih je Vento upozorio pre nego što je pristao da njegovi ljudi stupe u akciju. – U ratu smo – rekli su seljani.

Đina je sedela na suvoj cepanici između Stefana i Enca. *Šteta što se njih dvojica mrze.* Potegla je iz boce, vatrena tečnost skliznula joj je niz grlo.

Stefano ju je ćušnuo. – Dodaj grapu Englezu.

Zurila je u njega. *Nije nazvao Enca seronjom.*

– Hvala, Čezare – odgovorio je Enco. – Veoma si ljubazan.

A Đina nije mogla da se ne nasmeši.

11.

1970.

Đina je ponovo uzela Adelin dnevnik i listala ga brzo prelaze-
ći pogledom preko stranica. Njena sestra je rekla da joj je dosadna
kolotečina ribanja podova i služenja obroka Nemcima. Da očajava
što nikad ne čuje ništa korisno. Američke snage zauzele su Rim če-
tvrtog juna, napisala je, ali nemačkoj Desetoj armiji dozvoljeno je
da nesmetano ode. Adela je opisala baroničinu preneraženost odlu-
kom američkog generala da se ne bori s Vermahtom u italijanskoj
prestonici, koja je proglašena „otvorenim gradom" kako bi se sa-
čuvale mnoge njene znamenitosti. Kao rezultat toga, biće mnogo
italijanskih i savezničkih žrtava na drugim mestima. Adela je po-
menula svoj strah za Đinu gore u planinama. Kako se moli za njenu
bezbednost.

Đina je pročitala sledeći zapis i dah joj je zastao. Drhtavim prsti-
ma okrenula je unazad stranicu i ponovo pročitala.

5. jul 1944.

Dragi dnevniče,
Danas je, napokon, Nemcima za koje radim popustila pa-
žnja. Razgovarali su o nečemu preda mnom. O nečem tako
zapanjujućem da sam morala da uložim ogroman napor da
se pretvaram da ih nisam razumela.
Sinoć su dobili informaciju da će se Saveznici uskoro
iskrcati na ligursku obalu. Služila sam im riblju čorbu, kao

obično, ali svaki živac u telu mi je treperio dok sam ih slušala kako prave planove.

Kriegsmarine je potopila brod pun kamenja u đenovljanskoj luci, što će, izgleda, onemogućiti savezničke podmornice da prođu, ali sad je nemačka komanda pozvala na evakuaciju svog kompletnog osoblja u toj oblasti. I hteli su da aktiviraju mine koje su postavili, da bi uništili infrastrukturu koju bi mogli da iskoriste Britanci i Amerikanci. Čak i ovde u Portofinu!!! Sledstveno tome, Nemci planiraju da se povuku sa obale i zadrže napredak Saveznika u Apeninima. Možeš da zamisliš kako sam se užasnula. Morala sam dobro da se usredsredim da ne prospem čorbu.

U kuhinji je Jirgenu, nacističkom kuvaru, nesrećniku koji je provodio vreme pijući vino kad nije kuvao, trebala čitava večnost da rasporedi na tanjire sledeće jelo, šnicle sa šufnudlama. Očajnički sam želela da se vratim u trpezariju i čujem još nešto. Ali kad sam se vratila, svi su bili ustali od stola osim zastavnika Majera.

„Rade u kancelariji. Ja ću im odneti hranu. Ti idi ranije kući“, rekao je Majer na svom oskudnom italijanskom s jakim akcentom.

Kolena su mi neočekivano klecnula, te sam se zateturala na nogama.

Zabrinuto me je pogledao. „Jesi li dobro?“

„Malo mi je loše“, objasnila sam. Slagavši, naravno. To je bila samo reakcija na moju raniju napetost živaca.

Zastavnik Majer je izvukao stolicu i spustio me na nju. „Spusti glavu između kolena.“

Uradila sam šta je rekao, pa se ukočila kad sam osetila dodir na ramenu. „Dobro sam“, rekla sam, podigavši glavu.

„Veoma si bleda.“

„Samo sam umorna. Zbog bombardovanja sam probdela prošlu noć.“ Nisam lagala, baronica i ja smo se satima krile u podrumu.

Ustala sam, duboko udahnula, pa promrmljala, „Videćemo se sutra.“

Odvratio je pogled. Ništa nije rekao. Što mi je potvrdilo da su planovi već bili pripremljeni, da su morali da izvrše naređenja, sve dignu u vazduh i odu. Što pre prenesem tu informaciju baronici da je prosledi CLN-u, to bolje.

Otišla sam iz zamka i požurila prevlakom do vile baronice Elizabet.

Zadihana, ispričala sam joj šta sam načula.

„Idi presvuci uniformu, drago dete“, rekla je. „Ja ću telefonirati u Đenovu, pa posle toga možemo neko vreme da provedemo zajedno.“

Baronica je imala šifarnik koji je skrivala čak i od mene. Telefoniraće nekom pouzdanom, razgovaraće s njim o ceni hrane. Ali cene će se pretvoriti u poruke za pokret otpora. Mesecima ih je obaveštavala o odlasku zatvorenika iz La Torete. Kamione koji su vozili jadne, izmučene duše ponekad bi na putu za Đenovu presrele patriote, i spasle ih skoro sigurne smrti.

Pošto sam obukla omiljenu plavičastozelenu pamučnu haljinu, pridružila sam se baronici Elizabeti u biblioteci. Otkako sam počela da radim za Rajmersa, po podne mi je držala časove nemačkog. Prilično tečno ga govorim, ali činjenica da istu stvar možeš da kažeš na petsto različitih načina otežava mi da potpuno ovladam njime. Danas mi je bilo teško da se usredsredim. Baronica je to primetila i rekla mi da se ne brinem. „Događaji su izvan naše kontrole, Liebling“, rekla je.

A ja ti sad pišem, dragi dnevniče, i tako sam tužna zbog onog što se sutra može dogoditi. Ostaviću te i pokušaću malo da se odmorim. Neće biti lako, znam, ali daću sve od sebe.

Đina je prestala da čita i namrštila čelo. Nacisti nisu digli u vazduh Đenovu i Portofino. Nacisti su ostali na obali do kraja neprijateljstava. Da li je Adela doprinela spasavanju te oblasti od skoro sigurnog uništenja? Đina nije mogla a da se ne čudi što je sad prvi put čula za to. Adela koju je poznavala ne bi umela da ćuti. Razmetala bi se kako bi natrljala Đini nos, zar ne? Očigledno ne bi...

S teretom na srcu, Đina je okrenula stranu.

6. jul 1944.

Dragi dnevniče,

Sve je dobro. Ili onoliko dobro koliko može da bude u ratu. Kad sam jutros stigla na posao, poslužila sam Rajmersu i njegovim oficirima doručak. Otvoreno su razgovarali preda mnom, zadovoljni što je jučerašnja panika bila lažna uzbuna. Kasno sinoć, javljeno im je iz Đenove da ostanu tu. Iskrcavanje Saveznika na ligursku obalu bila je obična glasina. Obaveštajci su saznali da neprijateljski brodovi ne kreću ovamo. Rajmers je samo o tome pričao, ne hajući za mene dok sam mu sipala surogat kafe i sklanjala tanjir.

Toliko mi je laknulo da sam morala snažno da stežem poslužavnik da ne bih pokazala uzbuđenje. Hvala bogu na „obaveštajcima"! Da li sam ja imala neke veze s tim, nikad neću saznati. CLN ima špijune po celoj Liguriji, i bilo ko od njih je mogao da prenese tu informaciju. Ali ne mogu da se ne osećam ponosno što sam možda napokon učinila nešto da pomognem svojoj domovini. Đini bi bilo neverovatno drago da zna, ali baronica me je zaklela na ćutanje i rekla da naročito članovi moje porodice ne smeju ništa da znaju. Zbog njihove bezbednosti, ako me ikad uhvate.

Pevala sam dok sam ribala pod pošto su Nemci završili doručak. „Quel mazzolin di fiori, che vien da la montagna", o devojci koja je dala cveće svom draganu koji ju je prevario s drugom. Šašava pesmica, ali sviđa mi se melodija.

Umalo da izletim iz kože kad je glas zastavnika Majera prekinuo moje pevanje.

„Lepo pevate, sinjorina. O čemu je ta pesma?"

Pocrvenevši kao školarka, sela sam na kolena i rekla mu. „Veoma je stara..."

„Stare pesme ponekad su najbolje." Osmehnuo se, oči su mu zaplesale. „Ja volim i savremenu muziku. Američki bugi-vugi." Prineo je prst usnama, rekavši: „Šššš." Čula sam da je na nemačkom radiju zabranjeno puštati džez zbog njegovih

jevrejskih i crnačkih korena, pa me je iznenadilo priznanje zastavnika Majera. Ali teško da ću mu to reći, zar ne? Njegova tajna je bezbedna sa mnom i on to zna.

Sagla sam se da nastavim da ribam, ali sam ga i dalje videla krajičkom oka.

„Mogu li da te otpratim kući posle ručka?“, upitao me je iznebuha.

„Zašto?“, zadahtala sam, iskreno zgranuta. Da li je sumnjao da prisluškujem? Ne. Kad je o tome reč, ja nisam razumela nemački.

„Tamo odakle ja dolazim, kad se momku sviđa devojka, on je prati kući.“

„Sviđam ti se?“, promucala sam. „Ali ja sam samo služavka.“

„A ja sam samo zastavnik. Kad smo kod toga, zovem se Ralf. Nadao sam se da možemo da budemo prijatelji.“

Kako da mu kažem da se nikad ne bih sprijateljila s nacistom? Nisam mogla. Postarao bi se da me otpuste. Zato sam klimnula glavom i nastavila s poslom, moleći se da me ostavi na miru. Odahnula sam sa olakšanjem kad se okrenuo i vratio u kancelariju.

Nisam mogla prestati da se brinem kad sam nastavila da ribam. Nemci se ne sprijateljuju sa italijanskim devojkama. Žele ih samo iz jednog razloga: zbog seksa. O gospode bože, molila sam se.

Posle ručka, tokom kojeg sam morala naterati sebe da ne gledam u Ralfa Majera iz straha da ne pokažem svoju zabrinutost, raščistila sam pa krenula iz zamka, uzalud se nadajući da je on zaboravio na mene.

Nisam imala sreće. Čekao me je na stepeništu. „Divan je dan za šetnju“, rekao je. „Uživam da pešačim kad imam slobodno popodne.“ Pogledao me je iznenađujuće stidljivo. „Hteo sam i ranije da te pitam mogu li da te otpratim. Ali danas mi se prvi put ukazala prilika.“

Krišom sam ga pogledala. Izgledao je mlađe nego što sam isprva mislila. Obrazi su mu bili glatki. Izgledao je *dobroćudno. Verovatno ne bi trebal ništa da mi se desi s njim, iznenada sam shvatila.*

Pešačili smo laganim korakom duž prevlake. Pokazala sam mu svoje omiljene biljke – bugenvilije i oleandere. On je, zauzvrat, meni rekao da mu roditelji i sestra žive u jednom stanu u Hamburgu i da nikad nije video tako živopisno cveće kao ovo kakvo imamo mi u Portofinu.

Ostavio me je pred zadnjom kapijom baroničinog vrta, rekavši da planira da ide na plivanje. „Volim da se sunčam tamo dole", rekao je, pokazavši na stenovitu obalu. Zatim mi se naklonio i lupnuo petama. „Videćemo se sutra, sinjorina."

„Adela", rekla sam, pre nego što sam stigla da se zausta-vim. „Molim vas, zovite me Adela."

„Auf Wiedersehen, Adela", rekao je, sa osmehom tako ljupkim i prijateljskim da mi je ushitio srce.

A sad ne mogu da prestanem da mislim na njega, dragi dnevniče. Znam da je glupo, ali to je jače od mene. Nikad ranije nisam upoznala nikog takvog. Učinio je da se osećam posebno. Pogrešno je što se tako osećam; on je neprijatelj. Đina bi se zgrozila, i to s razlogom. Moram biti više kao ona. Otpornija. I biću. Od sutra. Neću dozvoliti Ralfu Majeru da poljulja moju odlučnost.

Đina je znala da će čitati o Ralfu Majeru; znala je jeziv kraj Ade-line i njegove priče. Ali način na koji je Adela pisala o njemu dirnuo ju je u dubinu duše. O, kako je želela da može da vrati decenije i upozori ih. Kaže im da ne odu putem kojim su upravo krenuli.

Ruke su joj drhtale kad je zatvorila dnevnik i stavila ga u fioku noć-nog stočića. Vreme je da ide na plivanje. To će joj pročistiti um od tuge koju je donelo čitanje o Adelinom prvom istinskom susretu s Ralfom.

Đina se presvukla u kupaći kostim pa navukla šorts i majicu pre-ko njega. Majka je još sedela u dnevnoj sobi, slušala je radio. – Idem na plivanje. – Đina je poljubila majku u obraz. – Zadržaću se otpri-like jedan sat, ako ti ne smeta. Hoćeš li da donesem picu za ručak?

– Dobra ideja, *tesoro*. Ponestaje mi zamisli za vegetarijansku hranu.

Đina je spakovala svoju torbu i peškir pa se zaputila strmom stazom ka Crkvi Svetog Đorđa. Prošla je pored baroničine vile, posle njene smrti pretvorene u turističke apartmane, pa produžila Adelinim i Ralfovim stopama duž prevlake, dok joj je srce tugovalo za njima.

Zaobišla je podnožje zamka, prateći stazu ka svetioniku, pa sišla do plaže Oliveta. Preplavilo ju je toliko uspomena na dolazak tu u detinjstvu i mladosti. Plaža je mala, samo malena uvala, ali voda je čista i primamljiva. Đina je jedva čekala da uroni i zapliva.

Zaustavila se. Zagledala se. Dvoje ljudi se sunčalo na stenama. Plavokosa devojka i muškarac svetle kose.

Dođavola, to je Houp. U toplesu. Dok se približavala, Đina je odvratila pogled s Houpinih kočopernih dojki.

Poznati miris uvukao se Đini u nozdrve. Miris koji je i ranije osetila kako lebdi u Houpinoj sobi. Trava.

Houp i taj muškarac dele džoint!

Đina se ukopala u mestu.

– O, zdravo, mama. – Houp je očigledno čula njene korake na šljunku. – Ovo je Kurt. – Uzela je džoint od njega i uvukla dim i ne trepnuvši, razmećući se golim grudima i očigledno urađena kao prokleti zmaj.

Kurt? Zvuči nemački... Đina je zakoračila napred i zapiljila se u muškarca. – Drago mi je – rekla je, iako joj je bilo sve samo ne drago.

Kurt je ustao i procenjivački je odmerio. – Ne koliko meni – rekao je.

Baraba razmetljiva, pomislila je Đina.

– Kurt je iz Hamburga i naučiće me da ronim kako bi mogao da mi pokaže koralne grebene – dodala je Houp, vrativši mu džoint kad je ponovo seo pored nje.

– Ali htela sam da nam uzmem picu za ručak – rekla je Đina u očajanju.

Houp se zakikotala. – Previše smo stondirani da bismo sad ronili. – Ovlaš je pogledala Đinu ispod trepavica. – Otkud ti ovde?

– Došla sam na plivanje, naravno.

– Hajde, onda. Voda je divna.

Đina je uz uzdah okrenula leđa Houp i Nemcu – *baš je našla Nemca, od toliko ljudi!* – zaobišla je stenu pa se skinula u kupaći kostim. Došla je na plivanje i ima da pliva, pomislila je dok je ulazila u vodu.

Plivala je brzim kraulom po zalivu, zatim se okrenula na leđa i plutala, vrelo sunce tuklo je po njoj dok je razmišljala o Houp i Nemcu. Pri pogledu na njega, Đini se okrenuo stomak. Plava kosa do ramena. Preplanuo. Kako ga je, zaboga, Houp upoznala? Ko je on, dođavola? Kakve su mu namere prema Houp? Đina je morala da sazna, zato se okrenula spreda i zaplivala ka obali.

Ali kad je izašla iz vode, njena ćerka je bila sama. Đina je zgrabila svoj peškir i bez reči počela da se briše.

Houp je rukom zaklonila oči. – Šta je bilo, mama?

– Zaprepastila si me sedeći tu i pušeći travu s jednim Nemcem. – Đina je napravila grimasu.

– Ostavi se predrasuda. Rat se završio pre dvadeset pet godina.

Naravno da Houp nije mogla da razume Đininu zgroženost nad njenim druženjem s jednim Nemcem i da se nije ni osvrnula na činjenicu da udovoljava sebi drogom. Iako je, da bude iskrena, Đinu više uznemirio Nemac nego trava.

– Nemaš pojma kroza šta sam prošla tokom nacističke okupacije...

– Samo zato što mi nikad nisi ispričala – brecnula se Houp.

– Ne mogu. Previše je bolno. – Đina je posegnula za svojom odećom. – Zar ne bi trebalo da staviš gornji deo?

– O, mama. Sad je 1970. Svi su u toplesu na plaži.

– Htela sam da kažem, kad kreneš natrag u selo. Obećala sam tvojoj noni da ću doneti picu za ručak.

– Da. Rekla si. – Houp je navukla majicu preko glave pa uzela svoj blok za crtanje.

– Nego, gde si upoznala onog Nemca? – Đina nije odolela da ne pita.

– Taj Nemac ima ime, mama. Kurt živi tamo gore. – Houp je pokazala ka prevlaci. – Skicirala sam zamak, a on je prošao pored mene. Zastao je pa smo proćaskali. – Oči su joj zasijale. – Ima jahtu u luci. Mada mene bogatstvo ne zanima. Ipak, volela bih da naučim da ronim i vidim te korale.

Đina je odmahnula glavom. Nije želela ni da pita za travu...

12.

1970.

Majka je otvorila kuhinjski prozor da pusti malo svežeg vazduha. Duboko prodorno kričanje galebova odjekivalo je kroz kapke sa žaluzinama, nadmećući se s prodornim ćaskanjem s radija u pozadini.

Houp je spustila nož i viljušku. – Prejela sam se. Ne mogu više ni zalogaj da pojedem.

Đina je pogledala u ćerkin tanjir; pojela je samo polovinu svoje pice s paradajzom i mocarelom. – Ostatak možeš da pojedeš za večeru – uzdahnula je Đina.

Houp se varljivo osmehnula pa zadenula odlutali pramen kose iza uha. – Kurt me je pozvao na večeru u *Pani*. To je trendi mesto kao ujka Tomazovo...

– Zašto nisi ranije rekla? – Đina nije mogla da se ne brecne; još je bila ljuta što ju je zatekla s Nemcem.

– Zaboravila sam. – Houp je slegnula ramenima.

– Hmmm. Samo nemoj pušiti travu javno. Znaš da je ovde to protivzakonito.

– Svašta, mama. Nisam glupa. – Odmakla je svoju stolicu. – Napraviću sliku na osnovu crteža zamka. Idem u svoju sobu, ako ti ne smeta.

– Dobro. – Đina joj je odmahnula.

– Jeste li ti i Houp u svadi? – upitala je majka, odnevši svoj tanjir do radne ploče.

– Upoznala je nekog Nemca. – Đina je pustila vodu i istisnula sapunicu za sudove u sudoperu. – Zove se Kurt. Živi na prevlaci i izgleda da ima jahtu koju drži u luci.

84

– Ah. Biće da je to praunuk baronice Fon Galen. Nasledio je njenu vilu i pretvorio je u apartmane za odmor. Svakog leta dolazi u Portofino.

– On se drogira – rekla je Đina. – Loše će uticati na Houp.

Majka se strogo zagledala u Đinu. – Moja unuka ima dvadeset četiri godine, *tesoro*. Ponašaš se prema njoj kao da je dete.

– Zato što se ona ponaša kao dete, uglavnom.

– Oh?

Đina je onda rekla majci da je Houp, pošto je odustala od studija, otišla da živi u hipi komuni u Dorsetu. Tamo je toliko pušila travu da joj je to narušilo mentalno zdravlje. – Očajna sam zbog nje – dodala je Đina.

– Meni se čini da je moja unuka pomalo izgubljena. Ali nije izgubljen slučaj. Ako bi pokazala da imaš poverenja u nju, možda bi te iznenadila.

– Ne mogu da se ne brinem zbog nje, mama.

– Znam, draga. Razumem. Ali ne možemo živeti nečiji život umesto njega. Mora sama da pronađe svoj put.

– Šta ako na kraju krene pogrešnim putem? Hoću da kažem, već je pravila greške.

Đina je umalo rekla *kao Adela*, ali se na vreme zaustavila.

– Život se svodi na izbore. Ponekad pravimo dobre, ponekad loše. Houpini loši biće uravnoteženi onim dobrim, videćeš. To je jedini način da se razvija kao ličnost. Ako ti budeš pravila izbore umesto nje, sprečićeš je da se potpuno razvije.

Đina je prestala da riba tanjir i uzdahnula. – Pročitala sam do Adelinog susreta s Ralfom. Tako me je rastužilo to. Verovatno sam se zato uznemirila zbog Houpinog zbližavanja s tim Nemcem.

– Zbližavanja? – Majka se nasmejala, uzela krpu pa se pridružila Đini za sudoperom. – Znaš, nisu svi oni bili nacisti. U svakom slučaju, baronica je volela Adelu kao ćerku. Uvek je pazila na nju.

Đina je dodala majci ispran tanjir. – Često sam se pitala da li si se zbog toga osećala ugroženo.

– U početku. Ali kad sam videla koliko je Adela srećna što joj se pruža toliko prilika koje mi nismo mogli da joj ponudimo, prihvatila sam to. – Majka je uzdahnula. – Da nije bilo rata, verujem da bi baronica pomogla tvojoj sestri da ostvari svoje ambicije. Adela je bila tako pametna devojka.

– Nikad nisam shvatila koliko joj je bilo stalo do mene. Nikad to nije rekla.

– Sestrinskoj ljubavi nisu potrebne reči, dušo. A *ti* si pokazala koliko si *nju* volela, ne zaboravi.

Đina to nikad neće zaboraviti, ali nije želela sad toga da se priseća. *To bi joj iskidalo srce na komadiće.* Nastavila je da pere sudove. – Jesi li razmišljala o problemu s krovom? – upitala je da bi promenila temu.

– Jesam. Moraću da proverim koliko je babo ostavio na našoj štednoj knjižici. Možda će biti dovoljno da pokrije to.

– Mislim da ne treba da iskoristiš svoj novac za stare dane. – Đina je pružila majci još jedan tanjir. – Tomazo sigurno ima više nego dovoljno ušteđevine.

– Hmm. – Majka je temeljno obrisala tanjir krpom pa ga stavila na stranu. – Nije se ponudio. Razgovaraću s njim. Ne brini ti zbog toga. Jutros me je šokirao, ali pošto sam razmislila o tome, sigurna sam da ćemo naći rešenje.

– Vini i ja možemo da doprinesemo. Imamo *nešto* ušteđevine za crne dane. A to što taj krov prokišnjava dovoljan je razlog da iskoristimo nešto od toga, ozbiljno.

– Hvala, draga. – Majka ju je pomilovala po nadlaktici. – Hajde da kasnije popričamo o tome. Sad je vreme za moj odmor. Što ne pročitaš još malo Adelinog dnevnika dok se ja nakratko odmorim?

– Hoću. Onda bismo, ako hoćeš, mogle da se prošetamo malim trgom. – To je nešto što su mama i babo radili svako veče, sećala se Đina.

Đina je u svojoj sobi uzela Adelin dnevnik. Znala je da je njena sestra na kraju poklekla u rešenosti da ne popusti pred Ralfom, i pitala se da li je to bilo odmah ili kasnije.

Đina je ovlaš preletela preko zapisa, saznavši da bi Adela spustila pogled kad god bi se našla u društvu mladog Nemca, ali nije mogla da ne oseti citrusnu notu njegove kolonjske vode. Jednom joj je ponudio da joj ponese kofu vode, ali ona je smatrala da je to nepriladno. Posle toga je pisala o svojim zbrkanim osećanjima prema njemu, o tome kako njeno luckasto srce zakuca brže kad god ga vidi. Znala je da je bila glupa.

Onda je Đina naišla na zapis koji je očekivala, događaj koji je sve promenio između Adele i Ralfa. Đini su se oči zamaglile od iznenadnih suza. Otrla ih je žmirnuvši, pa se usredsredila na sestrine reči.

26. jul 1944.

Dragi dnevniče,

Jedva da mogu da pišem; ruka mi se mnogo trese. Vraćala sam se kući danas posle ručka i skoro sam stigla u baroničinu vilu kad su počele da zavijaju sirene za vazdušni napad. Možeš li da zamisliš moj šok? Nikad ranije nisu bombardovali u to doba dana. Bilo je zastrašujuće. Velike leteće tvrđave vinule su se u V formaciji iznad Portofina – izbrojala sam ih više od pedeset. Buka njihovih motora probijala mi je glavu, uši su me zabolele. Oglasila se protivvazdušna artiljerija i, naravno, saveznički avioni su uzvratili. Bombe su padale u more s druge strane prevlake, stvarajući divovske vodene gejzire. Eksplozije su napravile rusvaj na obronku iza sela, pramenovi crnog dima izvijali su se u vazduh.

Celim telom sam se tresla kad sam se zaustavila, ukopana u mestu, stomak mi se uvrtao u čvor od straha. Iznenada, nečije snažne ruke su se obavile oko mene, miris citrusa preplavio mi je nozdrve. Bio je to Ralf, odlučno me je povukao sa staze, pod japanski kišobran-bor.

„Otkud ti ovde?“, promucala sam. „Jesi li me pratio?“

„Krenuo sam na plivanje kad sam čuo avione, a znao sam da si napolju, na otvorenom. Hteo sam da se uverim da si dobro.“

Izmigoljila sam se iz njegovog stiska i udaljila od njega.

„Sasvim sam dobro. Nema potrebe da se brineš za mene.“

Ali tad je nastao pakao. Jedan saveznički bombarder, kojeg je jurio nemački meseršmit, preleteo je nisko iznad njih.

Kroz ogromnu eksploziju čulo se ra-ta-ta-ta mitraljeske vatre. Sve oko nas se treslo. Toliko sam se uplašila da sam dotrčala do Ralfa i zagnjurila glavu u njegove grudi. Držao me je, ljuljajući me, umirujući me, govoreći mi da smo tu bezbedni, da je eksplozija bila malo dalje.

Avioni su odleteli; protivavionske baterije su se ućutale. Ali nije sve bilo dobro. Jedak dim štipao me je za oči, te sam se izvila iz Ralfovih ruku. Težak oblak dizao se iza baroničine vile. Dah mi je zastao. Da li je kuća pogođena?

Potrčala sam, a Ralf je trčao za mnom. „Dio mio, o moj bože. Bombardovali su Crkvu Svetog Đorđa“, zapomagala sam, srce da mi iskoči iz grudi. Okrenula sam se ka njemu. „Bolje da odeš. Ne smeju nas videti zajedno.“

„Čuvaj se“, rekao je, ali me je poslušao.

Odjurila sam. Samo su barokno pročelje i mali deo apside ostali da stoje. Meštani su počeli da pristižu na lice mesta; stajali su unaokolo i zurili u izgorele ostatke naše drage kapele. Da li je neko bio unutra?

Tad se dogodilo čudo. Jedan čovek se isteturao iz zdanja u plamenu. Karmelo, ribar, babov prijatelj. „Utrčao sam u crkvu da se sklonim pored oltara“, uspeo je da kaže između isprekidanih udisaja. „Nisam ni pomislio da će bombardovati crkvu. Sveti Đorđe me je zaštitio.“

Đovani, baštovan baronice Elizabet, prišao mi je u tom trenutku. „Poslala me je da te dovedem“, rekao je. „Baronica je veoma zabrinuta za tvoju bezbednost.“

Otišla sam pravo kod nje. Sva boja joj je bila nestala sa lica i bila je primetno potresena.

„Tako mi je žao“, izvinila sam se. „Nisam razmišljala.“

Ostatak dana provele smo zajedno, kao obično. Baronica je rekla da se plaši da ja nastavim da radim u Kastelu Braun. Hodanje na otvorenom biće opasno ako se nastave bombardovanja tokom dana. Ali ja sam joj rekla: „U ratu smo. Nema jemstva ni za koga od nas. Neću dozvoliti da me to odvrati.“

Đina je otrla suzu. O, kako je želela da ju je to odvratilo. Da je odustala od te nesmotrene zamisli da može da bude Mata Hari svog vremena. I da nikad nije nastavila s Ralfom. Đina je zurila u dnevnik s teretom na srcu pa nastavila da čita.

2. avgust 1944.

Dragi dnevniče,

Prošlo je nedelju dana od bombardovanja Crkve Svetog Đorđa i otad nije bilo više dnevnih vazdušnih napada. Malo sam oklevala da ti pišem, ali nekome moram da kažem, a ti si, dragi dnevniče, moj jedini pouzdanik.

Ralf Majer i ja smo se zbližili. Dan nakon bombardovanja potražio me je i rekao mi da se zaljubio u mene. Pitao me je da li mi to smeta. Bio je tako sladak. Nimalo nasrtljiv. Rekao je da treba da mu kažem ako nisam razvila osećanja poput njegovih. Bio bi skrhan, ali prihvatio bi moju odluku i nikad to više ne bi pomenuo.

Rekla sam mu da me jedva poznaje; zatreskao se u mene, ništa više od toga. Posle rata će otići kući u Nemačku i zaboraviće da sam ikad postojala. Ali on me je uverio da neće biti tako.

Zato sam pristala da budemo prijatelji. Znam da se igram vatrom, ali čeznem za društvom svojih vršnjaka. Đina mi mnogo nedostaje, nedostaje mi da bude tu, da možemo da razgovaramo, nedostaje mi da se hranim njenom energijom, nedostaje mi njena odlučnost. Baronica je divna, ali ona pripada drugoj generaciji. A kad nedeljom posećujem svoju porodicu kod tetke Irme, tamo su samo stariji ljudi. Svi mlađi od trideset ili su crnokošuljaši ili su partizani; ja štrčim kao bolni palac.

Ralf razgovara sa mnom na svom oskudnom italijanskom, a ja bih volela da mu odam da govorim nemački. Olakšalo bi razgovor između nas kad bismo mogli da ćaskamo na njegovom jeziku. Razgovaramo o muzici, časopisima, filmovima, ali izbegavamo politiku. On me svaki dan prati kući, od onog dana kad je crkva bombardovana, ne samo kad ima slobodno popodne.

Ostali oficiri primetili su kako me Ralf gleda i zadirkivali su ga dok sam ih posluživala za stolom, ne znajući da ja razumem. Baš juče je debeli nepristojno prokomentarisao kako bi Ralf trebalo da me odvede u svoju sobu. Neću ti doslovno preneti reči koje je upotrebio jer su previše prostačke. Ralfovi drugovi oficiri verovatno misle da sam ja kao seoske devojke koje provode vreme s njihovim pomorcima u hotelu Nacional, a ne stidljiva devojka bez iskustva u takvim stvarima. Sve što sam mogla dok sam im sipala krompir-salatu bilo je da se ne zajapurim. Krišom sam pogledala Ralfa i primetila da je pocrveneo.

Danas, dok sam služila ručak, čula sam Rajmersa kako priča o svojoj brizi zbog sve aktivnijeg prisustva partizana na Apeninima. Prvi put su nacisti počeli da priznaju da ljudi koje su prezrivo zvali banditen predstavljaju stvarnu pretnju rezervnim trupama, kao i opasnost po bezbednost.

Rajmers je bez upozorenja postao karikatura pobesnelog naciste, lice mu je odavalo ljutnju, vene su mu iskočile na čelu dok je ispaljivao grlene glasove svog jezika. „Rajh je osnovao antigerilsku komandu", režao je. „Očistićemo oblast od partizana i kaznićemo svakog ko im pomaže."

Zadrhtala sam na nogama iz straha da bi Đina mogla da oseti gnev nacista. Ali, naravno, nisam mogla da pokažem svoju brigu.

Kasnije, kad me je Ralf pratio kući, morala sam da glumim nehaj, iako je sve što sam želela bilo da otrčim baronici s tom informacijom. Da li CLN već zna za to? Nisam imala načina da otkrijem.

Na baštenskoj kapiji, Ralf me je uhvatio za ruku i prineo je svojim usnama. „Auf Wiedersehen, Adela", rekao je.

Bez oklevanja sam se izvila na vrhove prstiju i poljubila ga u obraz. „Vidimo se sutra, Ralfe."

*Samo to što ga viđam svakog dana čini me srećnijom nego
što sam mesecima bila. Znam da je to pogrešno...*

Đina je zatvorila dnevnik. Čula je da je crkva bombardovana
kad je jedan regrut došao na planinu Monte Beko s tom informaci-
jom. Sećala se koliko se bila uplašila za majku, oca i Adelu. Ali njoj
su pažnju odvraćala naređenja koja su stizala od CLN-a. Partizan-
ske formacije mnogo su rasle, ali nedostajali su im obuka i delotvor-
no vođstvo. Vento je izabrao nju, Stefana i Enca da odu na sever i
pomognu šarolikoj grupi od oko dve stotine njih, u uporištu nedale-
ko od grada Varci. Izgleda da je tamo bilo i žena, i Đina se radovala
ženskom društvu. Otkrila je da joj Adela neobjašnjivo nedostaje.

Đina je pomilovala ljubičastu kožu dnevnika. Da je znala šta
je Adela naumila, da li bi se okrenula, otišla kući i pokušala da je
spreči? Tek kasnije je saznala da je njena sestra radila za Nemce, a to
saznanje nateralo ju je u očaj. Naknadna pamet je previše deprimi-
rajuća, pomislila je. Trebalo bi da se usredsredi na sadašnjost.

Ali prošlost ju je dozivala i bila je previše moćna da bi joj se
oduprla. Početak je avgusta 1944. ona pešači sa Encom i Stefanom
uskom dolinom Torbida uz reku Kurone, ka selu Kastanjola. Put
se postojano uspinje, s jedne strane zatvoren dugačkim planinskim
grebenom, a s druge visokim vrhovima. Sunce tuče po njenoj nepo-
krivenoj glavi, a ona briše znoj sa obrva.

13.

1944.

Put se i dalje uspinje, sunce je visoko iznad grebena sa Đinine leve strane; škilji i zaklanja oči dok joj se znoj cedi niz lice. Hodala je praktično bez zaustavljanja uz Enca i Stefana otkako su tri dana ranije napustili planinu Monte Beko. Išli su na sever sa svojim rancima, oružjem i municijom, držeći se podalje od glavnih puteva, spavali na otvorenom dok su šipčili kroz Severne Apenine. Izbegavajući zaseoke i samotna imanja rasuta duboko u nepristupačnim planinama, napredovali su kroz neujednačen i pust krajolik. Jedini plodni delovi bili su uske rečne doline kao ona kojom su upravo prolazili. Đina se čudila da tako turoban kraj može postojati samo pedesetak kilometara od Đenove.

Posle treće noći pod vedrim nebom i života na bajatom hlebu i vlažnoj kobasici, u svitanje tog jutra pešačili su uz reku Kuronu, koja se smanjila na sporu, usku traku plitke vode što je proticala između tepiha od glatkog sivog kamenja. Pregazili su je da bi stigli do barikade na putu koju su postavili partizani. Đina je uzdahnula od olakšanja; stigli su do ulaza u selo San Sebastijano, koje su kontrolisali partizani. Tu je trebalo da se sastanu s njima, a zatim bi ih oni odveli u Kastanjolu, gde je bila potrebna njihova pomoć.

Nizak muškarac u nemačkoj vojničkoj jakni preko vrećastih smeđih seljačkih pantalona, mahnuo im je svojim šmajserom. Stefano mu je ukratko objasnio ko su i kuda su pošli. – *Un momento* – promrmljao je nizak čovek. Obavio je poziv preko terenskog telefona, zatim im rekao da pođu s njim.

Odveo ih je na četvrtasti trg San Sebastijana, rekao im da mogu da doručkuju u hotelu i kako će ih neko odvesti u Kastanjolu. Čim su počeli da jedu sveže zemičke i kozji sir, prišla im je devojka prodornog pogleda, kovrdžave tamnosmeđe kose. U kaki košulji i šortsu, sa šmajserom i redenikom municije preko ramena i s rancem na leđima, predstavila se kao Karmen. – Moramo da idemo – rekla je, kad je proverila Đininu, Encovu i Stefanovu propusnicu. – Očekuju vas, a San Sebastijano nije bezbedan. – Objasnila im je da u selu očekuju napad nemačkih trupa stacioniranih u Vogeri. San Sebastijano drži rekord u prelasku iz ruke u ruku jer predstavlja, izgleda, granicu do koje neprijatelj može da preuzme kontrolu.

Sad je, penjući se ujednačenim ritmom ka svom odredištu, Đina osećala da su joj noge teške kao olovo, dok joj se od sunčeve vreline vrtelo u glavi. Posrnula je, a Enco ju je uhvatio za lakat. – Jesi li dobro?

– Dobro sam. Samo malo umorna.

Pre nego što je Enco stigao da odgovori, kretanje pored puta privuklo je Đini pažnju. – Pazite se! – uzviknula je. – U zaklon!

Enco ju je zgrabio i povukao u jarak; Stefano i Karmen su se spustili iza njih.

Ručna bomba je pala na put i odskočila jednom, baš kad je Đina spustila glavu. Pokrila je uši pre nego što je bomba eksplodirala uz bučan prasak i zasula ih prašinom i kamenjem.

Tajac.

Usamljena prilika izašla je iza kestena i počela da beži.

Budala, sad je laka meta, pomislila je Đina, nišaneći svojim šmajserom. Naciljala je i ispalila kratak rafal, Enco i Stefano su spremali oružje da bi joj pružili podršku.

Figura se srušila i ostala nepomično da leži.

S podignutim oružjem, pritrčali su paloj prilici; na osnovu njegove sivomaslinaste uniforme bilo je jasno da je nemački vojnik. *I da je mrtav.* Polovina lica bila mu je razneta. Ostali su samo krv, kosti i tetive.

Đini se gorka žuč popela u grlo. Pucala je u neprijatelja i ranije, ali ovo je bilo prvi put da je izbliza videla rezultat svog pogotka.

Neobičan zvuk dopro je iz daljine. Metalni zvuk.

Opasnost!

Sveta Marijo, još jedan Nemac se približavao, grozničavo pokušavajući da otkoči mehanizam za pucanje na svom automatu.

Đina je nanišanila, ali Enco je bio brži od nje. Pucao je, a Nemac je vrisnuo i pao na tlo.

Ledeni strah ščepao je Đinu za stomak. Nekoliko desetina neprijateljskih vojnika pojavilo se iza linije drveća uz put. Ona i njeni prijatelji bili su potpuno brojno nadjačani.

Iznenada je mali crveni predmet preleteo iznad njene glave i eksplodirao petnaestak metara dalje.

Italijanska bomba! Koju je bacila Karmen!

Pala je prekratko, ali ipak dovoljno blizu Nemaca da ih otera u zaklon.

Đina se sagnula na putu dok je Karmen bacala bombe iz jarka. Kad je Karmen posegnula za svojim šmajserom, Đina se brzo bacila u zaklon iza gomile zemlje, praćena Encom i Stefanom. Sve troje su podigli oružje, pritisli obarače i zapucali.

Napad iza obližnjeg drveća je prestao, zamenjen isprekidanim rafalima petstotinak metara dalje. *Mora da se izvidnica povlači, a oni iza njih pokrivaju ih vatrom.*

Na kraju je šuma utihnula. Pokreti Đine i njenih drugova zacelo su naveli neprijatelja na pomisao da je u pitanju veća sila, te se povukao.

Đina i Enco su potrčali ka ranjenom Nemcu. Na usta su mu izbijali krv i pena. Bio je jedva nešto stariji od dečaka i Đina je osetila ubod žaljenja. Kleknula je pored njega i rukama mu obujmila glavu, umirujući ga dok je ležao umiruć. *Kakvo traćenje mladog života...*

– Moramo da produžimo – rekao je Enco pošto je Nemac prestao da diše. – Ta patrola bi mogla da se vrati.

Njih četvoro su produžili, držeći se drveća i trudeći se da budu što tiši. Posle otprilike dva sata pešačenja, stigli su do oboda malog sela koje je grlilo podnožje skoro vertikalne litice. *Kastanjola.*

Karmen je odvela Đinu i njene drugove u gostionicu, kuću od grubo tesanog kamena u središtu sela. – Ti ćeš sa mnom u sobu

– Karmen je rekla Đini kad ih je gostioničareva žena povela uza ste-
penice. – Možeš da se osvežiš, a onda siđi. Komandant Roso[8] čeka
da te izvesti o situaciji.

Enca i Stefana su odveli niz hodnik dok je Đina ušla za Kar-
men u dvokrevetnu sobu koja je gledala na seoski trg. Đina je prišla
ogledalu iznad umivaonika na zidu. Ustuknula je užasnuta svojim
odrazom koji je zurio u nju. Njeno suncem opaljeno lice bilo je blat-
njavo od skrivanja u jarku; pletenica joj je mlitavo visila; odeća je
vapila za temeljnim pranjem.

Uz drhtaj je pustila vodu i uzela parče sapuna. *Pravog sapuna!* –
Ovo je divno – rekla je, obrativši se Karmen, dok je sapunala ruke
i trljala prljavo lice. Žudela je da ispita tu devojku i otkrije kako je
stigla dotle, ali to je moglo da sačeka; čulo se kucanje na vratima.

– Idi ti – Karmen je odmahnula Đini. – Ja ću vam se kasnije
pridružiti.

Đina je brzo isprala lice i obrisala ga peškirom koji joj je Karmen
dobacila.

Enco i Stefano su čekali u hodniku. Njih troje su sišli niza ste-
penice i u delu sa šankom naišli na mršavog tamnokosog mladića u
ranim dvadesetim, koji je sedeo za stolom. – *Benvenuti* – rekao je,
pokazujući da mogu da mu se pridruže. – Ja sam komandant Roso.

Partizanski vođa je podelio s njima priče o borbi s nacifašisti-
ma dok je gostioničar služio za ručak *brasato*, dinstanu govedinu,
najbolji obrok koji je Đina pojela posle nekoliko meseci. Bila je to-
liko umorna da je jedva mogla da se usredsredi kad je Roso razvio
mapu i objasnio im da u Kastanjoli i okolini vodi bataljon od dvesta
pedeset partizana. Pošto ga je Enco pitao o naoružanju, Roso je re-
kao da je svaki partizan opremljen puškom, ali da imaju samo po
jedan mitraljez na šestoricu njih. Zaplenili su tri minobacača, koji
predstavljaju važan potencijal dugog dometa, a nadaju se i da će im
Amerikanci uskoro iz vazduha baciti još oružja.

Đina je pokušala da se usredsredi dok je Roso pokazivao lokalne
puteve i staze, lokacije neprijateljskih snaga u oblasti i scene razli-
čitih akcija koje su dosad izveli. Na kraju je Roso ozbiljno pogledao

---

[8] It.: *rosso* – crveni. (Prim. prev.)

sve troje i upitao: – Šta mislite, šta bi trebalo da nam bude glavni cilj iz naše baze, ovde u Kastanjoli?

Začuđena, Đina je pogledala u Stefana, koji se okrenuo ka Encu.

Enco se nasmešio. – Zauzimanje Varcija, naravno. Gledajući mapu, mislim da neće biti toliko teško...

Roso je udario pesnicom o sto. – Evo ruke – rekao je, rukujući se sa Encom. – Ti si baš ono što nam treba. Prošao si test i postavljam te za vođu.

Komandant je objasnio da planira da napusti bataljon na neko vreme, upravo da bi pripremio napad na Varci. Njegova strategija je da pregrupiše partizane koji se kriju u planinama i ujedno obavi pažljivu regrutaciju. Takođe je morao da razmeni informacije i planove s moćnim komunističkim bataljonom koji je delovao malo severnije. – Čuo sam od CLN-a da komandant Vento ima veoma visoko mišljenje o tebi – nastavio je, odmeravajući Enca. – Siguran sam da ćeš voditi moje ljude dok sam odsutan. Bravo!

Enco se zahvalio Rosu na poverenju, pa dodao: – Malo ćemo se odmoriti pre nego što se sastanemo s bataljonom, ako je to u redu. Dugo smo pešačili sa planine Monte Beko po vrućini.

– Nema problema – zakikotao se Roso. – I sâm ću malo da se odmorim.

Đina je mogla da ga poljubi koliko je bila zahvalna. Ali nije, naravno. Samo se vratila uza stepenice. Karmen nije bila tu, ali je na krevetu ostavila čist kaki šorts i košulju za Đinu, s porukom na kojoj je pisalo da će se kasnije vratiti. Đina je skinula prljavu odeću, oprala se od glave do pete pa uskočila u krevet. Utonula je u dubok san, jedva stigavši da uživa u neuobičajenom luksuzu divno opranih čaršava ili da se zabrine kako će se Enco, Englez, snaći s tim neočekivanim unapređenjem.

Probudila se jer ju je Karmen nežno protresla. – Čekaju nas dole na trgu da se sastanemo s ljudima – rekla je.

Đina je navukla čist šorts i košulju, obula čizme za pešačenje, prebacila preko ramena svoj šmajser, pa sišla s Karmen. Roso, Enco i Stefano već su stajali na terasi gostionice. Đina je iskolačila oči. Enco i Stefano su očigledno posetili seoskog bricu. Kosa im je bila ošišana kratko i bili su sveže obrijani. Podigla je palac ka njima, pa okrenula znatiželjan pogled ka trgu.

Partizani su se, u raznolikoj odeći, neki s bradom, okupili ne glumeći vojničku organizovanost. Bučni i razmetljivi, stajali su unaokolo pušeći, oslonjeni na svoje puške.

Roso je dunuo u pištaljku pozivajući ih na tišinu. Predstavio je Enca i rekao partizanima da će slušati Encova naređenja dok se on ne vrati.

Razuzdano klicanje razleglo se među ljudima koji su uzvikivali: „Živela Italija! Živela Engleska!", što je bilo praćeno sveprisutnim „Smrt fašizmu!" i „Sloboda narodu!".

Kad su se vratili unutra, Roso se upustio u opisivanje organizacione strukture brigade. Podelio je ljude u „odrede" od po desetak njih; četiri-pet odreda činilo je jedinicu od pedeset do šezdeset ljudi, a pet jedinica činilo je njegov bataljon. Roso će povesti jednu jedinicu sa sobom za vrbovanje, a preostale četiri će ostaviti u Kastanjoli.

– Gde svi oni spavaju? – upitala je Đina, mešajući dragocenu kašičicu šećera u šolji ječmene kafe koju im je gostioničareva žena upravo poslužila.

– Većinu smo smestili kod seljana, ostali spavaju u školskoj zgradi – koju smo pretvorili u kasarnu – kad nisu na straži ili na poslu.

– Na poslu? – upitao je Enco.

– Imamo spisak poslova. Svaki odred na smenu patrolira do okolnih sela, čuvaju neposredne pristupe Kastanjoli, pomažu lokalnim seljanima u zamenu za mleko, krompir i drugu hranu ili imaju slobodno vreme.

– Zvuči kao da držite sve pod kontrolom – rekao je Stefano.

– Imamo i policijski sat od deset – dodao je Roso uz osmeh. – Ali tolerišemo povremene ispade kao što je kolektivno opijanje ili kad nekog ne zateknemo u svom, već u krevetu neke seoske devojke. – Namignuo je. – To je dobro za ljude, da se izduvaju.

Đina je pocrvenela. Da li će Enco ili Stefano iskoristiti društvo neke od seoskih devojaka? Nadala se da neće.

– Odakle su tvoji ljudi? – upitao je Enco, ne osvrnuvši se na Rosovu napomenu o ispadima.

– Većina ih je iz kraja, ali imamo i nekoliko dezertera iz nemačke vojske – Jugoslovena, Mađara, Čeha, Poljaka, dva Rusa, čak i jednog kineskog momka. Stranci su odlični borci, kad smo kod toga, jer su obučeni vojnici.

– Dobro – Enco je klimnuo glavom. – Kad planiraš da kreneš?

– Večeras – rekao je Roso. – Čim padne mrak.

Đinu je steglo u grudima. Enco je izgledao samouvereno, ali pitala se da li je Stefano zabrinut kao ona.

Kasnije, pošto su Roso i njegovi ljudi otišli, a Đina i njeni drugovi uživali u večeri koja se sastojala od čorbe od povrća i grubog seljačkog hleba zalivenog crvenim moštom, sela je na terasu sa Encom na svež večernji vazduh. Karmen je odvela Stefana u školsku zgradu da upozna odred koji će predvoditi. Encova jedinica, kojoj će se i Đina pridružiti, otišla je u patrolu, te je trebalo sutradan da se upoznaju s njima. Odred koji je čuvao Kastanjolu već se mogao pohvaliti hrabrim poručnikom kojeg su zvali Lupo.[9] A odred koji je radio sa seljanima predvodio je čovek kojeg su zvali Šerif, a s kojim je blagovremeno trebalo da se upoznaju.

Iako zabrinuta, Đina nije mogla da se ne oseća polaskano što je uključena u taj zadatak sa Encom i Stefanom. Žene u Italiji još nisu imale pravo glasa, ali na osnovu onog što joj je komandant Vento rekao, njihov doprinos pokretu otpora postajao je sve značajniji. Ona nije bila jedina devojka koja je nosila oružje, rekao je kad joj je ponudio tu mogućnost. A sad, kad je upoznala Karmen, znala je da je to istina.

Enco je ponudio Đinu cigaretom. – Kako si?

– Nervozno. – Osmehnula se nagnuvši se ka ispruženoj šibici.

– Onda nas je dvoje. – Nasmejao se. – Ja sam običan mornar. Ali najčudnije je to što niko nije negodovao kad sam imenovan. Sve je to nestvarno, kao neki ludi san.

---

[9] It.: vuk. (Prim. prev.)

Pogledala ga je. – Sad, kad si se ošišao i obrijao, izgledaš kao komandant.

Protrljao je bradu. – Moram reći da mi je hladnije bez nje.

Pomislila je da mu kaže kako je naočit, ali se predomislila. Nije želela da mu svašta padne na pamet, naročito posle Rosove aluzije na seoske devojke. – Možeš li mi reći kako si od običnog mornara, kako nazivaš sebe, postao partizan?

Enco je izvio uglove usana. – To je nezanimljiva priča. Ne bih da ti dosađujem.

– Neće mi biti dosadna – uverila ga je.

– U aprilu '43. italijanska mornarica je gađala moju podmornicu. Izronili smo na površinu, gde sam napustio podmornicu sa ostatkom posade. Uspeo sam da otplivam dok je podmornica tonula, ali me je italijanski razarač pokupio i poslao u logor za pomorske ratne zarobljenike nedaleko od Kjavarija.

– *Dio buono* – rekla je. – Tamo sam plivala na takmičenjima kad sam bila mlađa.

– Mali je svet. – Široko se osmehnuo. – Ali posle primirja, Nemci su nas natovarili u stočne vagone voza koji je išao u radni logor. Uspeo sam da iskočim. Zaspao sam u polju, gde me je našao jedan blagonakloni seljanin. Devet meseci me je preko dana skrivao u ambaru, vodeći me da jedem s njegovom porodicom kad se smrkne. Naučio sam italijanski tokom tih obroka i malo sam cunjao noću. Kad sam čuo za grupu partizana na planini Monte Beko, zahvalio sam se tom seljaku što je tako lepo pazio na mene, rekavši mu da ipak moram da se vratim da se borim u ovom prokletom ratu. – Enco joj je uputio svoj nahereni osmeh. – To je sve, ukratko...

Đina je povukla dim iz svoje cigarete pa ispustila oblačić. – Ne bi trebalo da ti pričam o sebi u slučaju da te uhvate i muče.

– Znaš da možeš da mi veruješ.

– Znaću kad te budem bolje upoznala. Jel' ti Enco pravo ime?

– Je li Elza tvoje? – uzvratio je.

Nasmejala se, a on joj se pridružio. Preplavio ju je osećaj topline. Shvatila je da joj je prijatno s njim.

14.

1944.

Enco je briljantan, razmišljala je Đina dok je čistila svoj šmaj-
ser na terasi gostionice, nekoliko nedelja po dolasku u Kastanjolu.
Bio je to relativno miran period za bataljon otkad su stigli, ali Enco
ih je sve držao zaposlenim. Prvo je napravio spisak svih poznatih
simpatizera fašista među lokalnim seljanima i poslao odrede da ih
„oslobode" njihove stoke i useva. Onda je uveo napade na neprija-
telja poznate kao „ubod komarca". Đina se smeškala za sebe tom
poređenju napada s tim dosadnim insektima, ali te operacije su bile
veoma delotvorne. Kad god bi neki pripadnik garnizona iz Varcija
tumarao sâm izvan grada, metak bi mu zazviždao pored uha. Enco
se postarao da postavi svoje snajperiste na veliku udaljenost; nije to
smatrao vrstom akcije koja je vredna rizika ljudskih života. Izgledi
da metak pogodi metu bili su mali, ali poruke koje su stizale iz Var-
cija potvrdile su Encu da je ta strategija valjana – unela je nervozu
među *repubblichine* i podigla moral stanovništvu.

Đina je mislila da je ta strategija genijalna i bila je beskrajno po-
nosna na njega. Kao i Stefano; sâm joj je to rekao. Partizani su voleli
i poštovali Enca; bio je pošten i ljubazan prema njima. Problem je
nastao kad se ispostavilo da je dnevna lozinka koju je uveo propast.
Ni partizani koji su se vraćali iz patrole ni stražari na dužnosti nisu
mogli da upamte dnevnu lozinku. Umorne patrole su gubile strplje-
nje, a ljuti stražari su mahali oružjem, raspravljajući se o tome koju
reč treba da upotrebe. Enco je odmah odustao od zahteva za lozin-
kom, rekavši: – Da bi bio uspešan vođa, treba da budeš kadar da se
predomisliš ne brinući se da ćeš zbog toga izgubiti dostojanstvo.

I Karmen se, izgleda, svideo Enco, ali činilo se da joj se Stefano sviđa još više. Đina ju je u više navrata uhvatila kako zuri u njega gladnim očima, ali Čezare je, kao što je bilo opštepoznato, odavao utisak neosetljivosti na njen šarm. Bio je potpuno usredsređen na svoje dužnosti, vodio je svoj odred s profesionalizmom koja je bila u neskladu s njegovom mladošću. Ako on i Karmen treba da budu zajedno, to će se dogoditi kad dođe vreme, mislila je Đina.

Pod uslovom da prežive.

Mučio ju je okršaj s nemačkom patrolom na putu za Kastanjolu. Mrtvi i umirući vojnici podsetili su je na činjenicu da i ona može da pogine. Bio je to rizik na koji je bila spremna, pa ipak, čula je za zastrašujuće akcije nacifašista. Drhtala je pri pomisli na to da ih progone ne samo Nemci već i italijanski fašisti. I da su nemilosrdni.

Karmen je, kao mnogi partizani, imala porodicu koja je živela u Varciju i nedaleko od njega, te bi, kad ima slobodan dan nedeljom, otišla na ugovoreno mesto između grada i Kastanjole, vraćajući se sa obaveštajnim podacima o pokretima neprijateljskih trupa i bilo kakvim aktivnostima protiv partizana u toj oblasti. Karmen je rekla da među žiteljima Varcija vlada antifašističko raspoloženje, naročito pošto je *Sicherheit* uzela kao taoce, a zatim pogubila dve devojčice čija su braća bila u Rosovoj brigadi. Bilo je to zaprepašćujuće ispoljavanje okrutnosti prezira dostojnog pukovnika Fjorentinija, koji je prošlog meseca postao komandant garnizona u Varciju. Đina je mrzela tog čoveka mržnjom tako opipljivom da je mogla da joj oseti ukus, i bude li ikad naišla na njega u borbi, odlučila je, ubiće ga bez razmišljanja.

Zvuk pištaljke ju je naterao da podigne pogled sa svog oružja. Samo jedan čovek je koristio tu spravicu – komandant Roso. I naravno, on je umarširao na trg na čelu velike grupe muškaraca. Đina je skočila na noge pa otrčala unutra da nađe Enca.

Kasnije, Đina je sedela s komandantom Rosom i Encom na terasi, pušeći i pijući ječmenu kafu.

– Rekao sam komandantu da bih sa zadovoljstvom služio pod njegovom komandom – kazao je Enco, otresavši pepeo s vrha cigarete.

– A *ja sam* rekao da bi trebalo da zadrži komandu nad svojim bataljonom dok ja obučavam svoje ljude – dvesta novih regruta i partizana iz rasformiranih jedinica, koje sam ubedio da se ponovo priključe. O, zadržaću i onu jedinicu ljudi s kojima sam otišao. – Roso je zastao da povuče dim iz cigarete. – Zadivljen sam kako se Enco snašao. Bravo!

Đini je srce bilo puno ponosa na Enca. On se osmehnuo svojim nakrivljenim osmehom. – Hvala, komandante. Ukazali ste mi veliku čast.

– Meni je čast...

Razgovor se potom vratio na napredovanje u ratu. O tome kako su se nemačke snage povukle iz Firence pošto su preko noći digle u vazduh gradske srednjovekovne mostove praktično odsekavši jedan od drugog dva dela grada. Samo je Stari most bio pošteđen. Pričalo se da su Saveznici spremni za osvajanje juga Francuske, a u Italiji su napadali Gotsku liniju: mitraljeska gnezda, utvrđenja, bunkere, osmatračnice i artiljerijske položaje koje su Nemci napravili koristeći rad zarobljenika. Izgleda da su se utvrđenja prostirala duž Apenina, severno od Firence i od Sredozemnog do Jadranskog mora.

– Ako se ispostavi da je te linije teško prekinuti kao što je prošle godine bilo teško prekinuti liniju iznad Napulja, Britancima i Amerikancima će možda biti potrebni meseci da se probiju – promrmljao je Roso.

Đina je klimnula glavom. Napredovanje ratnih napora njoj se činilo neobično dalekim; stvarnost je bila tu, u tim planinama s partizanima. Nije mogla da razmišlja dalje od onog što joj se dešava iz dana u dan.

– Samo treba da nastavimo da uništavamo neprijatelja odavde – rekao je Enco. – Spremam se da povedem svoju jedinicu u izviđačku patrolu i napad na imanje nedaleko od Ponte Krene, na glavnom putu za Varci. Vlasnik imanja je simpatizer fašista, a njegov sin je pripadnik Fjorentinijevog ljudstva. Hoćeš li s nama, komandante?

– Fjorentini je usrani ubica – zarežao je Roso. – Ali moram da doteram svoje trupe u red.

– Jasna stvar – saglasio se Enco. Pogledao je u Đinu. – Spremna?

– Naravno. – Ustala je i prebacila šmajser preko ramena. – Idemo.

* * *

Posle dvočasovnog pešačenja „brdima i dolinama", kao što je Enco to voleo da kaže – otkrio je Đini da je iz Jorkšira i da je to izraz koji oni koriste – kozjim stazama koje su ih odvele na vrh planine Bosko grande stigli su do sela Kastelaro. Tu su se napili vode sa česme, a onda je Enco podelio svoju jedinicu na dva dela, poslavši Đinu s četrnaestoricom partizana u napad na imanje, dok je on sa ostalima izviđao okolinu Kastelara.

Trebalo im je još dva sata da stignu do imanja, ali Đininoj naoružanoj četi oštrog pogleda nije trebalo mnogo da „oslobode" seljaka njegovih konja i para volova; prestravljeni fašista im ih je predao bez borbe. Međutim, kad su Đina i njeni ljudi poterali životinje uza strmi drum ka seocetu Nivione, najmlađi u njenoj grupi, jedva više od dečaka, Fulmine,[10] srušio se. Mnogo se znojio, koža mu je bila hladna, bleda i lepljiva. – Toplotni udar – postavila je dijagnozu, proveravajući mu puls.

Malo napred se uzdizala parohijska crkva, podignuta na malom vrhu obraslom kestenovima i žbunjem akacija, potpuno izolovana od ostatka Nivionea, koji se ugnezdio na odvojenoj padini ispod skoro vertikalne strmine oko četiristo metara dalje. Đina je naredila osmorici svojih ljudi da produže drumom sa svojim plenom i sastanu se sa Encom u Kastelaru. Ona je odlučila da prenoći u crkvi s Fulmineom i šestoricom ostalih. Sveštenik, don Rino Kristijani, bio je simpatizer partizana i redovno ih je posećivao u Kastanjoli, čak ponekad i učestvovao u akcijama. Krupan čovek okruglog, glatko izbrijanog lica i čvrstog stiska ruke, rekao je, kad ga je Đina upitala o njegovoj borbi na strani antifašista: „Sveštenik bi trebalo da bude spreman da se izloži opasnosti kako bi pomogao borbi protiv bezbožnika." Znala je da može da računa na njega da će im pružiti utočište.

Tako je i bilo. – *Avanti* – rekao je otvorivši vrata i uveo ih u parohijski dom, zgradu od grubo tesanog kamena, koja je stajala uz

---

[10] It.: munja. (Prim. prev.)

crkvu. – Jadan momak – dodao je, govoreći o Fulmineu, koji je prebacio ruke preko ramena dva Đinina borca. U oskudno nameštenoj sobi ukrašenoj raspećem i ikonama Hrista sa srcem koje krvari, pomogao je Đini da umije Fulminea hladnom vodom i dao mu da je pije u malom gutljajima Fulmine je utonuo u dubok san, a don Rinova kućepaziteljka je Đini i njenim ljudima za večeru poslužila čorbu od nauta i sveže umešen hleb.

– *Grazie* – rekla je Đina kad su završili s jelom. – Sad ćemo se malo odmoriti. – Izvadila je ćebe iz svog ranca pa pokazala svojoj četi da slede njen primer.

– *Buonanotte* – odvratio je don Rino. – Ja ću ustati u zoru da zvonim za službu anđelu Gospodnjem.

– Mi ćemo dotad otići. – Đina se osmehnula dok je on izlazio iz sobe.

Bilo je oko pet ujutru kad je Đina preuzela svoju smenu straže na maloj ograđenoj terasi crkve. Dok se nebo rumenelo, gledala je kroz šare od granja i pupoljaka na glavnom putu. Pogled se jasno pružao kroz pukotine između brda koja su se prostirala do Varcija, a ona je pomislila kako je skoro vreme da probudi svoje ljude i vrati se u Kastelaro, a zatim u Kastanjolu – gde su Stefano i Karmen držali položaj s komandantom Rosom.

Đini se naježila koža na potiljku.

Porco cane!

Nekoliko desetina vojnika.

U zelenim uniformama fašističke vojske Italijanske Socijalne Republike.

Peli su se uz brdo.

Sila od oko dve stotine njih dangubila je na putu ispod crkve.

To mora da su Fjorentinijevi ljudi iz Varcija.

Đini je srce tuklo kad je otrčala s terase. Ispalila je kratak rafal iz šmajsera da bi okupila svoju desetinu, ujedno pogodivši vojnika koji je stajao na čelu vode. Pao je na tlo, a ostali *repubblichini* su se razbežali uz brdo tražeći zaklon.

Đinina grupa, uključujući i Fulminea, koji se potpuno oporavio, istrčala je iz parohijskog doma i raširila se između žbunja i drveća, kako su bili obučeni. Đina je puzala od jednog do drugog, dok nije stigla do Libera, sitnog mladića lisičjeg lica koji je na sebi imao sivomaslinastu nemačku terensku uniformu. Prošaputala je: – To što imaš na sebi, izdaleka može da prođe kao nemačka uniforma. Ti imaš najbolje izglede da se probiješ kroz neprijateljsku liniju i odneseš Encu vest o napadu.

Dogovorili su se, i Libero je skliznuo niz brdo, usput nasumično pucajući.

Đina i njeni ljudi prestali su da pucaju dok je Fjorentini – o, kako se nadala da je to on da bi joj se pružila prilika da ubije tu hulju – pregrupisao svoje trupe i naredio im da krenu napred. Stigli su do tačke na kojoj je onima dole bilo nemoguće da ih vide – a onda su partizani otvorili vatru. *Rata-ta-ta-ta!*

Repubblichini su se usredsredili na mesto s kojeg je Libero pucao – i našli se pod vatrom iz druga dva smera. Bilo je jasno, kao što to obično biva, da je oprezna mašta napadnutih videla neprijatelje iza svake grančice i lista. Đina i njena desetina pojačali su im strah premeštajući se od žbuna do žbuna i od drveta do drveta, ispaljujući usput kratke rafale. Za samo nekoliko minuta fašisti nisu više bili jaka kaznena sila, već su morali da se brane.

Pošto su stekli prednost, Đina je svojim ljudima naredila da se povuku, te su uzmakli uz obod šume koja se pružala uporedo s glavnim putem ka Kastelaru, odakle su se nadali Encovom dolasku.

Nije prošlo mnogo kad su videli njega i njegove ljude. Čim je Libero stigao da javi za napad, Enco je rekao da će poslati čoveka u Kastanjolu da traži Rosovu pomoć. Enco je objasnio da je u Kastelaru ostavio osmoricu koji će se tokom noći vratiti s konjem i stadom. Sa Encovim ljudima, Đinom i sedmoricom njenih partizana, njihova jedinica je sad imala trideset dvoje ljudi. Prema partizanskim merilima, izgledi protiv stotina *repubblichina* bili su visoki. Partizani su se već borili protiv brojnijeg neprijatelja i preživeli da mogu da pričaju o tome.

Enco, Đina i ostali stigli su do druma ispod crkve. Enco je naredio četvorici partizana da se postave tako da mogu da preseku povlačenje neprijatelja na glavni drum. Prošaputao je Đini da zna da nema dovoljno vremena za široko opkoljavanje radi napada drugog puta – mogao je samo da se nada da će se neprijatelj vratiti na put s kojeg je došao.

Đina i Enco su otrčali uz brdo ispaljujući rafale iz šmajsera, kojima su ubili jednog fašistu. Drugog vojnika su pogodili u grlo. Neprijateljski narednik je, potrčavši kako bi našao zaklon u parohijskom domu, pogođen rafalom u listove.

Neko vreme je bilo žestoke razmene vatre, iako je bilo jasno da Fjorentinijevi ljudi nemaju pojma gde je njihova meta. Obe strane su imale dobar zaklon i trošilo se mnogo municije, kao da nijedna strana nije odnela prevagu.

– Kamo sreće da sam bio dovoljno pametan da ponesem minobacač – rekao je Enco sebi u bradu. – Sad smo u položaju samo da zadržavamo neprijatelja dok ne stigne brigada iz Kastanjole.

Ali Fjorentini očigledno nije nameravao da ostane tu gde se zadesio. Sigurno je pretpostavio da je na putu za glavni drum postavljena zaseda; Đina ga je čula – to jest ako je to *bio* on – kako izvikuje naređenja svom vodu da krene drugim putem – onim ka selu. Pokrenuo je svoje ljude preko daljeg obronka brda ka Nivioneu, ostavljajući jake snage da čuvaju odstupnicu.

Bio je to dobro planiran i vešto izveden manevar, ali partizanima se ukazala prilika kad su se povukli i oni koji su čuvali odstupnicu. Pre nego što su republikanski vojnici stigli do podnožja brda, partizani su oborili šestoricu njih.

– Iako akcija nije bila odlučujuća kao što bih voleo, bar smo im naneli gubitke i ubili određen broj neprijatelja izbegavši sopstvene gubitke. To će se loše odraziti na moral *repubblichina* – rekao je Enco Đini dok su išli ka crkvi da bi zahvalili don Rinu na pomoći i smislili šta da rade s ranjenim fašistima.

Enco se ukopao u mestu.

Zgrabio je Đinu za ruku i pokazao. – Pogledaj!

Đini je zastao dah.

Vatra!

Nivione je bio u plamenu: kuće, pomoćne zgrade i usevi, sve je gorelo. Iz ambara sa senom i neomlaćenim žitom dizali su se spiralni pramenovi dima.

Maria santissima!

Đina, Enco i ostali potrčali su niz brdo s don Rinom, baš kad su se iz Kastanjole pojavili Roso i ceo njegov bataljon od dvesta pedeset ljudi. Uz mitraljeske bleskove i puščanu vatru, oterali su neprijatelja, ali ne pre nego što su Fjorentinijevi ljudi iz kuće odvukli dvadesetčetvorogodišnjeg mladića, nekadašnjeg pripadnika Alpskog puka, koji se pre svega nekoliko meseci oženio i uskoro je trebalo da postane otac. Po don Rinovim rečima, pogubili su ga vatrom iz mitraljeza pred užasnutim pogledima prijatelja i porodice, svega nekoliko minuta pre nego što su stigli partizani.

Uskoro su svi naporno radili spasavajući žene i decu, izvlačeći nameštaj, oslobađajući životinje koje su se našle u klopci, okupljajući stada s polja i pokušavajući – bezuspešno – da se izbore s vatrom.

Đinu je srce bolelo. Za sat vremena, skoro celo selo je bilo unesrećeno, a ona je pomislila kako se ta pobeda pretvorila u gorku pobedu. Samo na jednom je bila zahvalna: Fjorentini nije bio toliko pametan da postavi zasedu partizanima dok su se spuštali s brda.

Kakva preispoljna hulja, da okrene leđa partizanima i umesto njih napadne nevin narod.

Tek kad se vratila u crkvu, gde su don Rino, Roso i Enco počeli da organizuju oporavak seljana i zbrinjavaju ranjene fašiste, shvatila je da je bole ruke. Mora da se opekla dok je uklanjala zapaljenu gredu kako bi oslobodila zarobljenu kravu.

– Šta je bilo? – upitao ju je Enco, prišavši joj.

Pokazala mu je dlanove i počela da drhti od šoka i bola.

Odveo ju je do stolice. – Sedi dok ne donesem zavoje.

Poslušala ga je, a on se ubrzo vratio s kutijom prve pomoći, čistom krpom i loncem vode.

Nežno joj je očistio od gareži dlanove u plikovima, pa ih previo. – Najvažnije je da se ne isprljaju, ili će se inficirati, Elza.

– Đina. Zovem se Đina. – Zagledala se u njegove tamnoplave oči. – Ali nemoj nikom da kažeš.

– Drago mi je što smo se upoznali, Đina.

– Je li Enco tvoje pravo ime?

– Jeste.

Osmehnuo se nahero, a Đini je neočekivano zatreperilo u stomaku. Zurila je u svoje previjene šake. *On je dobar čovek*, rekla je sebi. *Sviđa mi se i to je jače od mene.*

15.

1944.

Bio je drugi dan nakon paljevine Nivionea, a Đina je u kasno popodne sedela na terasi gostionice u Kastanjoli čekajući Enca, Stefana i Karmen da se vrate iz patrole. Đina je bila nestrpljiva da se vrati u borbu, ali Enco je zahtevao da odmori ruke.

Sunce je tuklo s neba bez oblačka. Trg u Kastanjoli je bio pust, ako se izuzme nekoliko dečačića koji su šutirali fudbalsku loptu. Svi ostali su bili zauzeti, a Đina je želela da joj ne treba odmor. To joj je davalo previše prilike da razmišlja o svemu. Uzdahnula je; preplavljujuća tuga obuzela joj je duh otkad je Nivione spaljen do temelja. Nije mogla da se oslobodi slika pogođene zajednice koje su joj se rojile u glavi, a želja za osvetom šibala je kroz nju, vrela kao plamenovi koji su lizali njihovim kućama i ambarima.

S težinom na srcu, setila se trenutaka posle napada, kako je većina seljana pobegla – prvo da bi pronašli zaklon u šumi i poljima, kasnije u kuće prijatelja i rođaka u susedstvu. Don Rino je pružio utočište onima koji nisu imali kuda da odu i ponudio se da pazi na ranjene fašističke zarobljenike dok ne budu zamenjeni za partizane koje su *repubblichini* držali u svojim zatvorima.

Đina je mislila o don Rinovoj verziji napada. Rekao je, dok su razmenjivali priče pre nego što su ona i ostali otišli za Kastanjolu, da je bio budan i obučen, spremao se da zvoni za službu anđelu Gospodnjem, kad je mitraljeski rafal razbio tišinu praskozorja. Otrčao je na prozor i između letvica kapaka video vojnika kako leži ranjen na stazi koja vodi uzbrdo. Ne misleći na svoju bezbednost, izjurio je napolje i uvukao čoveka unutra da mu zbrine rane.

Don Rino je dalje pričao kako su se posle napada Đine i njenih ljudi Fjorentinijevi grupisali u blizini parohijskog doma. Don Rino je gledao njihovo neorganizovano kretanje, video je strah na njihovim licima i čuo naređenja i kontranaređenja i preuveličanu procenu okolnosti.

– Gotovi smo – ponavljao je prebledeli Fjorentini, čak i kad je partizanska vatra uminula dok su se Đina i njeni ljudi povlačili niz brdo.

Pošto je don Rino potvrdio da je zaista Fjorentini bio taj koji je komandovao vodom, Đina je pljunula na zemlju. Bila je tako blizu toj zloj hulji, poželela je da je ustrelila njega umesto jednog od njegovih.

Celih dvadeset minuta fašisti su čučali u nemom strahu, rekao je don Rino. Na kraju je Fjorentini naredio svom kapetanu da se popne na crkveni toranj i javi šta vidi.

Don Rino je uskoro primetio da se kapetan penje pod strehu četvrtastog zvonika, stopala zavučenog ispod jednog od četiri luka kroz čije su otvore zvona odzvanjala okolinom. Naravno, tada se više ništa nije moglo videti jer su Đina i njena četa bili otišli.

Fjorentini, visok, žilav muškarac u srednjim pedesetim, ušao je tad u crkvu da lično porazgovara s don Rinom i pita ga za partizane – ko su, odakle su došli, zašto su tu. Don Rino je uspeo da izbegne i izvrda odgovor a da nije morao da ih slaže, kako je tvrdio. Pitao se koliko još može da zamajava pukovnika kad je ponovni mitraljeski rafal najavio povratak partizana.

A sad je Fjorentini bio rešen da dođe do njih. Pouzdan izvor navodno je video njegove nemačke oklopne jedinice, koje iz nekog razloga nisu pratile snage koje je odveo u Nivione, kako čiste celu oblast južno i zapadno od Varcija. Enco i Roso su pojačali patrole – to je bilo sve što su mogli da urade s obzirom na to da nisu imali nikakav sistem komunikacije na veću daljinu. Đina je žarko želela da neprijateljski vojnici koje su ubili ili zarobili imaju voki-tokije koje bi partizani mogli da zaplene. To bi im umnogome olakšalo život.

Roso je rekao da nema sumnje u sledeći korak partizana. Bila im je potrebna velika, neosporna pobeda – i to što pre. Nije samo stvar u tome što bi osveta bila slatka već bi neposredan protivudar bio ključan za moral. A visok moral bio bi njihova dragocena prednost ako bi nastavili da rade na masovnom napadu na Varci.

Đina je pogledala na svoj sat pa se vratila unutra da se pridruži komandantu Rosu na ranom večernjem obroku. Protrljala je ruke o nogavice šortsa; počela je da oseća nervozu. Trebalo je da su se Enco i ostali dosad vratili. Šta im se, dođavola, desilo?

Pokušala je da jede, ali dinstana govedina joj je zapinjala u grlu i nije mogla da je proguta. – Ne brini – rekao je Roso, uzevši zalogaj govedine s viljuške. – Sve će biti u redu. – Ali videla je da je i on zabrinut.

Jeli su ćutke, zatim su otišli u deo sa šankom, gde su pušili i ispijali čašice grape. Đina je na zidnom satu videla da je prošlo deset. – Idem gore – rekla je. Znala je da neće spavati, ali će u sobi koju deli s Karmen bar uspeti malo da se opusti. Volela je Stefana kao brata. Vezala se za Karmen. A Enco joj se toliko sviđao da bi bila skrhana ako bi mu se bilo šta dogodilo. *Više nego skrhana, da bude iskrena.*

Spremala se da se skine kad su se vrata sobe širom otvorila, a Karmen je upala u sobu. – Možeš li da dođeš? – rekla je bez uvoda. – Enco je ranjen i traži te.

– O, *dio mio*, jel' dobro?

– Mislim da jeste. Komandant Roso mu zbrinjava rane. Ali Enco želi da dođeš.

Đina je potrčala niza stepenice i zatekla Enca kako leži na stolu licem ka podu, dok mu Roso sipa grapu na duboku posekotinu na krstima. *Uh! Sigurno gadno peče.*

Preskočila je Encovu poderanu i krvlju umrljanu košulju, bačenu na pod. Vrhovima prstiju pomogla je komandantu da mu previje ranu. – Šta se desilo? – upitala je dok je Roso podizao Enca u sedeći položaj.

– Stefano i Karmen će ti reći – zaječao je Enco – dok ja povratim dah.

– Bili smo na dnu uske jaruge kad je jedan osmatrač javio da se dva Fjorentinijeva oklopna vozila približavaju iz daljine – rekao je Stefano.

Karmen je nastavila: – Sakrila sam se sa Stefanom, Encom i devetoricom naših ljudi iza ogromne stene gde se prekida rečno korito, a počinje put. Ostatak odreda smo poslali da se pridruži osmatra-ču s druge strane jaruge sa uputstvom da pruže podršku. Već smo imali Molotovljeve koktele u rancu. Stefano i Enco su odlučili da bace svoje na štitnik prvog vozila. Libero i Fulmine bi zatim bacili svoje Molotovljeve koktele pod točkove oklopnih kola, a mi ostali bismo ih zasuli baražnom paljbom kako bismo zadržali druga kola.

– Prva kola su se pojavila u vidokrugu, niska i široka, još su imala smeđu i žutu kamuflažu iz severnoafričke pustinje i, osim štitnika, sva vrata su bila zatvorena. – Stefano je zastao pa protr-ljao tamnu čekinjavu bradu. – Dvojica naših su otvorila mitralje-sku vatru s visine padine. Enco i ja smo, izbegavajući njihovu vatru, otrčali da bacimo koktele na štitnike. Dok smo se vraćali, Libero i Fulmine su stigli i podmetnuli svoje eksplozive ispred prednjih i zadnjih osovina.

– Bili smo jedva nekoliko metara udaljeni kad su kola eksplodi-rala uz snažan prasak – progovorio je Enco. Isprekidano. Zastajku-jući da udahne. – Bacili smo se na tlo, u suvo korito reke. Po nama su padale krhotine kamenja i metala. Osetio sam kako mi je nešto vrelo palo na krsta. Tek kasnije sam shvatio da sam povređen.

– Oklopna kola su bila potpuno uništena – nastavila je Karmen. – Ono što je ostalo bila je samo izvitoperena šasija. Gornji deo je zjapio. Podizali su se pramenovi crnog dima prožetog uljem.

– Nemački vojnik je odbačen na haubu, ugljenisan do neprepo-znatljivosti – dodao je Stefano. – Drugo telo mi je preletelo tačno iznad glave. Na uniformi su bile oficirske oznake, i dalje je stezao svoj luger... ali bio je obezglavljen. – Stefano je zadrhtao.

– Otrčali smo da pomognemo Encu i Stefanu da ustanu – rekla je Karmen. – Libero nam je prišao, bled i uzdrhtao. – Iznenada je zajecala. – Fulmine, koji se pobrinuo za zadnju osovinu, ležao je mrtav.

Đina je zadahtala. – O, ne! – Preplavio ju je šok te se uhvatila za ivicu stola.

– Pogodio ga je topovski projektil. – Stefano joj je prišao i zagr-lio je. – Partizani sa osmatračnice kasnije su nam rekli da su druga oklopna kola skrenula iza krivine u trenutku napada. – Plitko je udahnuo. – Mi ništa nismo ni čuli ni videli. Toliko smo bili usredsre-đeni na svoj zadatak da nismo primetili projektile iz drugih kola koji su šištali oko nas.

– Fulmine je bio beskrajno junačan – rekao je Roso. – Umro je časno.

– Sigurno je pogođen čim je pokušao da se povuče. – Enco je uzdahnuo. – Ta druga kola mogla su da nas zbrišu, ali su se, hvala bogu, okrenula i otišla kad su prva kola eksplodirala – podsmehnuo se Stefano, pustivši Đinu.

– Ili su otišla po pojačanje – suprotstavio se Enco, odmerivši Đinu, a zatim Stefana. – Brzo smo zatrpali Fulminea i dvojicu Nemaca na-bacavši kamenje na njihova tela na gomili i vratili se u Kastanjolu.

– Enco je postavio snajperistu na udaljen položaj, u slučaju da Fjorentini odluči da pošalje nekog da ukloni olupinu. – Karmen se tužno osmehnula. – Izvitopereno, pocrnelo vozilo znak je partizan-ske odlučnosti. Došli smo da ostanemo. Ujedno je i spomen na Ful-minea. – Stala je pored Stefana, smestivši se između njega i Đine.

– Moj zadatak će biti da obavestim Fulmineovu porodicu – obe-ćao je Roso.

Đini su se oči napunile suzama. Fulmine je dao svoj život za cilj. Nedostajaće joj, ali nije mogla da ne oseti olakšanje što nije Enco taj koji je poginuo. Da su Enco i Fulmine zamenili uloge, Encovo izu-bijano telo ležalo bi beživotno ispod gomile kamenja. *A njoj bi bilo mnogo teže da podnese njegovu smrt.*

Sutradan je Đina pila svoju ječmenu kafu s Karmen na terasi, samo njih dve su bile tu. Roso je otišao da vidi Fulmineovu porodicu nedaleko od Varcija, povevši Stefana sa sobom, a Enco se popodne odmarao jer je još bio ukočen i trpeo je bolove od ranjavanja.

– Dobro je malo predahnuti – rekla je Karmen. – Posle sveg uzbu-đenja.

– I te kako. – Đina je otpila gutljaj kafe. – I dalje se pitam zašto je Fjorentini pre neki dan odlučio da napadne Nivione. Da li je znao da smo mi tu?

– Možda u selu postoji špijun. Ili je posredi slučajnost.

Đinu je srce bolelo dok je razmišljala o farmerima i seljanima koji su podržavali partizane. Bili su izloženi strašnim opasnostima, ali mnogi među njima su iz osećanja obaveze prihvatili rizik naci-fašističke odmazde – vodili su rat protiv okrutnosti i zla. Divila im se zbog toga.

Karmen je podigla svoju kašičicu pa je spustila. Pogledala je u Đinu. – Nego, ti i Stefano? Jeste li *fidanzati*?

Đina se nasmejala Karmeninoj otvorenosti. – Poznajemo se ceo život, ali ne, nismo vereni.

– Pitam se da li Enco zna...

– Zašto? – upitala je Đina, iznenađena.

– Zbog toga kako te ponekad gleda.

Đina je osetila talas vreline. – Ne znam šta hoćeš da kažeš.

– Mislim da bi on voleo da bude tvoj čovek. Zašto bi inače sinoć tražio da ga ti neguješ?

– Verovatno je želeo da mu vratim što mi je previo šake. – Tužno se osmehnula. – Pretpostavljam da u Jorkširu ima devojku koja ga čeka. – Nije joj bilo prvi put da joj ta misao padne na pamet – glupavo – ali prvi put ju je izgovorila naglas.

– Kako god bilo, on je ovde i ti si ovde. Ne znamo šta nosi sutra, zato treba da živimo u trenutku.

– Jel' se tebi sviđa Stefano? – upitala ju je Đina, ne bi li promenila temu.

Na Karmen je bio red da pocrveni. – Možda...

Đina se ugrizla za usnu. Da li da se ponudi da popriča sa Stefanom i otkrije je li zainteresovan? Zaustila je da to predloži, ali je u sekundi zaćutala. Roso i Stefano su upravo stigli na trg s tridesetoricom ljudi grubog izgleda koji su nosili crvene marame oko vrata. *Komunisti.*

– Bolje da odem po Enca – rekla je, ustavši sa stolice.

Ti muškarci su bili iz bataljona koji je delovao po imenu Brigada Arcani, pod komandom partizana poznatog kao Marko – saznala je Đina kad je Roso predstavio odred njoj i Encu. Marko je čuo za hrabre akcije koje su izveli partizani iz Kastanjole, i poslao je simbolične snage kao gest „bratskog prijateljstva".

Proveli su prijatno zajedničko veče u baru, ogovarajući, pijući i ispredajući priče o svojim pobedama protiv Nemaca i italijanskih fašista. Đina je ponosno slušala dok se Enco prisećao priče o jednom „napadu komarca" na neprijatelja izvan Varcija. Otkrio je grupu *repubblichina* skrivenih na padini jednog brda. Dobro su se sakrili, osim što nisu shvatili da se sunce odbija o njihove šlemove, stvarajući dvadesetak malih signalnih reflektora. Uživanje u pucanju na njih, kikotao se Enco, bilo je skoro isto kao uživanje u posmatranju kroz dvogled njihovih zbunjenih lica kad su se razbežali.

Uskoro su partizani iz Kastanjole i njihovi gosti bili na putu pijanstva. Komunistički vođa, grmalj kratke i kovrdžave smeđe kose, s bradom i ufitiljenim brkovima, ustao je i objavio proklamaciju protiv nacifašista: *„Moriremo insieme, se sarà nesessario, ma non passeranno."*[11]

– Bojni poklič s Verdena. Korišćen i tokom Španskog građanskog rata – rekao je Enco, nagnuvši se ka Đini i kucnuvši se s njom. Duboko je udahnuo. – Kad bih upalio šibicu, sve bi ovo odletelo u vazduh kao bure baruta, od alkoholnih isparenja. Hoćeš sa mnom na terasu da pripalimo?

Rekla je da bi vrlo rada izašla i nekoliko minuta kasnije pušili su i uživali na svežem noćnom vazduhu. – Nedostaje li ti porodica, Enco? – upitala je.

– Da i ne. Uglavnom uspevam da odstranim iz uma sve osim onog što se događa u svakodnevnom životu. U suprotnom bih postao depresivan jer ne znam kad ću ponovo videti dom i svoje voljene.

– Da li te tamo čeka neka devojka?

Nije odmah odgovorio, a njeno srce je bolno tuklo.

– Možda. – Odmahnuo je glavom. – Margo. Nemamo vesti jedno o drugom proteklih osamnaest meseci, otkako sam zarobljen, tako da nemam pojma kako sad stojimo. Šta je s tobom, Đina? Je li Stefano tvoj dragan?

---

[11] It.: Umrećemo zajedno, ako treba, ali oni neće proći. (Prim. prev.)

– Ni slučajno – sa žarom je odgovorila. – On mi je kao brat.

– Ah... Onda je to dobro za Karmen.

– Primetio si? – Nasmejala se.

– Izgleda da su primetili svi osim Stefana – zakikotao se Enco. – Trebalo bi da odemo na spavanje jer nećemo moći da se probudimo na vreme za jutarnju patrolu. To jest, ako su ti ruke bolje...

Pokazala mu je dlanove. Više nije bilo zavoja ni plikova. – Kako tvoja leđa? – pitala je.

– Dobro sam – odgovorio je promuklo. – To je samo ogrebotina.

Više od ogrebotine, ali nije htela da se raspravlja. Pošla je ispred njega na sprat, a kod vrata svoje sobe zastala je da mu poželi laku noć.

Enco ju je uhvatio za ruke, sagnuo se i ovlaš je poljubio u oba dlana. – Ti si tako hrabra devojka – prošaputao je. – Potpuno sam zadivljen tobom.

– A ja sam potpuno zadivljena *tobom*. – Osmehnula se gledajući ga u oči.

– Bolje da pođem – promumlao je.

– *Buonanotte*, Enco. – Okrenula se da otvori vrata svoje sobe. *Sviđa mu se*. Dobro, postoji devojka u Engleskoj. Ali, kao što je Karmen rekla, Enco je tu i ona je tu. Možda samo treba da žive u trenutku? S tom mišlju na umu i šašavim osmehom na licu, otišla je da se spremi za spavanje.

16.

1970.

– Mama, idem u kupovinu. – Houpin glas dopro je iz hodnika ispred Đinine sobe. – Nemam ništa da obučem večeras.

– Nemoj previše da potrošiš – Đina nije mogla da joj ne kaže.

– Neću – veselo je odvratila Houp. – Vidimo se kasnije...

Đina je prišla umivaoniku i raščešljala umršenu kosu. Tužne oči zurile su u nju. Čitanje Adelinih reči i oživljavanje prošlosti bilo je preko svake mere bolno. Može li podneti da nastavi? Đina kakva je postala posle rata želela je da vrati dnevnik majci i prestane da razmišlja o strašnim stvarima koje su se dogodile. Đina koja je nekad bila Elza, borac za slobodu, morala je da sazna nešto više, morala je naterati slabu Đinu da stisne petlju i suoči se sa svojim demonima. Ali da bi to uradila, morala je prestati da živi u trenutku. Uzdahnula je, setivši se Karmeninog saveta. *Kad je nesreća pogodila Varci, živeti u datom trenutku bilo je jedini način da se izbori, i to je sve otad bio njen način razmišljanja.*

Majku je zatekla u kuhinji. – Jesi li spremna za šetnju, draga?

Majka reče da jeste i obe se uputiše na mali trg. Sunce poznog popodneva grejalo je Đinine gole ruke, a prijatan miris glicinije prožimao je vazduh.

– Onda – majka je provukla ruku ispod Đinine. – Dokle si stigla u dnevniku?

– Adela je otkrila da Nemci predlažu akcije protiv partizana. – Uzdah se isprečio u Đininim grudima.

Majka ju je pogledala ispitivački. – Pretpostavljam da još nisi rekla Houp za nju?

– Reći ću joj kad dođe vreme. Neće biti lako objasniti zašto sam krila Adelu od nje...

– Trebalo je odavno da joj kažeš.

– Nisam mogla da se suočim s tim, mama. I sad će biti veoma teško.

– Ti si jaka, *tesoro*. Ne sumnjaj u sebe.

– Ne brinem se ja zbog sebe. Brinem se zbog Houp. Ponekad ume da bude veoma krhka. Ne znam kako će ona to podneti.

– Da li uzima drogu zato što je krhka? Ili je zbog droge postala takva?

Đina je nabrala obrve. – Uvek je bila veoma napeta. Kad sam otkrila da uzima drogu, pobesnela sam. Tad je pobegla u tu hipi komunu u Dorsetu. Kući je došla tek kad ju je najnoviji dečko doveo. Rekao je da je Houp možda šizofrenična – poznavao je nekog ko je patio od toga – i da joj možda treba pomoć lekara.

– Šta je doktor rekao?

– Dijagnosticirao je anksioznost i prepisao joj valijum.

– Onda nije tako strašno. – Osmeh je zaigrao na majčinom licu. – Sigurna sam da će biti dobro. Možda bi trebalo da sačekaš da Vini dođe, pa da joj zajedno kažete za Adelu.

– Možda. – Đina je stegla majčinu ruku.

Šetale su se duž Umbertovog mola, keja na strani luke suprotnoj od kuće. Đina je podigla naočare za sunce na nosu i zagledala se u jahte. – Pitam se koji brod pripada Kurtu...

– Ne znam. – Majka je odmahnula glavom. – Hajde da se vratimo na mali trg i popijemo *aperitivo* pre nego što odemo kući. Hoću kasnije da gledam televiziju, biće varijete *Kanconisima*.

– Zašto ne doneseš Adelin dnevnik i ne čitaš dok ja uživam u emisiji? – predložila je majka pošto su otpratile Houp u pastelnožutoj *misoni* midi-haljini koju je našla na rasprodaji. – Podgrejaću ostatke pice i napraviću salatu. Možemo da jedemo u dnevnoj sobi.

– *Buon' idea* – rekla je Đina. – Daj da ti pomognem.

Otprilike pola sata kasnije sedela je pored majke na sofi, s poslužavnikom na krilu i sveskom ljubičastih korica od teleće kože na

jastučetu između njih, dok je Rafaela Kara plesala i gestikulirala uz živahnu pesmu na crno-belom ekranu. – Babova omiljena pevačica.
– Majčin glas je zadrhtao. – Još ne mogu da verujem da ga više nema.
– Ni ja. Žao mi je što tako dugo nisam dolazila. Bar smo pisale jedna drugoj i razgovarale telefonom...
– Da, dobro. Tako je kako je. Ne možemo vratiti prošlost, zar ne?
Kamo sreće da možemo, pomislila je Đina žvaćući poslednji zalogaj pice. Odnela je oba poslužavnika u kuhinju, vratila se i uzela dnevnik. Onda je, progutavši tugu u svom grlu, našla avgust 1944. i počela da čita.

18. avgust 1944.

Dragi dnevniče,
Izvini što ti nisam pisala dve nedelje. Uveče, kad obično pišem na tvojim divnim belim stranicama, Saveznici počnu bombardovanje artiljerijske baterije na rtu, a ja se s baronicom Elizabet sakrijem u podrum umesto da sedim za pisaćim stolom u svojoj sobi. Bilo je strašno. Bombe su svele nekoliko kuća u Portofinu na gomilu šuta, a ružni krateri su se pojavili na obroncima iza sela. Ne mogu podneti da ih gledam; srce me zaboli.
Britanski i američki avioni napali su i Đenovu – bombardovali su luku i u isto vreme centar grada. Baronica i ja smo prolivale suze tuge kad smo čule da su praktično uništili divnu Kraljevsku palatu i Baziliku Svetog Sira. Ali najgore je što je više od stotinu civila poginulo u tim vazdušnim napadima. Kakav tragičan gubitak života!
Danas, na poslu, služila sam Nemcima za ručak Sauerbraten, goveđe pečenje, praveći se da ne razumem njihov jezik dok sam ih slušala, kad sam čula da su Saveznici zauzeli južnu Francusku. Rajmers i njegovi oficiri sve vreme su pričali o tome.
„Firer je odstupio od svog pristupa neuzmicanja i saglasio se da naše trupe krenu na sever kako bi napravile odbrambenu liniju“, rekao je poručnik.

„Šta je s Kriegsmarine?", upitao je Ralf. Baš dobro što je pitao – nemačka mornarica drži mnogo brodova u Đenovi.

„Naša flotila torpednih čamaca ima samo četiri plovila koja odgovaraju sadašnjoj nameni", odgovorio je Rajmers. „Odlučili smo da ih ne šaljemo u akciju."

Tad sam morala da se vratim u kuhinju i nisam mogla da pitam Ralfa kad će me posle toga otpratiti kući. Neobično je kako on i ja o svemu razgovaramo. On razume sve što kažem na italijanskom, i sve bolje govori. Volela bih da razgovaramo na nemačkom, ali to je nemoguće. Pokušavam da zamislim kako bi izgledao bez uniforme i da ga nacrtam.

Tako je zgodan. Mislila sam da nije, da mi se ne sviđaju muškarci tevtonskog izgleda poput njega, ali više nije tako. Kad bar ne bi bilo rata i kad naše zemlje ne bi bile neprijatelji. Sanjam o prekidu neprijateljstava da bismo mogli da budemo običan zaljubljeni par.

A sad, dragi dnevniče, moram nešto da ti poverim. Danas po podne Ralf me je poljubio. Pravim poljupcem. I bilo je divno. Stigli smo pred baštensku kapiju. Podigao mi je ruku i poljubio je, kao uvek. Propela sam se na vrhove prstiju da ga poljubim u obraz. Ali ovoga puta sam odlučila da mu poljubim usne. Samo kratak poljubac. Posle toga sam se povukla i zagledala se u njegove divne plave oči. On je nakrivio glavu spustivši je pa pritisnuo usne uz moje, nežno ih razdvojivši i jezikom ispitujući unutrašnjost mojih usta. Pre nego što sam shvatila šta radim, pomerala sam jezik uz njegov, a onda smo istraživali jedno drugo, žmarci su plesali u meni. Zavukla sam mu prste pod košulju i uhvatila se za njega kao da mi život zavisi od toga. Ruke su mu skliznule na moja leđa, a ja sam uživala u toploti i pritisku na svojim usnama. Srce mi je podrhtavalo na jeziku i u stomaku. Upalio je vatru u meni za koju nisam ni znala da postoji.

Prešao je prstom niz moj obraz. „Liebling", uzdahnuo je, „sad moram da idem jer bi neko mogao da nas vidi. Ali sigurno ima načina da ti i ja budemo zajedno, sami. Istražiću i javiću ti što pre."

A sad moram da se spremim za spavanje. Čitavu večnost ću ležati tu i razmišljati o njemu, znam da hoću. Pomisao na to da budem sama s njim izaziva mi drhtavicu. Nije me briga što bi trebalo da mi bude neprijatelj. Ralf nije moj neprijatelj; on je moj prijatelj. I, istinu govoreći, volela bih da mi bude nešto više od prijatelja. Zaljubljujem se u njega i sigurna sam da i on oseća isto prema meni.

Đina je zatvorila dnevnik i zažmurila. Kako je neobično što je Adelino buđenje osećanja prema Ralfu naoko bilo kao odraz sve veće privlačnosti koju je ona osećala prema Encu, i to u isto vreme. Ona i njena sestra bliznakinja uhvaćene su u nešto što je obema bilo jednako uzbudljivo, iako iz drugačijih perspektiva. Seća se kako je noću ležala u svom krevetu i razmišljala o Encu, želeći da bude nasamo s njim. *Malo je bilo izgleda za to usred gerilskog rata!* Adeli će se ispuniti želja da bude nasamo s Ralfom; Đina je to znala na osnovu kasnijih događaja. Ali nije želela sad da čita o tome. Pevanje i plesanje u *Kanconisimi* remetilo joj je usredsređenost. Odlučila je da gleda televiziju s majkom, te je spustila dnevnik na jastuče. Sutra će biti dovoljno vremena da nastavi da čita Adeline reči.

17.

1970.

U nedelju ujutru, zvona Crkve Svetog Đorđa odzvanjala su celim Portofinom, probudivši Đinu iz dubokog sna. Žmirnula je, otvorila oči i zarežala. Sinoć joj je dugo trebalo da zaspi. Okretala se i prevrtala osluškujući kad će se Houp vratiti s večere s Kurtom, a kad je čula da se ulazna vrata zatvaraju, bila je previše budna da bi mogla da zaspi.

Protegla se, zevnula i pogledala na sat. Osam. Uh, spavala je svega nekoliko sati. Ustala je iz kreveta, navukla kućnu haljinu pa otišla u kupatilo, gde se na brzinu istuširala pre nego što se vratila u sobu da se obuče. Majka je rekla da će ići na službu, te je Đina odlučila da napravi sebi kapučino, sedne kraj prozora i uživa u pogledu.

Telefon je zazvonio baš kad je popila kafu. Podigla je slušalicu.

– *Pronto.*

– Ja sam. – S druge strane je dopro Vinijev veseo glas. – Naše zamene se briljantno snalaze, a ja sam uspeo da rezervišem sutrašnji let. Jedva čekam da vidim svoje devojke.

– To je divno – rekla je Đina, preplavljena radošću. – I ja jedva čekam tebe da vidim.

– Kako si provela jučerašnji dan?

– Zanimljivo, najblaže rečeno. Houp je upoznala jednog Nemca. Praunuka baronice Fon Galen. Sinoć ju je izveo na večeru.

– Šta ti misliš o tome, ljubavi?

– Nisam zadovoljna. Od svih ljudi koje je mogla upoznati, zašto je to morao da bude on?

– Neće biti ništa od toga. Nikad ne bude. Zažmuri na jedno oko i pokušaj da se ne mešaš...

– Ja? Da se mešam? – podrugljivo se nasmejala. Kako je dobro poznaje. – Pokušaću, ali pušili su travu, što me brine.

– A, to nije dobro. Uskoro ću biti s tobom, pa ćemo zajedno moći da popričamo s njom.

– Ima... još nešto.

– Šta je sad uradila?

– Nije Houp. Samo što, pa, pomislila sam da bismo mogli da joj kažemo za Adelu.

– Stvarno? – Vini je zvučao iznenađeno. – Šta te je navelo na to? Đina je uzdahnula. – Reći ću ti kad budeš došao.

– To je sjajna vest. Bilo je i vreme.

Đina je poželela da ga zagrli zbog tog odgovora. Slušala ga je dok joj je saopštavao detalje svog leta, onda su se saglasili da ide vozom do Rapala, a odande taksijem. – Brojaću sate – rekla je.

– I ja. Vidimo se sutra, dušo. Pozdravi Houp.

– Hoću. Ostala je da leškari. Kurt je obećao da će je po podne naučiti da roni...

– Hmm. Možda će nešto i biti od nje. – Zakikotao se.

– U šta ja i te kako sumnjam.

Houp je izašla iz svoje sobe u vreme ručka pa izvukla stolicu za kuhinjskim stolom dok joj je Đina pričala o Vinijevom predstojećem dolasku.

– Strava – odvratila je Houp. – Tati će se svideti ovde.

– Jedva čeka da dođe. – Đina je sipala kiselu vodu u njihove čaše. – Kako je bilo sinoć na večeri?

– Bilo je neobično. Kurt želi da vidi moje slike *Kastela Braun*. Kaže da poznaje nekoga ko drži umetničku galeriju ovde u Portofinu...

– I ja bih volela da vidim tvoje slike. – Đina je prevela majci. – Čim ručamo.

Đina je ranije pomogla majci da spremi pečeno pile za njih dve, s malo više zapečenog povrća za Houp. Ćaskale su o hrani koju su protekle večeri jeli Houp i Kurt. – Rižoto je bio najbolji koji sam ikad jela. – Houp su sijale oči. – Okruženje je bilo tako romantično.

– Još nisi probala *moj* rižoto. – Đinina majka se nasmešila. – Napraviću ti ga pre nego što odete.

Houp je uzdahnula. – Volela bih da nikad ne odemo. Sviđa mi se Portofino...

– Ovde smo tek tri dana, draga – frknula je Đina. – Bilo bi ti dosadno da živiš ovde.

– Je li tebi bilo dosadno, mama, odrastanje u ovom selu?

– Život je bio težak. Stalna borba. A bio je i rat.

Nastavile su da jedu, ćaskajući o Đininim školskim danima i njenom poslu u *Manjifiku*. Đinina majka je doprinela detaljima o Đini i Tomazu kad su bili deca, izbegavajući da pomene Adelu. *Hvala bogu.*

Posle sveže voćne salate i sladoleda za desert, Houp je pomogla da operu sudove, a zatim otišla po slike. Vratila se i ponosno ih ispružila. – Šta misliš?

– O moj bože, Houp, fantastična je. – Đina je zurila u umetničko delo. Houp je verno prenela zgradu zamka, ali je doprinela prizoru sopstvenim tumačenjem boja, držeći se palete pečene sijene, zelene i prljavobele. – Zaboravila sam koliko si nadarena.

– *Bellissimo, brava* – dodala je baka, široko se osmehujući.

Houp joj je uzvratila osmeh. – Jel' mogu sad da idem da se spremam za sastanak s Kurtom?

Đinu je žuljalo da je upozori na Nemca, ali se pridržavala Vinijevog saveta i rekla usiljeno vedro: – Lepo se provedi.

Majka je otišla u sobu na popodnevni odmor, a Đina je odlučila da ode u šetnju. Stavila je Adelin dnevnik u torbu, zajedno s bocom vode, pa sišla niskim stepeništem na kej, gde je naletela na Tomaza. – Vini je jutros telefonirao. Sutra stiže – rekla je.

– Ah! Jesi li mu rekla za krov?

– Zapravo jesam. Predložio je da zajedno porazgovaramo kad on bude došao, važi?

– *Va bene.* – Tomazo je ovlaš pogledao njenu torbu. – Kuda si krenula u ovo divno popodne?

– Samo u šetnju uz brdo. Sećam se kako tamo ume da bude spokojno.

– Uživaj. Neki od nas moraju da rade.

– Ja se u Londonu satirem od posla. – Frknula je. – Ovo mi je prvi predah posle dužeg vremena.

Podigao je ruke. – Izvini. Samo se šalim. Čućemo se kasnije, *sorella mia.*

– *Ciao.* – Đina ga je poljubila u oba obraza, pa se zaputila ka izlazu iz sela ne bi li krenula strmim drumom koji vodi uz brdo iznad luke.

Bio je to naporan uspon između zasada maslina i kad je otprilike pola sata kasnije stigla do male Kapele Svetog Sebastijana, bila je zadihana. Ironijom sudbine, zvala se isto kao grad u kojem je upoznala Karmen. Ali pogled koji se odatle pružao vredeo je Đinine zadihanosti. Trougao zelenoplavog mora. Marina puna jahti s Crkvom Svetog Đorđa na prevlaci poviše nje. Rt i *Kastelo Braun.* Kakva raskoš boja i svetla. Sav sjaj aprila u Portofinu pružao se pod njenim nogama; sunce ju je zapljuskivalo u tom sjaju; more je ležalo usnulo u njemu, jedva se mreškajući. *Kakvo blaženstvo.*

Popila je gutljaj vode pa sela na klupu na malom trgu naspram narandžastog pročelja crkve. Uokolo nije bilo žive duše. Samo su ptičji poj i miris narandžinog cveta prožimali vazduh. Znala je vrlo dobro šta će pročitati, ali nisu joj bile poznate sve pojedinosti. Nadala se da Adela nije bila previše detaljna u pogledu svoje prisnosti s Ralfom. Đini bi bilo neprijatno da je tako i ne bi mogla da čita. Uz uzdah je posegla u torbu i izvadila dnevnik.

21. avgust 1944.

Dragi dnevniče,
Ralf je našao mesto gde možemo da budemo sami. Vila koja gleda na plažu Oliveta, a koju su naseljavali Nemci, ispraznila se, a Ralf ima ključeve. Izgleda da se napori Saveznika

usredsređuju na podršku njihovim trupama u Južnoj Francuskoj, pa je došlo do zatišja u bombardovanju Đenove, te je za nas bezbedno da odemo tamo kad ja završim posao. Prvi put smo otišli danas po podne. Bila sam malo nervozna, ali nije bilo potrebe da budem.

U vili je bilo lepo i sveže kad smo ušli. Svi prozori su bili zatvoreni da ne ulazi jara. Ralf nam je sipao vodu i rekao: „Imam iznenađenje za tebe.“

Uveo me je u sobu s gramofonom, koji su trupe ostavile za sobom. „Ranije sam ovo doneo ovamo“, rekao je, držeći ploču sa džezom. „Hoćeš li mi učiniti čast da plešeš lindi hop sa mnom, Adela?“

„Volela bih, ali moraćeš da me naučiš.“

To je i uradio. Bilo je divno; svidelo mi se. Rekao je da sam darovita, da bez pô muke pronalazim ritam, mada znam da moram još mnogo da vežbam.

Posle toga smo sedeli na sofi i razgovarali. I to je bilo divno. Rekao mi je koje knjige voli da čita, mnoge od njih su i moje omiljene, kao što su Čarobni breg Tomasa Mana i Proces Franca Kafke. Nisam mogla da mu kažem da sam ih pročitala; zanimalo bi ga kako je obična služavka kao što sam ja naišla na te knjige.

Onda smo razgovarali o svojim porodicama, o tome koliko mu nedostaje sestra, Ursula, koja još ide u školu. Brinuo se za nju i svoje roditelje; Hamburg su Saveznici sravnili sa zemljom u bombardovanju, rekao je. Ja sam njemu zauzvrat pričala o Tomazovom zarobljavanju, o tome kako je u logoru za ratne zarobljenike i omaklo mi se da je Đina otišla od kuće. Umalo da se izletim da se bori s partizanima, ali sam se na vreme ujela za jezik.

Razgovor je prešao na rat, a on je rekao da nije nacista, da ne veruje u njihovo učenje. Bio je mobilisan u mornaricu, i budući da mu je stric bio pomorski oficir i mogao je da potegne neke veze, Ralf je primljen na obuku za oficira. „Hitlera ne zanima mnogo premoć na moru“, priznao je. „Imam sreće *što sam dodeljen poručniku Rajmersu, te dosad nisam video nijednu akciju."*

„Nadam se da ih nećeš ni videti", rekla sam. „Bila bih skrhana kad bi poginuo."

„Mein liebes Mädchen." Povukao me je u naručje. „Ich liebe dich."

Rekao mi je da me voli, ali samo na nemačkom, ne znajući da ga razumem. A onda me je poljubio, poljupci su nam postali vatreniji, budili su žmarce u meni. Ljubio me je po obrazima, vratu, otkopčao mi je haljinu da mi poljubi ramena i bradavice. Raspalio je takvu vatru u meni da sam se uplašila da ću sagoreti u pepeo. Uhvatio me je za ruke i spustio ih na prednji deo pantalona, a ja sam osetila koliko je tvrd. Uzdahnula sam i povukla ruke, a on se izvinio. Rekao je da ga dovodim do ludila i molio me je za oproštaj. „Znam da nisi takva devojka", rekao je. „Obećavam da više nikad to neću uraditi."

Grudi su mi se podizale, brzo sam zakopčala haljinu i sigurna sam da sam pocrvenela do ušiju. Ali, da budem iskrena, nedostajali su mi njegovi poljupci i zanimalo me je kuda bi odveli da ga nisam zaustavila.

Otpratio me je nazad do baronice taman na vreme za njeno buđenje nakon popodnevnog odmora. Što mi je bilo drago, jer nisam želela da je slažem zašto sam zakasnila.

A sad sedim ovde i razmišljam o Ralfu i o tome koliko ga volim. Rekao je da me voli, ali na svom jeziku. Mislim da je to bilo samo u žaru trenutka. Uzdržaću se, neću mu se prepustiti sve dok ne budem znala da je to prava ljubav. Da, dnevniče, razmišljam da uradim to. Možda sam ludo odvažna; ne znam. Ali želim ga više nego što sam ikad išta u životu želela.

Đini je zastao dah. *Tako je, dakle, to počelo.* Godinama se pitala kako je njena sestra bliznakinja mogla to da uradi. *Da se poda Nemcu. Neprijatelju.* Okrenula je stranu da pročita sledeći zapis, kad je razrogačila oči. Nekoliko strana je nedostajalo. Iskrzane ivice uz hrbat bile su trag istrgnutog papira. Ko je mogao da uradi takvo nešto?

Da li je to bila Adela? Ili je to bila mama, da bi poštedela Đininu osetljivost ako je Adela zalazila u detalje svoje ljubavi s Ralfom? Ostao je jaz od tek nešto više od mesec dana, a za to vreme moglo se mnogo toga dogoditi. U Đininom životu se mnogo toga dogodilo, sećala se, ali nije htela sad da razmišlja o tome. Umesto toga je podigla naočare za sunce na nosu i nastavila da čita.

17. septembar 1944.

Dragi dnevniče,
Dogodilo se nešto najstrašnije. Danas je nedelja, a ja sam, kao obično, otišla da posetim porodicu kod tetke Irme. Babo me je zgrabio čim sam ušla na vrata. „Zašto radiš za Nemce?", prosiktao je, uvukavši me u kuhinju.
Mama je sedela sa sestrom, plačući. Teča Euđenio je stajao iza njih, lice mu je bilo kao grom.
„Kako si saznao?", promucala sam.
„Znači, istina je", babo je zarežao. „Osramotila si porodicu."
„Stefanov brat, Toni, video te je da ideš u Kastelo", mama je jecala. „On je jutros otišao da se pridruži partizanima, ali je pre toga rekao babu šta je video. Kad pomislim da je moja rođena ćerka kolaboracionista. Ne mogu da podnesem to."
Pognula sam glavu, ali sam stajala mirno. „Radim samo pola radnog vremena. Došli su da pitaju baronicu Fon Galen da li poznaje nekog." Zaustavila sam se, prestala sam da se ukopavam dublje u laži.
„Hoću da daš otkaz." Babo je lupio pesnicom o sto. „Sutra."
„Ne. Neću."
„Onda nisi više moja ćerka."
Nisam mogla da verujem da bi me se rođeni otac odrekao. Zar me nije voleo dovoljno da prihvati moju odluku?
Okrenula sam se na petama i istrčala iz seoske kuće, niz brdo do baronice. Iznenadila se što me vidi u nedelju, ali me je primila raširenih ruku, smirivši me dok sam tužno jecala. „Možeš da daš otkaz", predložila je. „Da kažeš poručniku Rajmersu da si mi potrebna puno radno vreme."

I neka mi bog oprosti, slagala sam baronicu Elizabet, ili, preciznije, nisam joj ispričala celu priču. Da sam upoznala Ralfa, da smo se zavoleli, da ne mogu podneti da se rastanem od njega. Kad ga sutra budem videla, reći ću mu šta se dogodilo, a on će voditi ljubav sa mnom u vili Oliveta, kao svaki put otkad sam mu pre dve nedelje rekla da. S težinom na srcu, rekla sam baronici da je, kad se boriš u ratu, porodica na drugom mestu.

I sad sedim u svojoj sobi, razmišljam o mami i babu. Ne mogu im otkriti da špijuniram Nemce, ali na kraju će saznati istinu, kad se ti zverski događaji okončaju i vrati se mir. Znam da će razumeti i da će mi oprostiti. To je samo privremeno i mogu da podnesem to..

Đina je podigla naočare za sunce na teme pa obrisala vlažne oči. Suze su joj zamaglile vid. Na susednom grebenu stoji seoska kuća tetke Irme i teče Euđenija. Prodali su je 1952. i otišli da žive u Đenovu, zahvaljujući povećoj svoti koju im je platio jedan imućni Amerikanac, jer je želeo da renovira imanje i da tu provodi leta. Kako je tragično što je cela porodica mislila da je Adela kolaboracionista. Te okolnosti su je sprečile da otkrije istinu.

Đina je polako izdahnula i prisetila se događaja iz septembra 1944. koji su uticali na nju. Smenjivali su se sukobi i incidenti, ali partizani su uvek bili na pobedničkoj strani. Onda je došao napad na Varci. *A tada se sve promenilo.*

18.

1944.

Svitalo je hladno jesenje jutro. Đina, Enco, Roso, don Rino i dve stotine pedeset drugova partizana došli su preko gaza vodenog toka u Stafori – dovoljno daleko zapadno od Varcija da izbegnu osmatra-če *repubblichina* – a sad su čučali u jami na polju koje se pružalo od pozadine železničke stanice do reke, čekajući Rosa da im dâ znak za napad.

Đina je bila strašno uzbuđena; spremali su se da preuzmu grad i oslobode ga fašističke kontrole. To neće biti samo najveća pobe-da dotad koju će ostvariti već će preseći glavnu liniju neprijateljske komunikacije, a ta će vest odjeknuti celom regijom, podižući moral antifašistima kao malo koji raniji partizanski uspeh.

Nedeljama su Roso i Enco prikupljali informacije ne bi li pomo-gli u sprovođenju planova. Ali Đini je srce potonulo kad ju je Enco izvestio da Fjorentini nije više u Varciju, već je otišao da komanduje *Sicherheit* specijalnoj policiji u Broniju, četrdeset kilometara na sever. Taj bedni pukovnik je očigledno naumio da se pročuje kao zli mučitelj i ubica svojih zatvorenika. – Fjorentini će posle rata dobiti šta je za-služio – Enco je obećao Đini. – Biće osuđen na smrt za svoje zločine.

Molila se da bude tako, ali želela je da postoji neki način da se taj gnusni čovek zaustavi ranije. U međuvremenu, morala se zadovolji-ti pružanjem pomoći Varciju da se oslobodi fašističkih trupa. Jedva je čekala da počnu.

Iščekivanje joj je ključalo u grudima dok je razmišljala o onome što se desilo juče. Don Rino je stigao u Kastanjolu s divnim vesti-ma. Stupio je u kontakt s parohom iz Varcija i saznao da je nekoliko stotina vojnika *repubblichina* poslato preostalim blindiranim vozilima da se pridruže Nemcima u Vogeri.

Đina se osmehnula u sebi. To smanjenje neprijateljskih vojnika u gradu pružilo je Rosu i Encu priliku na koju su čekali. Ona i ostatak partizana iz Kastanjole dočekali su don Rinov izveštaj uzbudljivim klicanjem, nestrpljivi da prionu na zadatak.

Pogledala je na svoj časovnik. *Nulti sat.* Roso je kao izvidnicu poslao Stefana i njegov odred, uključujući i Karmen i Stefanovog brata Tonija, koji je kasno protekle noći stigao iz Portofina. Trebalo je da preseku sve telefonske linije i prekinu komunikaciju između Varcija i Vogere tako što će dići u vazduh prelaz železničke pruge.

U tišini svitanja, pojačavao se svaki zvuk i pokret oko Đine. Čulo se prigušeno psovanje kad je neko šutnuo kamen, ili neki partizan šmajserom zakačio svoj gležanj. Đinu su peckale obrve od nervoznog preznojavanja. *Dođavola, Stefano kasni.* Zašto nije već digao u vazduh železničku prugu?

Napokon je prigušena eksplozija odjeknula u daljini, a Đina i njeni drugovi su poskakali na noge.

Roso je uzviknuo bojni poklič: – Partizani u napad!

Svi su stali da viču. Trčali su uskim prilazom tranžirnoj stanici i kroz skladišta s robom. Po Rosovom naređenju, raširili su se kad su stigli do prvih kuća. Grupe od šest do osam ljudi odvojile su se duž sporednih ulica, dok su Đinin i Encov odred trčali s Rosovim glavnim putem ka srednjovekovnom centru grada.

Od kuća u nizu uz ulicu doprli su pucnji u teškim, isprekidanim rafalima. Đini je srce tuklo o rebra. *Fašisti.* Dok su se ona i njeni drugovi približavali četvrtastom Trgu Umberta I, neprijateljska vatra se pojačavala, dopirući iz zgrada ispred njih. Mitraljezi su pucali u precizno ispaljenim lukovima, zaustavljajući ih i sprečavajući njihovo napredovanje. Đina se iznenada osetila izloženom strašnoj opasnosti, te je jako stisla dršku svog oružja.

– Priljubi se uza zid – promrmljao je Enco. – Tako nećeš biti laka meta.

Disala je isprekidano dok je pucala iz svog šmajsera i napredovala, od jednih do drugih vrata. Napredak je bio bolno spor i iscrpljujuć. Sunce se popelo više, znoj joj se slivao niz telo.

Bitka se nastavila, zapaljiva i žestoka, ali hrabrost i odlučnost partizana ostali su na visokom nivou. Bilo je žrtava na obe strane, partizani, mrtvi i ranjeni, padali su uglavnom po ulicama, a *repubblichini* su stradali dok su se zavlačili u kapije ili kad bi grupa partizana napala kuću iz koje su pucali.

Zajapuren i preznojen, don Rino je trčao od ulice do ulice da zbrine ranjene i pregovara o mogućoj predaji.

Naposletku je cela brigada, sa izuzetkom Stefanovog odreda – on je uzeo preostali minobacač i delovao kao strateška rezerva – stigla na glavni trg, gde se neprijatelj zabarikadirao u gradskoj većnici, školi i palati *Malaspina*, koja je služila i kao zatvor u Varciju.

Roso je sazvao ratni savet. Partizani su morali da pojačaju napad. To bi značilo žrtve, ali morali su da zauzmu te tri zgrade.

Svakom partizanu namenjena je, za svaki slučaj, po jedna kuća u koju će se sakriti. Roso im je rekao da mogu nakratko da se odmore i osveže se čime god mogu pre nego što počne faza napada. Slao ih je na smenu.

Đina je otišla sa Encom u obližnju kuću jedne udovice, sinjore Galo, gde su se smestili. Pozdravili su se sa sedokosom ženom u crnom. – Sirotice – gospođa je rekla Đini, njuškajući svojim kukastim nosom i odmeravajući Đininu blatnjavu odeću i prljavo lice. Nastavila je rekavši im da iz dna duše mrzi Nemce jer su odveli njenog muža u radni logor, a zatim ga ubili kad je pokušao da pobegne.

Pošto su Đina i Enco izrazili žaljenje i upotrebili toalet, gospođa im je dala po šolju kafe i sendvič s kobasicom, pa ih ostavila same.

Enco se zagledao u Đinu, na licu mu se ogledala briga. – Jesi li dobro?

– Samo malo umorna sad kad su borbe prestale. Biću dobro kad ponovo počnemo.

– Neopisivo sam ponosan na tebe. – Toplim prstom joj je dodirnuo obraz, otrvši malo blata.

– A ja sam neopisivo ponosna na tebe. – Osmehnula se, vrelina se razlivala njom.

Kad bi samo mogla da bude malo duže nasamo s njim, ali to je nemoguće.

– Trebalo bi da se vratimo u okršaj. – Izvio je uglove usana. – Nadajmo se da ćemo brzo napredovati.

Prebacila je šmajser preko ramena. – Onda bolje da nastavimo.

Na ulici ispred kuće naišli su na Rosa. Rekao je da su partizani skoro sasvim preuzeli kontrolu nad istočnim delom grada i da je ostatak neprijateljskih trupa izolovan u trima zgradama na glavnom trgu. Ulice koje vode do gradske većnice pružaju dobar zaklon pre nego što se uliju na trg. Roso je predložio da Enco povede svoj odred u frontalni napad.

Enco se složio, a Đina je pošla s njim da okupe svoju jedinicu. Zatim su se spremili da postignu cilj. Podigla je šmajser, pucajući u trku. Svaki živac u telu joj je urlao od straha, ali ona je udahnula, a to je bilo kao skok u dubinu. *Potoni ili plivaj. Ubij ili budi ubijen.*

Ljudi su padali, umirali na licu mesta, ali ne i Enco, hvala bogu. Kasnije je saznala da su šestorica poginula, da je jedan partizan tako teško ranjen da je na samrti, ali ostatak se izvukao. Bacali su bombe kroz otvorene prozore u prizemlju gradske većnice, izazivajući niz gromoglasnih, rušilačkih eksplozija. Trupe unutra skoro odmah su se predale.

Ali fašistički major je i dalje bio u kamenoj zgradi nekadašnje škole i odbijao je da se odrekne komande. Roso je mrmljao nezadovoljan brzinom uspeha; Vogera bi mogla da istraži kvar na telefonskim linijama s Varciom, otkrije istinu i pošalje dodatne snage. S tom opasnošću na umu, naredio je Encu da obezbedi dve preostale neprijateljske zgrade na trgu, a da ostatak brigade pošalje na obode grada da pojačaju odbranu koju drži Stefanov odred.

Đina je bila toliko umorna da je jedva stajala na nogama. Enco joj je predložio da se vrati kod sinjore Galo, rekavši joj da je šašava kad se pobunila. – Želim da budeš odmorna za sutrašnju bitku – rekao je.

– A ti? – uzvratila je, zabrinuta za njega.

– Ja mogu da spavam bilo gde. Odremaću naslonjen na neku zgradu. – Prepredeno se nacerio. – Moja pretpostavka je da su i *repubblichini* iznureni i da i njima treba odmor.

– Nadam se da si u pravu – rekla je Đina, dodirnuvši ga po nadlaktici.

Rano ujutru, Đina je pila kafu uz doručak kad je Enco stigao da prenese Rosovo naređenje da svi izađu na glavni trg. Stala je u zaklon zasvođenog prolaza pored njega, a onda im se pridružio ostatak odreda, otvorivši vatru na gradsku većnicu – veliku tamnosivu građevinu na tri sprata, s visokim prozorima i neobično iskošenim krovom, zbog čega je podsećala na pagodu.

Projektili su se iznenada izvili kroz vazduh rasprskavajući se na trgu, podižući kamenje s tla.

– *Merda* – opsovao je Roso. – *Repubblichini* u školi imaju minobacač.

Enco je prešao rukom preko čela. – Šta ćemo da radimo?

– Pošalji kurira Stefanu da donese *naš* minobacač u Varci i postavi ga na krov gradske većnice.

Enco je poslušao, a onda su on, Đina i ostatak odreda na smenu bacali bombe na dve zgrade.

Potrajalo je čitavu večnost dok Stefano nije došao, javio se Rosu i postavio minobacač. Kasno ujutru, bio je spreman za akciju.

Na Rosov znak – podignuta maramica – otvorio je vatru.

Projektil se polako izvio u vazduhu, pa pao nasred krova gradske većnice, eksplodiravši u erupciji kamenja i crepova.

Đina je zadahtala kad je trenutak kasnije sva fašistička sila od četrdesetorice ljudi izletela iz zgrade s rukama uvis.

Posle dogovaranja sa Encom, Roso je poslao zarobljenike pod pratnjom u Kastanjolu, pa naredio Stefanu da okrene minobacač ka školskoj zgradi. Nevolja je bila u tome što su projektili padali prekratko. Vreme je prolazilo a *repubblichini* su se i dalje borili protiv partizana koji su uzvraćali vatru, ali ništa nisu postizali.

Don Rino, koji je zbrinjavao ranjene, prišao je. – Pustite me da ja razgovaram s majorom. Reći ću mu da držimo grad i da je njihov položaj beznadežan.

– Jesi li siguran? – Enco ga je pogledao u oči.

– Ja sam sveštenik. Neće pucati u nenaoružanog klirika.

Roso se složio s don Rinom i naredio partizanima da obustave vatru.

Sveštenik se ispravio, pa u jasno vidljivoj mantiji zakoračio na trg; podigao je belu zastavu iznad glave pa prošao kroz vrata nekadašnje škole.

Sat na tornju gradske većnice pokazao je da je već kasno popodne. Ono što je bilo topao dan pretvorilo se u vedro, prohladno jesenje veče. Đina je stajala pored Enca zadržavajući dah. Činilo se da je sa svima ostalima isto. Čak su i ptice prestale da cvrkuću. Primetila je da je tišina postala preteća i zlokobna.

Na kraju je don Rino izašao iz zgrade. – Major i njegovi ljudi odlučili su da nastave borbu – smrknuto je rekao.

Kao da potvrđuje ono što je sveštenik upravo preneo, projektil neprijateljskog minobacača proleteo je kroz vazduh i pao nasred trga, rasprsnuvši se prilikom udara i nateravši partizane da požure u zaklon.

Uz ljutit povik, Roso je dao znak Stefanu da nastavi napad. Prvi hitac izvio se obećavajućom putanjom, ali je promašio i pao nedaleko od gradske većnice. Drugi je bio bolje naciljan, samo je zamalo promašio, završivši ispred samog ulaza u školu. Sledeći je pao pravo u metu, napravivši zjapeću rupu u krovu, iz koje su pokuljale krhotine.

Sad kad je domet utvrđen, svaki je hitac pogađao metu. Jedan je pogodio pročelje zgrade iskosa istrgavši metalni okvir prozora i iščupavši iz korena drvo koje se teško sručilo na razbijen prozor. Drugi mora da je prošao kroz tri sprata pre nego što je eksplodirao: razneo je ceo podrumski zid s prozorima.

Šest hitaca je zasulo zgradu, jedan za drugim. Protivudari iz nekadašnje škole bili su isprekidani.

Beli stolnjak neočekivano se zavijorio s prozora na spratu. Đini je srce zalepršalo s njim. *Garnizon se predao; bitka za Varci bila je gotova.*

Roso je pokazao Stefanu da prekine paljbu, okupivši partizane oko sebe i rekavši im da stanu u stroj na trgu.

Enco je ostao s Đinom dok je Roso otišao da razgovara s fašističkim majorom. Đina je otvorenih usta zurila dok se Roso vraćao s gomilom *repubblichina*. Rekao je Encu da je celom garnizonu od sto pedeset ljudi ponudio priliku da se pridruže partizanima i većina je prihvatila. Roso je zatim organizovao pratnju da sprovedu majora i ostalih dvadeset vojnika u njihovu jedinicu na putu za Vogeru. Jednom odredu je naredio da sprovede nove regrute u Kastanjolu.

Najduži dan bio je pobedonosan. Đina je jedva mogla da poveruje da se njen san ostvario. Svuda oko nje je praštalo od bučnog slavlja. Žitelji grada koji su bili uzdržani tokom borbi izlili su se na trg s bocama vina i sa suvim mesom koje su davali partizanima. Đina je stajala pored Enca, žudeći da ga poljubi kao što je Karmen ljubila Stefana – koji joj je sa žarom uzvraćao poljupce. Svi su zapevali partizansku himnu „Fischia il vento", čuli su se povici: „Sloboda se vratila!"

Stefano je prišao Đini i ćušnuo je. – Možemo li da popričamo? – tiho je upitao.

– Naravno.

Očekivala je da će joj reći da se zaljubio u Karmen. Ali on je, umesto toga, rekao: – Moj brat je doneo poražavajuću vest iz Portofina.

Đini srce samo što nije iskočilo iz grudi. – Jel' se nešto dogodilo mojim roditeljima?

Stefano se nakašljao. – Reč je o tvojoj sestri, bojim se...

– O Adeli? *O, Dio*, šta je bilo? – Đinin glas je postao piskav.

– Tvoja sestra radi za Nemce u *Kastelu Braun*.

Đina je zadahtala. – To ne može biti istina.

Stefano je odmahnuo glavom. – Toni ju je video pre nego što je otišao. Pitao je kuvaricu baronice Fon Galen, našu tetku Ritu, a ona je potvrdila. Baronesa je zaklela sve osoblje na tajnost u tom pogledu, ali tetka Rita je rekla Toniju zato što joj je sestrić i obećao je da neće reći nikom osim porodici. Samo što nije održao obećanje. Rekao je tvom ocu, a reakcija je bila kao što očekuješ. Bes i gađenje.

Gorak ukus ispunio je Đini usta i izgubila je svu želju da i dalje slavi pobedu partizana. Više nije osećala radost ni uzbuđenje. Sve što je osećala bio je preplavljujući stid zbog Adele.

– Hvala što si mi preneo – rekla je Stefanu. – Treba mi vremena da prihvatim to, zato idem u svoj smeštaj. – Pogledala je preko trga, gde je Enco uživao i pio s Rosom. – Možeš li reći Encu gde sam otišla?

Stefano je pogledao u nju pa u Enca. – Sviđa ti se, zar ne?

Đina je osetila kako joj obrazi gore. – Da li bi te uznemirilo ako mi se sviđa?

Stefano se osmehnuo. – Pre nekoliko meseci bih ubio boga u njemu. Ali sad... kad sam upoznao Karmen, shvatio sam da sam prema tebi osećao čisto prijateljstvo. S Karmen je sasvim drugačije. Među nama gori plamen, i ne vidim da će se ikad ugasiti.

– Drago mi je zbog oboje – rekla je i zaista je bilo tako. – Ne zaboravi da kažeš Encu kuda sam otišla. – Ovlaš je poljubila Stefana u čekinjav obraz. – Karmen ću kasnije čestitati...

Okrenula se i udaljila od njega, zaputivši se sporednom ulicom koja vodi do sinjore Galo. Bilo je kasno i kuća je bila u tami, te je upotrebila ključ koji je dobila i ušla.

U svežini svoje sobe, skinula je odeću i pustila vodu iznad umivaonika. Cela se nasapunala, zatim isprala i obrisala, i drhteći legla u krevet.

Misli o Adeli zujale su joj u glavi i nije mogla da zaspi. Pred zoru je čula Encove korake u hodniku, zaustavili su se pred njenom sobom, na trenutak, zatim produžili. U drugačijim okolnostima, Đina bi rizikovala, skočila bi iz kreveta i pošla za njim, dođavola i s posledicama. Samo što je sad jedino o čemu je mogla da razmišlja bila njena sestra bliznakinja.

Đina je tiho obukla par čistih kaki pantalona i nemački vojnički džemper. Uzela je svoj kaput i šmajser, pa sišla u kuhinju. Tamo je našla malo papira i olovku. Nažvrljala je kratku poruku Encu, objasnivši mu da ima hitna posla kod kuće i da mora da ide kako bi to rešila. Uzela je malo bajatog hleba i kobasice pa ih stavila u ranac.

Pošto se iskrala krajnje oprezno da ne bi nikog probudila, otvorila je prednja vrata i izašla. Trebaće joj nekoliko dana do Portofina i biće opasno. Ali sve je bolje nego da ne čuje od Adele lično zašto radi za neprijatelja. Đina je znala da je dominantna sestra; nateraće Adelu da odmah prestane da sarađuje s Nemcima.

19.

1944.

Đina je planirala da sakrije svoj šmajser pre nego što stigne do obale, obuče suknju i bluzu koje je nosila u torbi i, pošto se preruši u nedužnu ženu, zaustavi neki kamion ili auto da je poveze. Ali prvo je morala da pređe Apenine i usput moli za hranu i utočište prijateljski naklonjene seljane.

Napustila je Varci kad se činilo da svi spavaju pa pošla stazom duž grebena poviše grada. Spustila se u Kastelaro i, pošto je prešla polja iza seoskih kuća, zaputila se uskim kolskim drumom koji je prolazio tik uz stari ruševni ambar. Samo što je stigla do ugla zgrade, kad su se vrata naglo otvorila.

Talas adrenalina prostrujao je kroz nju.

Šestorica muškaraca u zelenim uniformama republikanske vojske, izjurili su iz ambara.

Dođavola!

Đina je zaboravila svoju nameru da igra ulogu bezopasne žene pa podigla šmajser da nanišani. Ali pre nego što je stigla da stisne obarač, vrata ambara su se zalupila, a hici iz puške doprli su s gornjih prozora.

Uzmakla je, oklevajući delić sekunde, okrenula se i potrčala.

Odjednom joj je desna ruka poletela naviše kao svojom voljom. *Maria santissima*, pogođena je. Vrisnula je od snažnog bola i sažižućeg osećaja.

Umreće; bila je sigurna u to. Ali je nastavila da trči. Ispustila je šmajser, sagla se da ga dohvati levom rukom, pa utrčala u jarugu na obodu polja.

Bila je strmija nego što je očekivala te se otkotrljala do dna, prizemljivši se uz tresak. Ruka ju je pakleno bolela. Nije znala šta bi prvo: da pogleda ranu, povrati dah, pokuša da razmisli... ili da se pomoli. Vrele, slane suze pekle su joj oči.

Zvuk koraka koji su podizali prašinu i razgovor uzbuđenih glasova doprli su s vrha jaruge. Bestraga, fašisti su je našli. Svakog trenutka će je ubiti. Onda se setila da ima jednu ručnu bombu u džepu kaputa, zaostalu nakon jučerašnje borbe. Uz uzdah olakšanja, izvadila ju je pa stavila u usta poklopac s malim dugmetom.

Šestorica ili osmorica njih – bog zna koliko – zurili su dole u nju. Držeći zubima tanko uže, snažno je povukla.

I ne pokušavajući da nišani, bacila je bombu ka moru lica i uniformi.

Nekoliko sekundi kasnije izašla je iz jaruge i potrčala koliko je noge nose. Prasnula je rafalna buka: eksplozija bombe, krici ljudi, *ra-ta-ta-ta* njenog šmajsera... vatra iz automatskog oružja dok je trčala.

Trčala je... i trčala... i trčala. Srce joj je tuklo u agoniji. Disanje joj se pretvorilo u promuklo, bolno i gušeće dahtanje. I dalje je trčala.

Maglovito svesna da trči ka Nivioneu, držala se drveća koje je raslo uz put. Saplitala se o kamenje, naletala na bodljikavo grmlje i izbijala pored drveća. Ruka joj je pulsirala i pekla je; telo ju je bolelo; pluća su joj se naprezala u agoniji.

Stigla je do gustog drveća i srušila se na šumsko tlo. Tutnjava srca polako se smirivala, a disanje se skoro vratilo u normalu. Osluškivala je zvuke gonjenja. *Samo cvrkut ptica.*

Hodala je i puzala do tačke u šumarku s koje se pružao pogled. Na putu nije bilo znakova kretanja.

Lijući suze razočaranja jer nije uspela u svom naumu da stigne u Portofino i trpeći bol u ruci, razmislila je o svom položaju. Varci je na severu, te je krenula ka gradu.

Sa svakim korakom je osećala nepodnošljive grčeve ispod desnog ramena. Osećala je vrtoglavicu zbog gubitka krvi. Da li će ikad stići u Varci?

– Stoj! – neko je dreknuo.

Đina se zapiljila kroz maglu svoje uznemirenosti. Bio je to Libero. *Kakvo olakšanje.* Stigla je do partizanske predstraže.

– Ja sam, Elza – uspela je da kaže zanjihavši se i srušila se na tlo. Svet se okretao oko nje, a onda je pocrneo.

– Otišla si bez dopuštenja – čula je malo kasnije osoran glas.

Đina je zaječala. Povratila se skoro odmah, a sad je sedela s glavom među kolenima, trudeći se da se ne onesvesti ponovo od bola.

– Ostavila sam ti poruku, Enco – promrmljala je kroz stisnute zube.

Kleknuo je pored nje. – Bio sam van sebe od brige. Kako si, dođavola, mislila sama da stigneš u Portofino? Stefano mi je sve rekao, kad smo kod toga. Naterao sam ga. Hvala bogu što sam bio u patroli u okolini kad si se pojavila.

– Žao mi je – dahtala je. – Ali stvarno sam morala da vidim sestru.

– Mogla si da pogineš. – Zagledao se u nju. – Daj da ti pogledam ranu.

Nežno joj je zadigao rukav košulje da bi otkrio rupu na mestu gde joj je nekad bio gornji deo nadlaktice.

Zurila je u iskidano meso i smrskanu kost, mučnina joj se komešala u stomaku. Okrenula je lice od groznog prizora, povraćajući žuč.

– De, de – rekao je Enco, brišući joj usta maramicom.

– Boli...

– Lezi, a ja ću ti podići stopala. Izgubila si mnogo krvi. Poslao sam Libera da doveze kamion da te odvedemo u bolnicu. Izgleda da ti treba operacija.

Đina je zažmurila. – Tako sam umorna.

– Nisam siguran da bi bilo pametno da zaspiš, ljubavi.

Nazvao ju je „ljubavi"... ali to je bilo samo odmila.

Počela je da se trese, zubi su joj jako cvokotali. – Drži me, Enco. Hladno mi je.

– To je od šoka – rekao je, ali izvio se ka njoj i obuhvatio je oko struka.

Toplota njegovog tela umirila ju je dok su čekali da Libero stigne s kamionom i odveze ih u Varci.

* * *

Dve nedelje kasnije, Đina je ležala u bolničkom krevetu, poduprta jastucima. Enco se postarao da dobije najbolju moguću negu. Bolnica je bila mala, vodio ju je sedamdesetogodišnji doktor Renconi uz pomoć šest časnih sestara, ali Roso je poslao po profesora ortopedije iz Alesandrije, koji je izveo operaciju. Izvadio je metak, namestio smrskanu kost nadlaktice i ušio je. Otad joj je dugačak žičani kavez držao ruku pod odgovarajućim uglom. Da nije bila nakljukana opijatima, teško da bi mogla da spava.

Pogledala je na zidni sat; Enco je trebalo da stigne svakog trenutka. Radovala se njegovim svakodnevnim posetama. Obaveštavao ju je o onom što se događa u Varciju. Nedugo pošto su partizani oslobodili grad, objasnio je, Roso je poslao dve trećine njih da zauzmu položaje na brdima između Varcija i Kastanjole. Raspoređeni partizani delovaće u slučaju protivnapada. Dosad se to nije dogodilo, što je izgledalo krajnje neverovatno; neprijatelj je, izgleda, koncentrisao sve svoje snage na zadržavanje Saveznika na Gotskoj liniji.

Varcijem je sad upravljao CLN, koji je grad i okolinu proglasio Nezavisnom republikom. Izmestili su školu iz centra grada, preuzeli odgovornost za javni red, sproveli regulisanje cena da bi obuzdali crnu berzu, pokrenuli popravljanje zgrada oštećenih u borbi, preuzeli odgovornost za snabdevanje partizana i čak s bankom organizovali finansijsku pomoć seljanima.

– Zvuči divno – Đina je rekla Encu. – Nadam se da će Varci ostati slobodan...

– I ja se nadam. – Osmehnuo se iskrivivši usne. – Ali nismo opremljeni da sačuvamo grad od pokušaja neprijatelja da ga preuzme masovnim napadom. Sve zavisi od toga da li će Saveznici uskoro probiti nemačke linije.

Klimnula je glavnom i utonula u san. Činilo se da je to sve što je mogla, danima, osim što je mislila na Adelu i uživala u Encovoj pažnji. Nije on bio jedini njen posetilac; talas dobronamernih bio je tako veliki da je sestra Natalija, zadužena za nju, odlučila da smanji njihov broj. Đina ju je zamolila da ne uskrati posete trima najvažnijim osobama u njenom životu: Encu, Stefanu i Karmen, a sestra je pristala. – Je li Enco tvoj dragan? – upitala je, tamnosmeđe oči su joj sijale.

– Ne znam – iskreno je odgovorila Đina.

Sestra Natalija je rastresla Đini jastuke i dala joj gutljaj vode. – Mnogo mu je stalo do tebe, dušo. To svako može da vidi.

Đini je srce zakucalo mahnitim ritmom na sestrine reči. I njoj je mnogo stalo do Enca. *Više od toga; volela ga je.* Ali Enco se suzdržavao ne otkrivajući osećanja koja je možda gajio prema njoj, te je počela da sumnja da on prema njoj ne oseća ništa osim bratstva po oružju.

U trenucima njene budnosti, tokom protekle dve nedelje, razgovarali su u privatnosti njene sobe. Podelila je s njim priču o svom odrastanju u Portofinu, pričala mu o svojoj porodici i odnosu sa Adelom. On je njoj, zauzvrat, rekao da je rođen u Šefildu, u novembru 1923, da ima stariju sestru, Beti, i mlađeg brata, Daglasa. Otac mu je služio u Kraljevskoj mornarici u Velikom ratu, zbog čega se Enco odlučio za pomorsku službu kad je regrutovan u osamnaestoj godini.

Sad je čula njegov glas u hodniku. A onda je stajao pored nje, njegovo voljeno lice bilo je izvijeno u osmeh. – Jedna ptičica mi je rekla da ti je danas rođendan. – Pružio je kutiju slatkiša i spustio je na njen noćni ormarić. – Trebalo je da ti donesem tortu, ali pomislio sam da je sa ovim lakše.

– Nisam ni shvatila koji je dan. – Osmeh joj je ozario lice. – *Grazie.*

– Dakle, sad si devetnaest godina mlađa. – Zastao je. – Tako hrabra i lepa devojka.

Svakako se osećala čistijom nego proteklih meseci. *Ali lepa?* Enco je nesumnjivo preterivao. Uzela je kolač s jagodičastim voćem i zagrizla ga, njegov kiselkast ukus naterao ju je da pucne usnama. – Mljac. Odavno nisam probala ništa ukusnije.

Enco je privukao stolicu, pa i sâm uzeo jednu puslicu punjenu kremom. – Skoro se osećam kao da nije rat – rekao je, oblizujući se. – Kako si danas?

– Zapravo mnogo bolje. Ne boli me tako mnogo, a sestra Natalija je prestala da mi daje injekcije morfijuma.

– To su sjajne vesti.

– Imaš li ti neke vesti za mene?

– Da, zapravo imam. Sinoć su došla tri Amerikanca da se sastanu sa mnom i Rosom.

Đina je zinula. – Šta su hteli?

– Pitali su me da li bih im bio prevodilac i vodič.

Srce joj je potonulo. – Odlaziš?

– Ne. Odbio sam njihovu ponudu, a Roso je predložio da potraže negde drugde.

Enco je nastavio da objašnjava da su ti Amerikanci pripadnici jedinice za specijalne operacije iza neprijateljskih linija. Njihov vođa je poznat kao „kapetan Rob". Devetorica njih ostavljeni su u planinama iznad Peničea, više da bi ometali nemačko povlačenje nego da bi pomogli partizanima. Amerikanci su, izgleda, istraživali oblast pre nego što se upuste u sabotaže.

– Jesu li bili ljuti što si ih odbio?

– Zapanjili su se kad sam rekao da bih radije ostao u Varciju.

– I ja sam zapanjena, da budem iskrena.

Enco je posegnuo za njenom zdravom rukom. – Ne bi trebalo da budeš. Nisam želeo da te ostavim, Đina. Da li te to iznenađuje?

Osmeh joj se polako širio licem. – Iznenađuje me. Iznenađuje me i drago mi je.

Nagnula se ka njemu, a on ju je nežno zagrlio. – Volim te, draga devojko. Ne želim nikad da te ostavim.

Preplavilo ju je uzbuđenje i prepustila se poljupcu. Rastvorila je usne, jezici su im se milovali. Zastali su da udahnu i zagledali se jedno drugom u oči. – Mnogo te volim, Enco.

Privio ju je uza se i ljuljao je u svom zagrljaju, ljubeći je u kosu i šapućući joj koliko je voli. – Obećavaš da više nećeš pokušavati da pobegneš u Portofino?

– Obećavam. Znam da sam bila glupa. Ako je Adela upala u nepriliku s Nemcima, moraće sama to da reši.

20.

1970.

Đina je protrljala ožiljak na gornjem delu nadlaktice. Gladak udubljen beleg posvetleo je s vremenom, ali i dalje je bio tu, snažan podsetnik koji se trudila da zanemari proteklih dvadeset pet godina. Uzdahnula je listajući Adelin dnevnik... još nekoliko strana je bilo iscepano. Ostalo je još samo nekoliko zapisa, ali Đina nije mogla sad da se suoči s njima. Popodnevno sunce spuštalo se nisko na nebu i uskoro će zaći. Bolje bi bilo da pođe kući.

Stigla je u stan otprilike pola sata kasnije i, kad je ušla u kuhinju, zatekla je majku kako secka štapiće špargle na stolu. – Je li se Houp vratila? – upitala je Đina.

– Svratila je da se presvuče, pa ponovo izašla na večeru s Kurtom.

Đina je izvukla stolicu i sela. Iznenadna glavobolja pulsirala joj je u slepoočnicama. – Nisam sigurna da će romansa na odmoru biti dobra za nju.

– Zapravo misliš romansa s Nemcem, zar ne?

– Hmmm. – Đina je na trenutak oklevala. – Jesi li ti iskidala neke stranice iz Adelinog dnevnika?

Majka je spustila nož. Rumenilo joj je preplavilo obraze i primetno se uzvrpoljila. – Nisam mogla da ih čitam. Bile su previše... lične. Sve o ljubakanju s Ralfom, prilično detaljno. – Gurkala je nož. – Znala sam da ću ti dati dnevnik da pročitaš i nisam htela da pomisliš da sam čitala o tome kako je moja ćerka radila takve stvari.

Đina je ispružila ruku pa potapšala majčinu. – U redu je. Potpuno te razumem. I sama bih se tako osećala, Adela je pisala kao da piše izmišljenom prijatelju. Deljenje tajni verovatno je bio njen način da se izbori s tim. Sumnjam da je pomislila da će iko čitati njen dnevnik.

– Tačno. – Majka je podigla nož pa nastavila da secka. – Jesi li stigla do kraja?

– Pročitaću posle večere, dok ti budeš gledala TV.

– Dobro. Pravim rižoto sa šparglama.

– *Grazie*, mama. Razmazićeš me.

– Ti zaslužuješ da te razmazim, *tesoro.* – Majka je stegla Đinu za ruku.

Kasnije, Đina je ostavila majku da gleda neku dramu pa otišla u svoju sobu da na miru čita. Dušek je ulegao kad je sela na svoj krevet. Steglo ju je u grudima kad je izvadila dnevnik iz torbe i otvorila ga. Postojao je veliki jaz posle septembarskih zapisa. Duboko je udahnula i usredsredila se na stranicu.

1. decembar 1944.

Dragi dnevniče,

Ruke mi se tresu dok ovo pišem. Danas sam brisala prašinu u kancelariji poručnika Rajmersa i otkrila sam da je ostavio neka dokumenta na svom stolu. Spustila sam pajalicu i krišom ih pročitala. Ostala sam bez daha. Sutra u Portofino treba da stignu politički zatvorenici! Bar sam došla do nekih korisnih informacija koje baronica može da prenese CLN-u.

Iznenada, vrata kancelarije naglo su se uz tresak otvorila, a meni je srce umalo stalo. Ispustila sam papire i užasnuto se okrenula. Ralf je stajao na pragu, sumnjičavo me odmeravajući. Natuštio je veđe. „Šta to radiš, Adela?“

„Ništa“, slagala sam. Kako me je bolelo što lažem čoveka koga sam volela.

„Meni ne izgleda kao 'ništa'.“ Odmahnuo je glavom i pokazao na dokumenta. „Jesi li čitala to?“

„Naravno da nisam. Ne znam nemački“, ponovo sam slagala, ne mogavši da ga pogledam.

Prišao mi je, podigao mi bradu i zarobio me svojim strogim pogledom. „Kaži mi da ne lažeš i verovaću ti.“

„Ne mogu“, rekla sam. „Hoću da kažem da ti ne mogu to reći.“

Odmah se prebacio na nemački i posle trenutka oklevanja, odgovorila sam mu na njegovom jeziku.

„Jesi li me koristila?“

Primetila sam povređenost u njegovom pogledu i srce me je zabolelo zbog toga. „Volim te“, rekla sam. „Ne bih uradila nešto tako nedostojno.“

„Ali ti jesi špijun?“

„Ja sam samo služavka, ali Italijanka sam, a moja zemlja mi je važna. Osetila sam da moram da uradim nešto da pomognem da se ovaj jezivi rat što pre završi.“

Kroz zatvorena vrata dopro je zvuk koraka koji se približavaju. Ralf me je uhvatio za ruku i preko terase me izvukao napolje, zatim nekoliko koraka dalje u vrt koji je gledao na otvoreno more.

Seli smo na klupu, jedno pored drugog na zimskom suncu. „Dugujem ti objašnjenje“, rekla sam. „Ali prvo moraš obećati da me nećeš prijaviti.“

Zagrlio me je. „Volim te, Adela. I ja bih voleo da se ovaj rat brzo završi, da više ne moramo da krijemo svoju ljubav. Obećavam da te neću predati.“

Sve sam mu ispričala. Kako se Đina pridružila partizanima, kako sam ja želela da doprinesem pokretu otpora i budem hrabra kao ona. Rajmers nikad ranije nije bio tako nesmotren da ostavi papire na stolu dok sam čistila njegovu kancelariju, tako da je to bilo prvi put da sam imala nešto važno da prenesem, osim sitnica iz razgovora koji sam načula. Objasnila sam da me je baronica naučila nemački, da mi je bila kao majka – naročito pošto me se porodica odrekla.

„Ali rekla si mi da želiš i dalje da radiš za Rajmersa jer ne želiš da se odvojiš od mene?“

Ralf je zvučao povređeno, a ja sam ga uverila da je tako. „Da se nisam zaljubila u tebe, ljubavi, dala bih otkaz, bez trunke sumnje.“

„Bar si što se toga tiče bila iskrena prema meni." Uzdahnuo je.

Bilo mi je drago što sam mu prepričala incident kod tetke Irme kad je babo vikao na mene da mu više nisam ćerka. Plakala sam i plakala u Ralfovom naručju, a on je bio tako drag i vodio je ljubav sa mnom tako nežno da sam se još više zaljubila u njega.

„Ali moraću po podne da prenesem baronici informaciju koju sam upravo pročitala. Mogla bi da spase živote."

„Zgrožen sam mučenjem koje SS sprovodi nad zatvorenicima u La Toreti. Neću te sprečiti, ljubavi."

Kad me je sačekao nakon posla, nismo otišli u vilu Oliveta kao obično. Otpratio me je pravo kući.

Baronica Elizabet je i dalje dremala te sam otišla da je probudim, izvinivši joj se i objasnivši joj da je vreme ključno, dok sam joj prenosila vest. Baronica se složila i odmah je telefonirala svojoj vezi u Đenovi, koristeći tajne šifre. Baronica i ja smo zajedno provele napeto popodne i veče, nadajući se da će poruka biti iskorišćena i da će partizani na vreme presresti transport tih nesrećnika.

Dok ovo pišem, takođe mislim na Ralfa i njegovu reakciju na otkriće moje prevare. Kako bih ja reagovala da su uloge zamenjene, da sam otkrila da nije bio iskren prema meni? Dio mio, upravo mi je palo na pamet da me je možda nasamario. Da će izvestiti Rajmersa o onome što sam uradila kako bi SS bio obavešten o predstojećem partizanskom napadu.

Ali ne, Ralf sigurno ne bi to uradio. On me voli. Uzdaću se u to jer je druga mogućnost previše strašna da bih o njoj razmišljala.

Đina je zurila u dnevnik, tuga ju je preplavila. Može li podneti da nastavi? Udahnula je i okrenula stranu.

2. decembar 1944.

Dragi dnevniče,
Jedva pišem ovo koliko plačem. Jezivo je ono što se dogodilo danas po podne.

Jutros sam otišla na posao, srce mi je sišlo u pete iz straha da me je Ralf nasamario. Ali on je bio isti Ralf kao uvek, oči su mu gorele od ljubavi. Izašao je iz kancelarije dok sam čistila hodnik i naglasio da nije pogazio reč. Moja tajna je bila sigurna s njim. Duboko sam odahnula od olakšanja.

Po podne smo, kao obično, otišli u vilu Oliveta i vodili ljubav strasnije nego ikad. Posle toga sam ležala naga s njim ispod ćebeta, koža uz kožu, provlačeći prste kroz njegovu svilenkastu plavu kosu. Razgovarali smo o svojoj nadi da su zatvorenici bezbedni, a Ralf je ponovo izrazio odbojnost prema mučenju.

Povici na nemačkom i odsečni koraci odjekivali su sa obližnje staze. Dah mi je zastao. Šta se događa? Obmotavši se ćebetom, Ralf i ja smo na prstima prišli zatvorenom prozoru.

Provirila sam kroz razmaknute letvice i ostala bez daha. Poručnik Rajmers i petorica vojnika u crnim uniformama SS-a vodili su grupu mršavih muškaraca kojima su ruke bile vezane na leđima.

Uhvatila sam se za Ralfa dok su esesovci gurali zarobljenike kundacima pušaka i terali ih da stanu u vrstu na šljunkovitoj plaži, primoravši ih da kleknu okrenuti leđima. Izbrojali smo ukupno dvadeset petoricu zarobljenika.

Nećeš verovati šta se zatim desilo, dragi dnevniče. Užasno mi je teško da i sama poverujem u to. Esesovci su hladnokrvno iz blizine ustrelili te jadne ljude u potiljak. Nisu imali nikakvih izgleda. Posle prvih nekoliko hitaca, nisam više mogla da gledam. Ralf me je zagrlio i zagnjurio mi lice u svoje grudi. I dalje sam čula jezive zvuke puščanih hitaca i proganjajuće krike zarobljenika. Morala sam da stegnem zube da ne bih vrištala zajedno s njima.

Kad je napokon utihnulo, usudila sam se da ponovo pogledam napolje. Mislila sam da me oči varaju. Esesovci su nagomilali tela, obmotali ih žicom na čijem je kraju bilo vezano kamenje, i odvukli ih u more da ih ribe dokrajče.

Osetila sam kako mi postaje hladno od šoka. Kako ljudska bića mogu to da rade drugim ljudskim bićima? Silovito sam se tresla, osetivši da će mi pozliti, a Ralf me je sklonio s prozora. Tad sam primetila koliko je bled. Očigledno je i on bio u šoku.

Ćutke smo se obukli i kad smo bili sigurni da su Rajmers i esesovci otišli s plaže, krenuli smo kod baronice. Toliko smo kasnili zbog tih jezivih pogubljenja, da sam znala da se ona probudila iz popodnevnog dremeža. Rekla sam to Ralfu, a on se ponudio da pođe sa mnom, kako bismo joj zajedno ispričali šta smo videli.

Ne razmislivši o njegovom predlogu, pristala sam. Uvela sam ga u dnevnu sobu, gde me je čekala baronica Elizabet.

„Nešto nije u redu?", upitala je, odmeravajući nas.

Stali smo pred nju, nesigurno, ispričali joj, a ona je plakala s nama kad smo stigli do kraja naše jezive priče. Izrazila je žaljenje što CLN nije bio u stanju da organizuje presretanje zarobljenika i zapitala se da li je njena poruka uopšte preneta.

„Jedno me zbunjuje", rekla je, pogledavši Ralfa pa mene. „Šta ste vas dvoje radili u vili Oliveta?"

Ralf je bio taj koji joj je objasnio da se krišom viđamo. Izvinio se što smo krili to od nje i rekao da ima ozbiljne namere sa mnom, da me voli i da želi da imamo zajedničku budućnost.

Baronica me je pitala da li i ja to želim, na šta sam ja odgovorila da želim svim srcem. Mislim da je videla na mom licu da bi svako negodovanje s njene strane naišlo na zid. Iz iskustva je znala da kad ja zajunim, ništa ne može da me skrene sa izabranog puta.

Onda je Ralf rekao nešto što je zgranulo i baronicu Elizabet i mene. „Želim da dezertiram", kazao je. „Da dezertiram iz Kriegsmarine i pridružim se partizanima. Pošto sam video za šta je sposoban poručnik Rajmers, kako i dalje da služim tom čoveku?"

Kolena su me izdala, a Ralf mi je pomogao da sednem na sofu pored baronice, dok je on seo na stolicu naspram nas.

Ona ga je ispitivala o njegovim razlozima. Ali on je nepopustljivo tvrdio da to nije nepromišljena odluka. Izgleda da je nedeljama razmišljao o tome, još otkad se zaljubio u mene. Ono što se dogodilo tog popodneva bilo je podsticaj, šibica koja je upalila plamen njegove odluke. Spreman je da se sastane s predstavnikom CLN-a i pruži mu sve informacije koje ovaj bude tražio od njega, ako ga odvede do partizanskog skrovišta.

„Brine me da bi mogli pomisliti da si špijun.“ Baronica je nakrivila glavu ka njemu.

„Ja ću odvesti Ralfa.“ Odmah sam istupila sa svojim predlogom nadahnuta trenutkom. „Možemo da odemo kod moje sestre, Đine. Ona će garantovati za mene i znaće da ne bih dovela nikoga ko bi izdao nju i drugove.“

„Ali, Adela“, rekla je baronica Elizabet. „Uvek si tvrdila da ne možeš da budeš borac za slobodu kao tvoja sestra. Da živiš tegobno s grupom muškaraca i trpiš sve moguće teškoće...“

„To je bilo pre nego što sam se zaljubila u Ralfa. S njim bih otišla na kraj sveta, sve bih istrpela ako možemo da budemo zajedno.“

Ralf me je pogledao s takvom ljubavlju u očima da mi je srce bilo puno. Nedugo nakon toga otišao je u Kastelo Braun. Sutra je nedelja, ali pošto više ne posećujem svoju porodicu i obično provodim dan s baronicom, ona je pozvala Ralfa da nam se pridruži na ručku. Rekla je da će možda imati neke vesti od CLN-a. „Ujutru ću odmah stupiti u vezu s njima i pokušaću da ugovorim sastanak.“

Zagrlila sam je sa zahvalnošću i mnogo tuge. Ako se ono čemu se nadam ostvari, biću odvojena od nje do kraja rata. Strašno će mi nedostajati. Izrazila mi je isto to tužno zapažanje, pošto je Ralf otišao uskim puteljkom ka zamku. „Moraš slediti svoje srce, Liebling, ali moji dani će biti prazni bez tebe.“

A sad se pitam zašto Ralf nije najpre sa mnom razgovarao o svojoj nameri da dezertira iz Vermahta. Tako važna odluka uključuje oboje. Sigurno zaslužuje da najpre bude razmotrena sa mnom. Ne brini, dragi dnevniče, sutra ću mu očitati bukvicu i reći ću mu šta mislim. Treba da zna da ja nisam neko koga može gaziti.

O, kako bih volela da je Adela ostala u Portofinu, razmišljala je Đina. Kamo sreće da je oni *repubblichini* nisu ustrelili i da je stigla na vreme kod svoje sestre da joj kaže istinu. Adela je bila tako naivna. Kao i Ralf. Šta su mislili kad su tražili od baronice Elizabet da im organizuje pridruživanje Đini i njenim drugovima? Zar nisu pomislili da rat zahteva krv, znoj i suze? *Očigledno nisu...*

Đina je stavila dnevnik u fioku noćnog stočića. Poslednje zapise pročitaće kasnije, prvo mora da vidi kako je mama.

21.

1970.

Đina je ušla u dnevnu sobu, gde je na TV-u promicala odjavna špica. Majka je ustala i okrenula se ka njoj, upitavši je da li je stigla do kraja Adelinog dnevnika.

Đina je uzdahnula. – Upravo sam pročitala o jezivom pokolju nad onim jadnim zarobljenicima na plaži i o Ralfovoj odluci da dezertira. Trebao mi je predah. Zato sam pomislila da dođem da vidim kako si ti, pre nego što nastavim.

– Ja sam dobro – rekla je majka isključivši televizor. Uzdahnula je. – Rasplakao me je Adelin opis kukavičkog pogubljenja koje su nacisti izveli. Jesi li znala da je mali trg nazvan po tim jadnim mučenicima? *Piazza Martiri dell'Olivetta?*[12]

– Ne, nisam to povezala – namrštila se Đina. Upravo juče je plivala na toj plaži i pri pomisli na ono što se tamo dogodilo, naočigled njene sestre, izazvalo joj je bolan čvor u grlu. – Kakva ti je bila emisija? – upitala je da bi promenila temu.

– Prilično dobra. Ali sad sam umorna i spremna da legnem.

– I ja ću da legnem. Iako neću zaspati dok se Houp ne vrati.

– Previše se brineš za nju, *tesoro.*

– S razlogom – Đina nije mogla da ne kaže.

Poljubila je majku u obraz pa se vratila u svoju sobu. Hvala bogu što Vini dolazi sutra, mnogo joj nedostaje. Ali ujedno se užasava razgovora koji su se saglasili da obave s Houp. Vini će to izvesti bolje nego ona, Đina je znala iz iskustva. *On je oličenje smirenog Engleza koji ne pokazuje osećanja u uznemirujućim okolnostima.*

---

[12] It.: Trg mučenika iz Olivete. (Prim. prev.)

Đina se na brzinu istuširala, oprala zube i obukla spavaćicu. Otvorila je prozor da uđe svež noćni vazduh, pa prišla noćnom stočiću. Drhtavim rukama je uzela dnevnik.

3. decembar 1944.

Dragi dnevniče,

Imam toliko toga da ti kažem i ne mogu prestati da se vrpoljim dok pišem. Jutros je baronica uspela da razgovara sa svojom vezom i izgovorila je tajnu šifru, stavivši do znanja kako mora hitno s nekim lično da razgovara. Ja sam nestrpljivo čekala odgovor, ali ništa se nije dogodilo.

Ralf je stigao za ručak, kao što smo se dogovorili, a ja sam nam iznela čorbu od nauta s pečenim brancinom, koji je spremila Rita, kuvarica. „Šta taj Nemac radi tu?“, upitala je negodujući dok sam stavljala tanjire na poslužavnik. Zavarala sam je pričom da Ralf poznaje nekog prijatelja porodice baroničinog muža u Nemačkoj. Nadam se da mi je Rita poverovala; ne želim da pravim neprilike baronici Elizabet.

Tokom ručka, baronica je pokušala da uveri Ralfa i mene da će CLN-u možda biti potrebno neko vreme da stupe u vezu s njom. „Budite strpljivi, dragi moji“, rekla je.

Pošto sam pomogla Riti sa sudovima, ona je otišla jer je imala slobodno popodne, a baronica se spremala da ode gore da prilegne kad je neko pokucao na prednja vrata. Provirila sam kroz zavese i srce mi je zastalo. Napolju je stajao visok muškarac u crnoj košulji Crnih brigada. O dio, da nisu presreli baroničinu poruku?

Otišla sam da je pozovem, a ona je potom odškrinula vrata pa se osmehnula. „Briljantno prerušavanje“, rekla je svom posetiocu. Zamolila je Ralfa i mene da je ostavimo nasamo s njim da porazgovara, te sam odvela Ralfa u biblioteku.

Seli smo jedno pored drugog na stolice s tvrdim naslonom, nervozno se držeći za ruke. Tad sam ga prekorila što mi nije rekao za svoju odluku da dezertira pre nego što ju je saopštio baronici.

„Izvini, Liebling", rekao je. „Juče sam hteo da podelim s tobom svoja razmišljanja, a onda su se dogodila ona pogubljenja, i bio sam u šoku."

„Ovog puta ću ti oprostiti, ali ubuduće prvo razgovaraj sa mnom o bilo čemu u šta smo oboje uključeni."

„Obećavam", rekao je, duboko uzdahnuvši. „Šta god da se dogodi sa CLN-om, odmah ću ti reći da ne mogu nastaviti da služim Rajmersu. Ne posle onog što je uradio."

Prošaputala sam mu reči ohrabrenja. „Sve će biti u redu, videćeš."

Ali Ralf je odmahnuo glavom. „Nisam tako siguran..."

Onda se pojavila baronica. „Sinjor Nikoleti će sad razgovarati s tobom, Ralfe." Pogledala me je. „Ti ostani ovde, Adela, uskoro ćemo te pozvati."

Grickala sam nokte dok sam čekala. Ralf je bio toliko odlučan da dezertira iz nemačke mornarice da sam strahovala za njegovu bezbednost ako pokuša to da uradi na svoju ruku. Nije poznavao teren i trebalo ga je predstaviti partizanima, ili će pomisliti da je špijun i pogubiće ga.

Možeš da zamisliš moje olakšanje kad je Ralf došao po mene. Videla sam po njegovom licu da je sastanak dobro prošao. „Sinjor Nikoleti se složio da pokrene stvar." Osmehnuo se. „Možda će mu trebati dan-dva da sve organizuje."

Baronica me je upoznala s predstavnikom CLN-a. „Saznaću gde ti je sestra locirana", rekao je. „Moram da čujem od tebe da je to ono što iskreno želiš. Neće biti lako odvesti vas njoj. Kad budete s partizanima, imaćete mnogo posla. I biće izuzetno opasno..."

„Hvala što ste me upozorili", rekla sam. „Ali moram da idem s Ralfom. Nas dvoje se volimo i ne mogu da se odvojim od njega." Zadržala sam za sebe svoju želju da ga zaštitim. Nemac među partizanima, biće ranjiv i izložen svim mogućim sumnjama dok ne dođem do Đine kako bismo mogle da ga zaštitimo.

„Pošteno", sinjor Nikoleti je klimnuo glavom. „Molim vas, budite spremni svakog trenutka da pođete. Kad dobijemo odobrenje, treba da odete što dalje od Portofina za najkra-će moguće vreme, pre nego što Rajmers pošalje potragu za vama." Sinjor Nikoleti je pogledao baronicu. „Pošto je Adela vaša služavka, sigurno će tražiti da razgovaraju s vama kad otkriju da je zastavnik Majer otišao bez odobrenja. Šta ćete im reći?"

Trgla sam se kad sam shvatila da bismo Ralf i ja mogli do-vesti baronicu u opasnost. Ali ona se tužno osmehnula. „Mo-lim vas, ne brinite. Reći ću da je Adela otišla i da ne znam gde je. I jedno i drugo će biti istina."

Pošto je sinjor Nikoleti otišao, a baronica se vratila na po-podnevni odmor, predložila sam Ralfu da se ušunjamo u moj stan na keju, da bih mogla da te sakrijem, dragi dnevniče.

Žao mi je što je došlo do ovoga. Bio si mi pouzdanik duže od godinu dana. Ako bi te neko otkrio i pročitao moje zapise, to bi baronicu dovelo u ozbiljnu opasnost. Danas je nedelja i babo će biti gore kod tetke Irme s mamom. Volela bih da mogu da se oprostim s njima. Srce mi se cepa što misle tako loše o meni. Ali videću ih posle rata i sve ću im rasvetliti.

Objasnila sam Ralfu šta planiram, moleći ga da pođe sa mnom. On u oficirskoj uniformi i ja u lepom vunenom kapu-tu koji mi je baronica Elizabet poklonila za rođendan, bićemo kao bilo koji blizak par koji ide u šetnju.

„Čudi me što vodiš dnevnik, Liebling", rekao je Ralf kad smo se uhvatili za ruke i pošli dole u selo. „Zar nisi brinula da bi ga neko mogao pronaći?"

„Dobro sam ga sakrila, što ću i sad učiniti", pogledala sam ga. „Koju informaciju si dao CLN-u da bi te odveli kod par-tizana?"

„Još ništa nisam otkrio." Široko se osmehnuo. „Nisam tako glup da hranim magarca šargarepom pre nego što je izašao iz štale. Zanimaju ih svi detalji naše odbrane. Imam rezervni ključ Rajmersovog radnog stola i kopiraću mape za njih, no-ćas, dok svi budu spavali. Neću dati Nikoletiju tu informaciju dok ti i ja ne budemo bezbedno otišli."

Oblio me je hladan znoj iz straha da će ga otkriti. „Molim te, budi oprezan."

„Ne brini. Rajmers i ostali će da piju skoro ceo dan i noćas će spavati kao klade. To je savršena prilika."

„Nadam se", rekla sam, privivši se uz Ralfa. Stigli smo na mali trg, a mene je srce zabolelo. Bio je tako zapušten i bedan, korov je rastao između kamenih kocki. Ali na njemu nije bilo nikoga i niko nam nije prišao dok smo hodali kejom.

Otključala sam vrata i povela Ralfa uza stepenice u stan. Unutra me je nežno gurnuo unazad ljubeći me dok sam stajala naslonjena uza zid. Privili smo se jedno uz drugo, pritisnuo je svoje telo uz moje. Povukla sam ga za kosu na potiljku, osetila sam žmarce od požude. „Vodi ljubav sa mnom, Ralfe", molila sam ga. „Možemo da odemo u moju sobu. Možda će potrajati dok nam se ne pruži druga prilika." Dogovorili smo se da nikad više ne odemo u vilu Oliveta u znak poštovanja prema onim jadnim ljudima koji su pogubljeni pred našim očima. Nisam ga mogla pozvati u svoju sobu kod baronice iz očiglednih razloga, a on nije mogao mene da odvede u Kastelo Braun. Rekao je da me previše poštuje.

Nismo žurili, uživajući i šapućući svoju ljubav. A sad je, dragi dnevniče, Ralf zaspao na mom krevetu, što mi je pružilo priliku da ti pišem. Sad završavam ovaj zapis, mastilo je umrljano od mojih suza. Staviću te ispod podne daske, na naše tajno mesto. Budi bezbedan dok se ponovo ne sastanemo. Arrivederci, carissimo.[13]

Stranica je isprskana crnim mrljama i Đini je bilo teško da pročita poslednje reči. Lila je gorke suze za svojom bliznakinjom. Kako je sinjor Nikoleti mogao to da uradi? Da pošalje Adelu, nevinu mladu ženu i Ralfa, oficira bez iskustva u borbi, da se pridruže partizanima? Verovatno je toliko želeo mape koje mu je Ralf ponudio da je bio spreman na posledice. *Toliko je života izgubljeno zbog cilja.* Dodati još dva na strašan skor bilo je sitnica za pokret otpora.

---

[13] It.: Doviđenja, najdraži. (Prim. prev.)

Đini je bilo teško. To što je pročitala da je Adelin glavni cilj bio da zaštiti Ralfa navelo ju je da shvati da bi Adela pošla s njim i bez takozvane pomoći CLN-a. Oslanjala se više na Đinu nego na njih.

Đina je vratila dnevnik u fioku i sklupčala se ispod pokrivača. U mislima se vratila u novembar 1944. Najvažnije vreme za partizane, koje je dovelo do toliko bola da ona nikad više nije bila ista.

22.

1944.

Đina je bila u Ulici Dentro, otključavala je prednja vrata kuće sinjore Galo. Sa udlagom na ruci, šetala se s Karmen ispod zasvođenih prolaza Varcija, uživajući što je u suknji i džemperu, umesto u uobičajenim kaki pantalonama. Karmen joj je namestila kosu u urednu rol-punđu, ostavivši joj lokne oko lica, a stavila joj je i crveni ruž. – Izgledaš divno za Enca – rekla je Karmen. – On bi dosad trebalo da je stigao kući.

Đina je uzvratila osmeh prijateljici. Otkad je krajem oktobra otpuštena iz bolnice u Varciju, išla je u svakodnevne šetnje s Karmen. Sviđale su joj se uske popločane ulice i drevne kamene građevine lepog srednjovekovnog grada. Ćaskale su dok šetaju i Đina je mnogo saznala o Karmen i njenoj porodici, Lombardijevima, koji su držali radnju mešovite robe na Trgu Umberta I. Svi su bili aktivni antifašisti od potpisivanja primirja, rekla joj je Karmen. S ljutnjom u glasu, podelila je s Đinom da je jednom prilikom gnusni pukovnik Fjorentini posumnjao – s pravom – da su Lombardijevi pomogli odbeglom britanskom oficiru da se probije kroz neprijateljsku odbranu. U nedostatku dokaza i pošto nije uspeo na silu da izvuče priznanje od njenih roditelja, Fjorentini je poslao Karmen u sanatorijum za duševno obolele – verovatno u nadi da će ona radije priznati nego da ostane tamo. Ali Karmen je izdržala, i mesec dana kasnije Fjorentini je potpisao naređenje za njeno puštanje. Kad je Karmenin stariji brat, Mario, koji se pridružio partizanima u San Sebastijanu, ustreljen i ubijen u borbi, Karmen se pridružila bataljonu u Kastanjoli, sa željom za osvetom u srcu.

Đina se, zauzvrat, poverila Karmen u pogledu Enca i rekla joj za Adelu. – Kako može da sarađuje s nacistima? – Đina je izrazila nevericu. – Radila je za jednu nemačku baronicu. Možda je to povezano s tim?

– Ljudi u ovom ratu rade svašta što obično ne bi radili – rekla je Karmen. – Ja nikad ne bih pomislila da imam petlju da se borim. Ali događaji su me naterali. Ne kažem da je tvoja sestra ispravno postupila, daleko od toga. Sigurna sam da ćeš saznati nešto više kad se ponovo budete sastale.

– Nadam se – odvratila je Đina.

U stomaku joj je treperilo od iščekivanja kad se pozdravila s Karmen. Enco je otišao tri dana ranije. Jedva da ju je napuštao otkako joj je pre mesec dana rekao da je voli, ali partizanski vođa iz planina iznad prevoja Peniče – važne rute između Đenove i Milana – došao je da zatraži Encovu pomoć.

Visok mladić namrštena čela i pomalo aristokratskog držanja predstavio se kao Edoardo i objasnio je da je mala britanska padobranska jedinica iz Specijalnih snaga uključena u izgradnju skladišta oružja i opreme nedaleko od mesto gde deluje njegov bataljon. Cilj britanske misije bio je istovetan cilju Amerikanaca koji su ponudili Encu da im bude prevodilac, nedugo pošto je Đina ranjena – da pripreme napad na Nemce kad ovi počnu da se povlače. Edoardo je molio Enca da pođe s njim i pokuša da ubedi Engleze da im daju malo svojih rezervi. Njihov oficir, rekao je Edoardo, vrlo slabo govori italijanski, a Edoardov engleski je još slabiji. Može li Enco da pomogne?

Enco nije bio rad da pođe, ali Đina ga je podstakla. – Biću dobro – rekla je kad se on pobunio rekavši da ne želi da je ostavi. – Ruka mi dobro zarasta. Karmen i Stefano će me paziti.

Tako je Enco otišao. – To bi moglo biti uzaludno putovanje – gunđao je pre nego što je otišao. – Britanska misija ima naređenje da sakupi oružje za specijalne namene, a partizani nisu deo tog plana. Ali pokušaću da ubedim njihovog oficira da preko radija obavesti svoju bazu o aktivnostima bataljona u Kastanjoli i da zatraži da nam bace oružje i municiju.

Đina je ušla u dnevnu sobu sinjore Galo, srce joj je ubrzalo. Enco je sedeo u fotelji, pušeći. Ostavio je cigaretu i ustao, raširivši ruke. Prišla mu je, a onda su se ljubili i šaputali koliko su nedostajali jedno drugom, dah im je bio vreo, a ruke radoznale. Želela je da mu se zavuče pod kožu koliko ga je volela.

Vrhovima prstiju mu je pomilovala bradu. Dok je Enco bio odsutan, Karmen joj je priznala da je vodila ljubav sa Stefanom. *Niko ne zna šta nosi sutra. Treba da iskoristimo sad dok možemo, inače ćemo zažaliti.* Đina je odlučila da je vreme da i ona i Enco to urade.

Kako da pokrene tu temu? Hoće li se Enco zgranuti? Ali držao ju je tako čvrsto da je po tome koliko je tvrd zaključila da je želi. Vreme je da se zaustave pre nego što se zanesu; nije bilo ni vreme ni mesto, ali nadala se da će se to uskoro dogoditi. Uzmakla je i zagledala mu se u oči. – Kako je prošlo sa Englezima?

– Kao što sam i mislio. Odbili su bilo šta da daju. Ali rekli su da će stupiti u vezu sa svojim glavnim štabom i preneti moju poruku. – Iskrivio je lice. – Sumnjam da će išta iz toga proisteći...

Đina je osetila njegovo razočaranje. – Jesu li se iznenadili kad su otkrili da se njihov sunarodnik Englez bori s partizanima?

– Da znaš da jesu. Toliko dugo sam govorio i razmišljao na italijanskom da mi je bilo teško ponovo da govorim na engleskom. – Nasmejao se. – Bilo je kao da govorim strani jezik.

– Jesi li zbog toga osetio čežnju za domom? – Zadržala je dah.

– Dom je tamo gde si ti, ljubavi. – Ponovo ju je privukao u zagrljaj.

Kasnije, posle večere, sinjora Galo je otišla da poseti ćerku, a Đina je sedela sa Encom u dnevnoj sobi, slušajući *Radio Italija Kombate*[14] – glas savezničkih vojski u Italiji. To je bilo nešto što su radili većinu večeri, način da saznaju kako rat napreduje. Tako su saznali da su se mesecima vodile žestoke borbe na Gotskoj liniji, ali nije bilo odlučujućeg prodora.

Đina se šćućurila pored Enca na sofi, baš kad je spiker objavio da je od generala Aleksandera, vrhovnog komandanta savezničkih snaga na Sredozemnom frontu, dobio poruku za partizane. Đina je

---

[14] It.: Radio Italija se bori. (Prim. prev.)

uhvatila Enca za ruku; nije joj se sviđalo kako to zvuči, a sudeći po tome kako se Enco namrštio, ni njemu se nije svidelo.

Melodičan glas spikera razlegao se vazduhom. *Letnja kampanja koja je započeta 11. maja i vođena bez prekida, okončana je. Počinje zimska kampanja. To znači obustavu operacija velikih razmera i pripremu za novu fazu borbe protiv novog neprijatelja, zime.*

Đina je zinula. – Da li to znači ono što mislim? Saveznici zaustavljaju svoje napredovanje?

– Tako zvuči. – Encov pogled je otvrdnuo. – Dođavola. Aleksander je bezmalo potpisao smrtnu presudu za stotine, ako ne i hiljade italijanskih patriota.

Suze su pekle Đinu za oči. – Mislila sam da je pobeda nadohvat ruke. Molim te, nemoj mi reći da Britanci i Amerikanci nameravaju samo da sede tokom zime, dok mi jurimo naciste...

– Žao mi je, ljubavi. Nemačka komanda će čuti ovu poruku; nije bila šifrovana. Preusmeriće svoje trupe s Gotske linije i upotrebiće ih protiv partizana.

Đina je zajecala, a Enco ju je zagrlio. – Ja ću te čuvati, ljubavi.

– Ne brinem se za sebe. Brinem za sve one divne ljude s kojima smo bili proteklih meseci.

Enco joj je poljupcima otro suze. – Hrabra moja devojko. Mnogo te volim.

– Ja tebe volim još više, *amore.* – Đina je zastala, dodirnula ga po grudima. – Enco... znam da je ovo iznenada, ali volela bih da vodiš ljubav sa mnom. Ako će ponovo početi borbe, možda više nećemo imati mnogo prilika. – Izvila je usne u osmeh. – Hoću da kažem, ako napadnu Varci, verovatno ćemo morati da se povučemo u planine i spavamo zajedno sa svima ostalima.

– Jesi li potpuno sigurna u to, Đina? – Enco ju je pogledao u oči.

– Volim te. Nikad u životu nisam bila sigurnija u nešto.

Srce joj se topilo dok ju je strasno ljubio, a zatim ju je poveo uza stepenice.

Dve nedelje kasnije, Đina se probudila s novim osećajem. Slobodno je pokretala ruku. Dan ranije, pošto joj je uradio rendgen, doktor Renconi joj je skinuo zavoje i rekao joj da skine udlagu. Tiho je proslavila sa Encom, ali raspoloženje im je bilo sumorno.

Od objave generala Aleksandera, učestali su sukobi između partizana i nacifašista. Onda je stigla vest da je nemačka komanda u Vogeri, posle sistematskog češljanja brda, postala deo nečeg mnogo većeg. Počeli su da sarađuju s jedinicama koje su delovale izvan velikih gradova, Stradele, Tortone, Alesandrije, Novi Ligurea. A što je još gore, te jedinice su obuhvatale bataljone Turkestanske legije – vojnike regrutovane u redovima raznih zarobljenika Crvene armije, čija su nacionalistička osećanja nacisti koristili i okretali ih protiv Saveznika.

Đina je uzdrhtala iako joj je u krevetu bilo toplo. Među Italijanima poznati kao Mongoli zbog svog mongolskog porekla, bili su to zastrašujuće okrutni vojnici. O njima su kolale glasine da učestvuju u pijanim orgijama, da otimaju i siluju žene svih životnih dobi, da su im Nemci dozvolili da pljačkaju i haraju. Neka je bog u pomoći žiteljima Varcija ako Mongoli uđu u njihov grad. *To će biti tragedija.*

Đina je ustala duboko uzdahnuvši. Obukla se i sišla u kuhinju. Enco je već bio tamo, pio je kafu uz doručak. Postalo joj je toplo oko srca kad ga je videla, podišli su je žmarci kada se prisetila kako su vodili ljubav. On je bio strastven i obziran ljubavnik – tako nežno joj je oduzeo nevinost; jedva da je osetila ikakav bol. Svidelo joj se kad je u njoj i kada je drži u zagrljaju dok spavaju. Nedostaje joj kad u ranim jutarnjim satima ode iz njenog kreveta i vrati se u svoj.

Enco ju je pogledao kad je pošla ka njemu. – Roso je maločas svratio. – Enco je zvučao utučeno. – Sve partizanske divizije u oblasti vraćaju se na Peniče.

Đina je zadahtala. – Hoće li tamošnji logor i smeštaj biti dovoljni za sve nas?

Enco joj se osmehnuo svojim naherenim osmehom. – Nisam siguran. Naš bataljon je sveden na dvesta pedesetoricu muškaraca... i dve žene. Bog zna koliko će se još partizana pojaviti...

Đina je izvukla stolicu i sela na nju. – Kad moramo da odemo?

– Sutra.

– Tako brzo?

Enco je klimnuo glavom.

A Đini se stomak okrenuo od užasa.

161

23.

1944.

Đinu su boleli listovi dok se pela strmom planinskom stazom; tri nedelje u bolnici i mesec dana lagodnog života odrazili su joj se na kondiciju. Kamenje joj se kotrljalo pod nogama, grane kestena su šuštale na prohladnom povetarcu, a jednolična, ledena kišica pada-la je iz pokrova od čeličnosivih oblaka.

Drhtala je uprkos naporu; od ranog jutra je pešačila sa Encom i dugačkom kolonom partizana i hladnoća joj se uvukla u kosti. Malo pre toga, kad su se nakratko zaustavili da ručaju, Enco je re-kao da su se popeli na skoro hiljadu dvesta metara. Kad su ponovo krenuli, Đina se zateturala, a on joj je našao štap da se oslanja na njega. – Nemoj klonuti duhom, ljubavi. Prešli smo polovinu puta.

Malo napred, kratka trasa staze kao da je bila ravna, da bi se nedugo zatim ponovo podigla, a njoj je srce potonulo pri pomisli na još jedan uspon. Ali osmehnula se Encu i podigla palac.

Nije mogla da se žali, tad je shvatila, uz vidik koji se pružao: do-kle god je pogled dopirao, Ligurijski Apenini uzdizali su se kao niz ogromnih kamiljih grba. Ali nju je pritiskao težak osećaj. Srce ju je bolelo što su morali da napuste Varci; tamo je stekla prijatelje i nije mogla podneti pomisao na to šta će oni doživeti ako dođe do napada nacifašista i Mongola. Želela je da je bataljon iz Kastanjole mogao da ostane da ih štiti. Ali Roso je tvrdio da imaju premalo ljudi. Nekada lovci, pretvorili bi se u lovinu i skoro sigurno bi bili pobijeni u tom procesu. Posle objave generala Aleksandera, moral među partizani-ma je opao; nisu psihološki bili spremni da se odupru.

Pod teretom tih mračnih misli Đina se vukla, te je odlučila da razmišlja o njihovom odredištu. Krenuli su na Peniče, oko četrdeset kilometara južno od Varcija. Obično su tamo išli samo meštani; glavni put se završavao odmah iza sela. Logor u koji su se zaputili, poznat kao Kapanete[15] – petnaestak ambara, kućeraka i šupa, nalazio se trista metara iznad sela na severnom obronku Monte Kjapa. Đina nije mogla da ne zareži. *Još penjanja.* Stisla je zube i produžila.

Stigli su u sumrak, koji se u novembru spuštao malo pre pet. Đina je očekivala da unaokolo vrvi od stotina partizana. Iznenadila se što se samo šačica njih smestila u kameni ambar. – Očekivali smo vas – rekao je Rosu najviši među njima. Izgleda da je CLN ranije poslao gore namirnice za njih. Kad su ih pitali gde su nestali ostali, jedan partizan je odgovorio: – Zaključili su da bi im bilo bolje da prezime u svojim kućama na farmama. – Zastao je. – O, a kapetan Rob i ostatak Amerikanaca takođe su otišli, ali ostavili su tri hiljade ručnih bombi i nekoliko stotina kilograma eksploziva. Čuvamo ih zajedno s velikim skladištem oružja i municije koje su Saveznici bacili padobranima.

Roso je zadovoljno zazviždao. – Najbolja vest u poslednje vreme.

Kasnije, pošto su večerali pečeno kestenje i krompir, koje su gladni partizani progutali kao vukovi, zalivši ih moštom, Đina je otišla sa Encom, Rosom, Stefanom i Karmen u kuću nalik šupi, u koju su bili smešteni. Unutrašnjih zidova pocrnelih od dima, a spolja siva, od prirodnog kamena, zgrada je izgledala spljošteno zbog ploča od škriljca na krovu, pritisnutih velikim kamenjem da ih vetar ne bi odneo.

Đina i njeni drugovi su se umotali u ćebad na podu pokrivenom slamom. – Jesi li dobro? – Enco je prošaputao, privivši je uza se.

– Laknulo mi je što smo stigli gore živi i zdravi, ali zabrinuta sam zbog onog što se dešava u Varciju.

– I ja sam – uzdahnuo je. – Možemo se samo nadati da će svi biti dobro.

Kad su sutradan po podne saznali od kurira CLN-a da su nacističke snage – Nemci i Mongoli – stigli u grad nedugo posle odlaska

---

[15] It.: kolibice. (Prim. prev.)

partizana i da su Mongoli vršili svakojaka nasilja – uništavajući, paleći, pljačkajući, silujući i ubijajući – Đinu je srce zabolelo.

Ali nije bilo vremena za jadikovanje. Roso ih je sve podelio u timove za gradnju utvrđenja. Bio je to naporan rad; koristili su kamenje koje su našli na širokoj livadi naspram kuća. Roso je predvideo da će neprijateljske snage preći dolinu i napasti ih svakog trenutka, zato je bilo ključno da što pre podignu bunkere i pripreme zasede.

Svakog dana su čekali da stigne još partizana, ali jedini posetioci bili su predstavnici CLN-a i kamioni koji su povremeno donosili namirnice.

Jednog ledenog popodneva, nedelju dana pošto je stigla u Kapanete, Đina je zastala da predahne od zidarskog rada pa sela na stenu s koje se pružao pogled na put što vodi od Peničea. Kamion se, kao obično, peo iz sela. *Čudno, jer je dolazio koliko juče.*

Vozilo se zaustavilo.

Vrata su se otvorila, a iz njega je izašla žena u tamnozelenkastom kaputu.

Đina je još jednom pogledala.

Bila je to Adela. Nije bilo sumnje da je njena sestra izašla iz kabine s mladićem kose tako svetle da je bila skoro bela. Pratio ih je predstavnik CLN-a kojeg je Đina upoznala u Varciju.

Đina je prebacila svoj šmajser preko ramena, dok joj je srce grozničavo tuklo, pa potrčala ka Adeli.

„Adela! *Dio mio.* Nemoguće!"

Adelina duga tamnoplava kosa vezana na potiljku zelenom plišanom trakom, sijala je zdravim sjajem.

Obrazi su joj bili rumeni, nimalo propali od vremenskih neprilika ni blatnjavi kao Đinini.

Besprekorno obučena, s rukavicama od jareće kože na rukama, okrenula se i uzdahnula. – Đina! O moj...

Đina je uzmakla. – Šta ćeš ti ovde? – Glas joj je bio piskav.

– Duga priča. – Adela je odvratila pogled od Đine pa se zagledala u plavokosog mladića, zatim ponovo u Đinu.

Predstavnik CLN-a, koji se, Đina se setila, zvao Pizani, nakašljao se i podigao naočare na nos. – Gde je komandant Roso?

Đina je pokazala ka niskoj kamenoj kućici gde je Roso smestio svoj glavni štab. – Pođi sa mnom.

Žustro je pošla za njim, ćutke i drhteći od šoka, uskomešanih misli.

Ali pre nego što su stigli do kućice, Roso i Enco su se pojavili na vratima. Ukopali su se u mestu, iskolačivši oči. – Jel' ja to vidim duplo? – Roso je uhvatio Enca za nadlakticu.

– Ovo je moja sestra iz Portofina – objavila je Đina. Nije bilo svrhe pretvarati se da je drugačije.

– I? – Roso je zurio u plavokosog mladića.

– Poslali su ih iz Đenove – razjasnio je sinjor Pizani. – Bolje da uđemo da vam sve objasnim.

Enco je susreo Đinin zabrinut pogled. Primetio je njeno zaprepašćenje; bio je sve usklađeniji s njom. Htela je da uđe za njim u kućicu sa ostalima, ali to ne bi bilo prikladno. Zato je sela na stepenik ispred i čekala, grickajući ugao prljavog nokta na palcu, s mučninom u stomaku. Adela je dovela *maledeto* Nemca u logor. *Kako je mogla?* Đina nikad nije videla nekoga ko izgleda tako tevtonski.

Na kraju joj je Adela prišla, izgledala je kao nevinašce. – Tako mi je drago što te vidim, *carissima* – rekla je, spustivši se na stepenik. – Kad je Ralf... hoću da kažem Rikardo – njegovo novo ime – odlučio da dezertira iz *Kriegsmarine* i pridruži se partizanima, znala sam da će mu biti bolje u tvom bataljonu. O, sad treba da me zoveš Ana...

Đina je osetila kako joj se nozdrve šire. – Na šta si mislila kad si nam dovela nacistu? – Nije mogla da suspregne bes u glasu.

Adela se ukočila. – On nije nacista. On ih mrzi, zbog čega je dezertirao i dao CLN-u ključne informacije o nemačkoj pomorskoj odbrani. – Adela je odmahnula glavom. – Već sam rekla previše. Ali znam da tebi mogu da verujem.

Đina je sevala pogledom. – Ovo nije kampovanje, znaš. Uslovi su teški. Živimo u neprekidnoj opasnosti, znajući da nam svaki dan može biti poslednji.

– Žao mi je, Đina, on je bio odlučan, a ja nisam znala šta drugo da radim.

– Čula sam da sarađuješ s Nemcima. Čak sam odlučila da odem u Portofino da te zaustavim. Nažalost, nešto se dogodilo i nisam uspela.

– Trebalo bi da imaš više vere u mene. – Adela je isturila bradu. – Nemoj biti tako sklona osuđivanju. Očekivala sam da budeš drugačija od mame i tate.

– Kako su oni?

– Nedeljama ih nisam videla. Posvađali smo se zbog mog posla.

Đina je htela još malo da pritisne Adelu, ali vrata kućice su se uz tresak otvorila. Roso je izašao i odveo Đinu u stranu. – Devojka iz Portofina je tvoja slika i prilika, Elza. Nema sumnje da ti je sestra bliznakinja. Možeš li da garantuješ za nju?

– Nisam sigurna, da budem iskrena. Radila je za Nemce.

– Izgleda da su se ona i zastavnik zaljubili jedno u drugo. – Roso je slegnuo ramenima. – Ljubav tera ljude da se ponašaju neuobičajeno. CLN veruje da su oboje iskreni, zato ćemo im verovati. Ali hoću da ih držiš na oku.

– Misliš li da bi mogli da budu špijuni?

– Postoji mogućnost.

Libero je dotrčao, bez upozorenja. – Jedan od naših izviđača je stigao – rekao je zadihan. – Izvestio je da neprijateljski odred zauzima osmatračnicu na grebenu iznad nas.

– *Merda*[16] – opsovao je Roso. – Da li ih je prebrojao?

– Nije mogao precizno da ih prebroji. Misli da ih je dvadesetak.

– Moraćemo da odemo tamo i smaknemo ih.

– Volela bih da pođem s tobom – Đina se prijavila.

– I ja – dodao je Libero.

– *Va bene* – složio se Roso. – Vas dvoje, Enco, Stefano, Karmen i ja. – Prostrelio je pogledom Adelinog Nemca. – Ubacićemo Nemca. Mogao bi da bude koristan ako nekog zarobimo pa nam zatreba prevodilac. To je takođe način da otkrijemo kome je odan.

– Šta ćemo sa Adelom, hoću da kažem sa Anom? – upitala je Đina.

---

[16] It.: sranje. (Prim. prev.)

– Stavi je na kuhinjske dužnosti. – Roso se podrugljivo osmeh-
nuo. – Sumnjam da ume da koristi šmajser.

Đina se osmehnula za sebe pri pomisli na oružje u rukama svoje
sestre. *Tako joj ne priliči.* Prebacila je svoj šmajser preko ramena, pa
pošla s Rosom i Liberom da prenese Adeli novosti.

24.

1944.

– Hoću da idem s tobom – rekla je Adela nadureno.
Roso ju je pogledao u oči. – Umeš li da pucaš iz oružja?
Adela je odmahnula glavom.

– To je sat penjanja do osmatračnice, a planinska staza je strma.
– Đina je uzdahnula. – Usporićeš nas. Sve ćeš dovesti u opasnost.

Adela je uhvatila Đinu za ruku. – Dobro. Ostaću, ali molim te,
pazi na Ralfa. Hoću da kažem na Rikarda. Toliko ga volim da bih
umrla da mu se nešto desi.

Njena sestra je tako melodramatična, pomislila je Đina. Ali
Roso je tražio od nje da drži na oku Nemca, a ona će to uraditi i za
svoju sestru. – Daću sve od sebe – rekla je, stegavši Adelu za ruku.
Onda ju je nakratko zagrlila.

Ralf je izašao iz barake. Adela mu je pritrčala pa počela da mu
govori na nemačkom. – Govori na italijanskom – Roso joj je naredio. – Ne želim da čujem taj gadni jezik u svom logoru.

– Izvinite, zaboravila sam – rekla je Adela, postiđena. U suzama
je zagrlila Ralfa, a onda ju je Đina odvela u ambar pretvoren u kuhinju i upoznala je sa Ugom, logorskim kuvarem.

– Vratićemo se, znaš to – Đina ju je uverila. – Nadajmo se da
ćemo imati razloga za slavlje.

– I ja se nadam. – Adela je tužno uzdahnula. – Seti se šta si obećala. Računam na tebe da ćeš paziti na mog *fidanzata*.

– Verenika? – Đina je nakrivila glavu.

Adeline čokoladnosmeđe oči su zasijale. – Zaprosio me je kad
smo proveli noć u Albi, na dolasku ovamo i pristala sam.

– Pretpostavljam da treba da ti čestitam. – Đina ju je još jednom zagrlila.

– *Grazie, cara.* Šta je s tobom i Englezom? Videla sam kako te gleda.

– Da, zajedno smo. – Đina nije mogla da se ne osmehne. – Enco je bio u mornarici, tako da ima nešto zajedničko s tvojim verenikom.

Spolja je dopro povik. – Elza, moramo da krenemo. Požuri!

– Stižem, komandante Roso – odvratila je.

– Elza? Ko je Elza? – Adela se namrštila.

– Ja, šašavice – Đina se osmehnula. – Ne smeš me zvati Đina ni pred kim.

Otprilike sat kasnije, Đina i ostali stigli su do osmatračnice i na hladnom, vlažnom vazduhu, čekali da se smrkne. Đina je u tami zurila u liticu koja se nadvijala iznad grebena. Uskoro će pasti sneg, a kad se otopi idućeg proleća, oteći će u izvore Stafore, Kuronea i mnogih drugih reka koje se na kraju pridružuju moćnom Pou.

Čvrsto je držala svoj šmajser i razmišljala o predstojećoj akciji. Roso, koji je znao za tu građevinu iz prethodnih patrola, usput im je objasnio da će on, Libero, Stefano i Karmen otvoriti vatru ka delu kule s prozorima. Petnaestak minuta kasnije povući će se nedaleko odatle, ostavljajući utisak da su se sasvim povukli. U međuvremenu, Đina, Enco i Ralf će otići na stranu bez prozora. Posle toga će na licu mesta odlučiti šta im je činiti.

Pao je mrak i svi su se rasporedili. Đina je, između Enca i Ralfa, čekala, drhteći, naslanjajući se na gladak, neosvojiv zid kule. Priljubila se uz ledeni kamen, nadajući se da gore nema stražara s mitraljezom koji nadgleda.

S druge strane kule, Rosova grupa je zapucala, praveći potrebnu diverziju. Đina je polako išla uza zid sa Encom i Ralfom. Usko stepenište se ukazalo pred njima, te su potrčali gore i stigli pred drvena vrata koja su popustila kad su ih odgurnuli.

Brzo i tiho su ušli u kulu. Nije bilo znaka da unutra ima bilo koga, te je Enco upalio baterijsku lampu. Odaja u kojoj su se našli bila je bez sumnje nekorišćeni podrum – unutra su bile razbacane prazne vinske boce i razbijene bačve. Đina se šćućurila uz Enca i Ralfa, čekajući da Roso i njegova grupa prestanu da pucaju. Pogledala je u Ralfa; preplanula koža mu je prebledela, zglavci su mu pobeleli dok je stezao šmajser koji mu je Roso dao.

Otprilike pet minuta pošto je Rosova grupa prestala da puca, Enco je krenuo napred. Na kraju odaje nalazilo se stepenište. Popeo se, zastao na vrhu i osluškivao. Grozničavim pokretom je otvorio vrata i ubacio tri ručne bombe, jednu za drugom, zatvorio vrata i vratio se.

Eksplozija koja je usledila, doprevši joj do ušiju u zabačenom podrumu, skoro je zagluhnula Đinu. U glavi joj je zvonilo, a cela kula kao da se na trenutak zaljuljala.

Čim je buka prestala, Enco je pokazao Đini i Ralfu da pripreme oružje i pođu s njim uza stepenice.

Dočekalo ih je potpuno uništenje. Svuda je bilo izgorelih delova tela i krhotina, mnogo toga je bilo neprepoznatljivo. Đini se od smrada okrenulo u stomaku. Saplela se o jednu otkinutu ruku i umalo joj je pozlilo; Ralf nije izdržao; ispovraćao se u uglu.

– Nema sad vremena za to – Enco je pokazao ka još jednom stepeništu. – Gore možda ima još ljudi.

Đina je pratila Enca sa oružjem nagotovs i s Ralfom iza sebe. Provalili su vrata, vičući. Šestorica vojnika u odaji odmah su podigla ruke.

Ralf je pomogao Đini i Encu da ih izvedu napolje, gde su ih Roso i ostatak patrole postrojili pod pretnjom oružjem. – Ispitaj ih, Rikardo – naredio je Roso. – Dozvoljavam ti da govoriš nemački u ovoj prilici. Otkrij odakle su i da li je ovamo krenulo još nitkova. Zapreti da ćeš pucati ako ne progovore.

Nemci su očigledno shvatili poruku; skičali su kao svinje. Ogromne neprijateljske snage, prevodio je Ralf, uključujući mongolske skijaške trupe, nalazile su se u višim delovima planine, spremne da pođu ka Kapanetama i Peničeu.

– Veži zarobljenike i ostavićemo ih ovde da istrunu – brecnuo se Roso. – Moramo da siđemo i odmah organizujemo povlačenje.

– Bio si dobar – rekla je Đina Ralfu dok su se vraćali u logor. – Adela – htedoh reći Ana – biće veoma ponosna na tebe.

– Hvala – odvratio je. – Tvoja sestra je ponosna i na tebe. Nadam se da znaš to.

Adela ponosna na mene? Đini je bilo teško da poveruje u to. Ali, s druge strane, nikad nije verovala ni da bi Adela bila spremna da napusti udobnost Portofina i živi teškim partizanskim životom. *Ljudi rade takve stvari zbog ljubavi.*

Posle kasne večere, Roso je sazvao sastanak bataljona. – Povući ćemo se sutra ujutru. Naš položaj je neodrživ. Neprijatelj neće doći iz doline ka našim utvrđenjima. Već se nalazi iznad nas. Pretnja dolazi odozgo i od specijalnih planinskih trupa.

Svi osim stražara su se povukli na spavanje. Adela je izrazila zgražanje što se od nje očekuje da bude s grupom neznanaca i spava obučena na balama sena. – Šta si očekivala? – Đina nije mogla da se ne brecne. Onda joj je srce omekšalo. – Bar si s Rikardom...

Kad su se vratili iz svoje akcije na osmatračnicu, Đina ih je posmatrala zajedno. Sedeli su zajedno za večerom i nisu videli nikog osim jedno drugo. Bilo je očigledno da su ludo zaljubljeni, baš kao ona i Enco.

Đina se šćućurila uz Enca da bi se zgrejala. *O bože, on se sav tresao.* Podigla je glavu i prošaputala: – Šta se događa?

– Uvek imam takvu reakciju na ubijanje ljudi – uzvratio je šapatom. – Žao mi je što te uvlačim u to...

Poljubila ga je, obujmila ga oko pasa. – Tako si hrabar, *tesoro*. Tako žestok borac. Divim ti se.

– I ja tebi.

Drhtanje je postepeno slabilo, a onda mu se disanje usporilo i zaspao je.

Đini su misli odlutale do vojnika koje su pobili, ali nije mogla dozvoliti sebi da previše razmišlja o onome što se dogodilo. Ubij ili ćeš biti ubijen – bio je njen slogan tako dugo da je to postalo izopačeno normalno.

Čula je Adelu i Ralfa, koji su šaputali jedno drugom, kao ona i Enco. *Da li i on ima reakciju na ubistva?* Čula je glas svoje sestre koja je govorila o nadama u budućnost. – Jedva čekam da se ovaj užasan rat završi da bismo mogli da se venčamo – rekla je.

Đina se pitala da li će Enco nju zaprositi jednog dana. Nadala se da hoće, i čuvajući tu nadu u svom srcu, prepustila se snu.

Sanjala je o Portofinu i plivanju u zalivu kad ju je nešto probudilo.

Zora se tek probijala kroz noć obasjavajući ambar maglovitim, prigušenim svetlom.

Spolja su dopirali povici na nemačkom.

Đini je srce tuklo.

– Partizani u napad! – Roso je ispustio borbeni poklič.

Đina je zgrabila svoj šmajser i redenik s mecima. – Nađi zaklon – rekla je Adeli, ćušnuvši je po ruci.

Vrata na ambaru su se naglo otvorila i svi su se raštrkali na položaje za pucanje.

Oružje je zagrmelo.

Meci su leteli.

Adela je tako vrištala da bi i mrtve probudila.

– *Merda*, to su oni koje smo ostavili vezane u planini. Kako su pobegli? – Enco je promucao Đini na uho.

Kao da se sve događalo usporeno.

Ralf je potrčao, šmajser mu je sevao. Šta li je mislio? Trebalo je da čeka vatru koja će ga pokrivati.

Iskrzana rana procvetala je crveno usred njegovog stomaka kad je pao na kolena.

Neprijateljsko oružje je bez prestanka bleskalo.

Razneli su Ralfu bočni deo glave.

– *Dio, no* – Adela je vrisnula, potrčavši ka njemu kad se srušio na zemlju.

Đina ju je uhvatila, izvila joj ruke na leđa dok se ona borila da se oslobodi.

Enco je podigao svoj šmajser i pucao u Nemca koji je ubio Ralfa.

Nemac je pao, uhvativši se za grudi pre nego što se umirio.

Drugi Nemac je potrčao ka njima, ali Roso ga je ubio hicem u vrat.

Stefano i Karmen su nastavili da pucaju, *ra-ta-ta-ta*. Zaustavili su se tek kad su i ostali Nemci bili mrtvi.

Adelino jecanje je kidalo dušu. – Ralfe – jauknula je, što je bilo propraćeno krikom ranjene zveri. – Hoću i ja da umrem.

25.

1944.

Počeo je sneg dok su sahranjivali Ralfa na obodu polja u grobu odvojenom od groba Nemaca. Vetar je duvao s planine i uporno nanosio pahulje na vrhove krošnji kestena, a one su se tiho i neumorno spuštale na najviše grane.

Đina je držala svoju sestru. Adela nije prestajala da jeca otkako je Ralf poginuo sat ranije, a sad se batrgala u Đininom stisku; čak je pokušala da se baci na sveže nabacanu zemlju ispod koje je on ležao.

– Hoću i ja da umrem – ponavljala je.

– Tiho, *tesoro*. Toliko mi je žao što se to desilo. – Đina nije mogla da smisli ništa drugo da kaže. Bila je besna na Nemce, besna na sudbinu i besna na CLN u Đenovi što je gore poslao neobučenog čoveka.

Enco im je prišao, trljajući ruke ne bi li ih ugrejao. – Moramo odmah da odemo, ljubavi – rekao je. – Roso mi je rekao da tvoja sestra može da jaše jednu od mazgi.

– Ja ne idem. Ne ostavljam Ralfa. – Adela je isturila bradu okupanu suzama.

Đina ju je uhvatila za ruku. – Dovešću te ovamo da ga posetiš čim bude bezbedno, *cara*. Sad nije bezbedno. Videla si šta su ti ljudi uradili Ralfu. Ne bih mogla podneti da drugi to urade tebi. A ni on ne bi mogao podneti.

Adela je drhtavo uzdahnula. – Obećavaš?

Đina je načinila znak krsta preko srca. – Obećavam.

Roso je prišao sa Orlandom, manjom od njihove dve mazge. Bez oklevanja je podigao Adelu u sedlo i naredio Đini da uzme uzde.

– Karmen je stavila tvoje i sestrine stvari u torbu na sedlu – dodao je. – Druga mazga će nositi naše namirnice.

Đina je pomilovala Orlandov topao vrat obrastao dlakom. Otpuhnuo je u ledeni vazduh pramen daha koji je mirisao na seno. Sneg je napadao, stvarajući ledeni tepih. Uhvatila je uzde, koraci su joj krckali dok je vodila mazgu ka dugačkoj koloni teško naoružanih partizana koja se izvijala iza polja.

Krenuli su, a pahulje su uskoro vejale tako jako da više nisu mogli da razaznaju obeležja na zemlji. Jedva je uspevala da stigne Enca, koji je grabio ispred nje; molila se da Roso zna pravac do Edoardovog bataljona iza prevoja Peniče – kuda su se naoko zaputili.

Adela je i dalje jecala i ponavljala: – Hoću i ja da umrem. – *Samo je dramatična*, mislila je Đina, iako nije sumnjala da bi i ona bila jednako očajna da je izgubila Enca onako kako je Adela izgubila Ralfa.

Usisala je vazduh. Ruka je počela da je žiga od prožimajuće hladnoće. Shvatila je da želi da je ostala u Varciju iako su ga zaposeli Mongoli. Sinjora Galo je imala potkrovlje; mogla je tu da se sakrije. Ali ne, kad je ponovo razmislila, shvatila je da nikad ne bi izabrala da se odvoji od Enca.

Kako ju je samo srce bolelo zbog Adele.

Tri dana kasnije, oko ponoći, Đina i njeni drugovi našli su kakvo-takvo sklonište u nekoliko ambara zavejanih mećavom, koji su se nadvijali iznad seoceta, ugnežđenog malo ispod. Proteklih pedesetak sati ona i ostali jedva da su predahnuli. Skoro sve vreme je hodala, mučeći se, svaki korak je bio kazna. Orlandove noge su nestajale u snegu do skočnih zglobova ili su mu se kopita klizala na zaleđenim, strmim stazama. I njoj su noge upadale u nanose – kao da su progutane – te je morala da ih izvlači... jedan po jedan bolan korak... jedan po jedan bolan sat. Da bude još gore, vetar joj je razdirao lice, i kao da su joj hiljade iglica i hladnoća prodirali u dubinu kostiju, stalno joj izazivajući bol u ruci.

Sve što je sad želela bilo je da se sklupča i spava, ali najpre je morala da se pobrine za svoju sestru. Hvala bogu, Enco je bio tu da joj pomogne. Spustio je Adelu sa Orlanda, a Đina je uhvatila sestru za ruku i povela je iza drveta, gde su se obe olakšale uz svetlo baterijske lampe.

Posle praktično neprekidnog plakanja otkako su krenuli, Adela se povukla u sebe i jedva je govorila. Odbila je da među zube koji su cvokotali stavi hleb tvrd kao kamen; samo je popila istopljen sneg koji joj je Đina prinela usnama. Brinula se za sestrino duševno stanje. Činilo se da se Adela zatvorila pred svime i svakim.

Đina je odvela Adelu i Orlanda u ambar koji im je Roso dodelio, dok je Enco čekao napolju s komandantom i Liberom. Tokom protekla dvadeset četiri sata kolona partizana nije više bila jedno, skladna celina, postala je izmučena grupa raštrkanih jedinica. – Nadajmo se da niko nije nestao. – Enco je izgovorio ono što ga je brinulo. – Moramo da se prebrojimo.

Đina je duboko uzdahnula. Šta ako je neko zbrisan s neke od litica preko kojih su prešli? Moglo se ispostaviti da je kombinacija vetra, nesigurnog terena i fizičkog umora previše za njih.

Karmen i Stefano su se već popeli na senik. Đina je rasedlala Orlanda, ostavivši ga dole u ambaru s rastopljenim snegom da se napoji, pa se za Adelom popela uz merdevine. Ležaj od slame bio je vlažan i vonjao je na buđ, ali i to je bilo bolje nego spavati na otvorenom kao protekle dve noći. Đina je drhtala. Tako umornima i u bolovima, mokra zaleđena odeća lepila im se za telo, dok su pravili bivke u snegu, tapkajući ga da bude čvrst i tvrd, zatim su širili svoju ćebad preko njega i šćućurili bi se zajedno kako bi mogli da se zagreju. Nekolicina njih je čak uspelo da odspava nekoliko minuta; morali su da prave grupice po troje-četvoro, da trupkaju nogama i mašu rukama da bi održali cirkulaciju i osećaj u udovima.

Đina je umotala Adelu u ćebe pa se i sama ušuškala u svoje. Ispružila se na vlažno seno i slušala svoju sestru kako se uspavljuje jecajima. Na kraju je razabrala kretanje Enca, Libera i Rosa, koji su se peli na senik. Enco je legao pored nje. – Trideset četvorica njih su nestala – prošaputao je. – Možemo samo da se nadamo da su odlučili da sami za sebe potraže sklonište.

– Molim se da si u pravu. – Đina je okrenula glavu ka njemu. – Zagrli me, molim te, *amore mio*. Tako sam tužna zbog Adele i Ralfa. Budućnost im je oduzeta tako okrutno. Ne bih podnela kad bi se tebi nešto desilo.

– Daću sve od sebe da se sačuvam, ljubavi. I ti moraš dati sve od sebe. – Poljubio ju je, a ona se prepustila njegovom poljupcu.

Enco je skoro odmah zaspao. Ali Đini je san izmicao. Između Enca i Adele, osećala je toplotu njihovih tela, ruka ju je i dalje bolela i nije mogla prestati da razmišlja o Ralfovoj smrti. Bilo joj je žao što ga nije upoznala; sigurno je postojao dobar razlog što ga je njena sestra bliznakinja zavolela tako duboko, iako je Nemac. Pošto je ustreljen, Adela mu je pritrčala i ljuljala njegovu ranjenu glavu u krilu dok je plakala. Đina i Enco su morali da je odvoje od njega da bi Đina mogla da obriše Ralfovu krv s nje i natera je da se presvuče u vunene pantalone i debeli džemper koje je bila tako pametna da spakuje. Đina je slušala sestrino disanje. Adela kao da se smirila, a Đina se napokon predala pred umorom i zaspala.

Đina se probudila priljubljena uz Encove grudi. Zevnuvši, okrenula se i žmirnula otvarajući oči. Svetlo svitanja obasjalo je senik. Činilo se da svi ostali spavaju, hrkali su ušuškani zajedno. Đina je pogledom potražila Adelu; mesto pored nje bilo je zlokobno prazno, a ona je u grudima osetila peckanje zabrinutosti.

Protresla je Enca probudivši ga. – Izaći ću da potražim sestru. Verovatno se probudila ranije i otišla u klozet.

– Poći ću s tobom.

Napolju je i dalje padao sneg, a lelujave pahulje maglile su Đini pogled. Gde je, dođavola, Adela? I što je još važnije, koliko dugo je napolju na toj hladnoći? Đini je srce tuklo mahnitim, zastrašujućim ritmom. Njene sestre nigde nije bilo.

O, Dio, nemoguće da se povrh svega i ovo dešava.

– Otići ću da proverim s našim stražarom. Da vidim da li ju je primetio – promrmljao je Enco.

Đina je vukla noge kroz sneg, očajnički tražeći tragove. Ali sveži nanosi snega sve su pokrili. Iznenadna zamisao pala joj je na um te je stala da traži iza drveta gde su se ona i Adela olakšale protekle noći. Stigla je tamo najbrže što je mogla, a onda se naslonila na stablo. Nije bilo ni traga od Adele.

Čula je Encov povik. – Našli smo je.

O, hvala bogu.

Teturao se kroz mećavu, noseći Adelu u naručju. – Odlutala je od ambara i ležala sklupčana ispod drveta. – Zastao je, pogledao Đinu u oči. – Spremi se za najgore, ljubavi. Adela je prestala da diše i ne mogu da joj osetim puls.

Đina je progutala jecaj. – Moramo je oživeti – glas joj je drhtao. – Molim te, unesi je da je zagrejemo.

Dotad su i Roso, Stefano, Karmen i Libero sišli sa senika. Zapalili su vatru dok je Đina skidala Adelinu smrznutu odeću i trljala joj ledenohladno telo slamom ne bi li joj pokrenula cirkulaciju. – Donesite ćebad, svi.

Adeli su usne bile poplavele, nije bilo daha između njih. Đina je uzdahnula u očajanju. Sigurno su mogli nešto da urade. Možda bi mogla da udahne malo svog daha svojoj bliznakinji? *Vredelo je pokušati.*

– Šta to radiš, ljubavi? – Enco ju je dodirnuo po ramenu.

– Dišem za nju, zar ne vidiš?

– Otišla je, ljubavi.

– Ne. Ne prihvatam to. – Izdahnula je još jednom na usta svoje sestre, pa još jednom i još jednom.

Iz Adele je dopro šapat disanja.

– Diše – Đina je zajecala. – Živa je.

Enco joj je proverio puls. – Tu je. Veoma slab, ali tu je.

Đina je sela na pod držeći sestru uza se. – Bićeš dobro, *tesoro.* Ja ću paziti na tebe i pomoći ću ti da preživiš ovo.

Iznenadno komešanje doprlo je s vrata ambara te je Roso otišao da proveri. – Izviđač kojeg sam noćas poslao vratio se sa osmatranja sela ispod nas – objavio je. – Tamo je smešteno više od dve stotine teško naoružanih neprijatelja. Moramo otići što pre. Nismo u mogućnosti da razmotrimo bilo kakvu akciju protiv njih.

Đina je zadržala dah. – Šta ćemo sa Adelom? *Ona* nije u stanju da se kreće.

– Moraće da bude. Ako ostanete, pre ili kasnije će vas otkriti. Tvoja sestra tad ne bi imala izgleda da preživi. Ako je sklonimo odavde, daćeš joj bar neku nadu.

– Kako će jahati Orlanda?

– Napravićemo nosila od granja i privezati ih za mazgu da ih vuče. Postaraj se da je utopliš i čvrsto vežeš. – Odmahnuo je glavom. – Po ovom vremenu i s brojem Nemaca koji nas čekaju, bilo bi samoubistvo otisnuti se dalje u planinu. Predlažem da siđemo u dolinu Stafora i raziđemo se do proleća.

Karmen je dodirnula Đinu po nadlaktici. – Možete da dođete na imanje moje tetke u Mosagu. To je malo selo oko pet kilometara severno od Varcija. Čezare i ja smo planirali da odemo tamo kad se ovaj košmar završi. Ti, tvoja sestra i Enco bili biste više nego dobrodošli da nam se pridružite.

Đina je uzdahnula. Bila je uhvaćena između čekića i nakovnja.

– Zaista nemamo izbora – rekao je Enco.

– Dobro – složila se. – Hvala, Karmen.

Mogla je samo da se nada da je donela ispravnu odluku.

26.

1944.

Đina je uz tužan osmeh mahnula Rosu i Liberu. Bila je previše slaba i emocionalno ispražnjena za dirljiviji rastanak. Susrešće se s njima i ostalim partizanima u proleće, ako bog dâ.

Stefano i Enco su uspeli da naprave improvizovane sanke od palih grana, koje su uvezali, pa utoplili Adelu i pričvrstili je za njih konopcima koje su našli u ambarima. Orlando je strpljivo stajao dok su improvizovane osovine načinjene od dugih, tankih cepanica pričvršćivali za stranice sedla.

Đina se spustila šapnuvši sestri na uho. – Idemo nekud gde je bezbedno, *cara*. Nastavi da dišeš i da se nadaš. Paziću na tebe celim putem. – Poljubila je njene blede obraze, nadajući se da je Adela čuje. – *Ti amo.*

Sneg je napokon prestao da pada, ali ledena hladnoća se uvlačila Đini u kosti kao zver koja ne popušta. Iz sata u sat je vodila Orlanda, praćena Encom, Stefanom i Karmen, preko ledenih staza pokrivenih snegom, skrivali su se od neprijateljskih patrola, sporo i bolno napredujući.

Za sve to vreme je pratila Adelino disanje i toplotu tela i prebacivala sebi što nije čula svoju sestru kad je ujutru sišla sa senika. Đinino jedino opravdanje bilo je što je bila iscrpljena, te je spavala dublje nego inače. Stomak joj se skvrčio zbog brige za sestru. Adeli je bila potrebna hitna medicinska nega, ali bilo je nemoguće odvesti je u bolnicu u Varciju.

Đinine misli su se rojile ispunjene sumnjom i strepnjom. Da li će Adela preživeti putovanje? Ako i stigne do Mosaga, šta će se onda dogoditi? Još se nije povratila i Đina je bila prestravljena od posledica njene kome. Setila se školske drugarice koja se pre nekoliko godina umalo utopila i kako je mesecima bila u nekakvom snu dok nije umrla. Đina je samo mogla da se nada i moli.

Uveče su Đina i njeni drugovi zaobišli Varci pa krenuli uza strmo brdo iza grada, dok su Orlandu kopita proklizavala na poledici koja se stvorila od bljuzgavice.

– Sačekajte ovde – rekla je Karmen pošto su stigli na kaldrmisanu okućnicu uz kamenu kuću s balkonom na prvom spratu, ograđenim gvozdenom ogradom. – Ja ću ući i sve objasniti.

Nekoliko minuta kasnije, Karmen je izašla u pratnji mršave žene u ranim tridesetim koju je predstavila kao svoju tetku Mariju de Bortoli. Tetka Marija je bila udovica. Karmen je objasnila da je njen teča ubijen dok se borio u Rusiji. Zatim je rekla da su naišli na porodično okupljanje i da su njeni roditelji u poseti. Njena majka će pripremiti grejač za krevet za Adelu u jednoj od tetkinih pomoćnih soba koju će deliti s Karmen i Đinom. Enco i Stefano će morati da se zadovolje senikom. – Biće vam toplo od životinja i imaćete izolaciju od sena – Karmen je objasnila muškarcima. Tiše je dodala, pocrvenevši: – Moramo sačuvati privid. I biće bezbednije za vas i za moju porodicu da vi spavate u ambaru.

Tetka Marija je dodirnula Adeli čelo. – Proteklih nekoliko dana bila je strašna mećava. Uđite. Ugrejte se. Dobrodošli ste da ostanete dokle god hoćete.

Karmenin otac je izašao iz kuće. Kršan tamnokos muškarac s morževskim brkovima, postarao se za Orlanda dok je Enco pomagao Stefanu da unese Adelu u kuću.

Prednja vrata su se otvorila otkrivši prijatnu kuhinju koju su grejale cepanice; utešan miris pečenog kestenja prožimao je vazduh. Karmenini rođaci, Đovanina i Roberto, od deset i sedam godina, obisnuli su joj se oko vrata nazvavši je Tereza. – Sad sam Karmen – otresito im je rekla zagrlivši ih. – Druga osoba.

Đinu je predstavila kao Elzu, a Enca kao Enca. Stefano je i ranije video njenu porodicu, pre nego što su partizani napustili Varci, te upoznavanje nije bilo potrebno. Karmenina majka, Antonela, koja je imala istu divlju kovrdžavu kosu kao njena ćerka, pojavila se na stepeništu. – Soba je spremna – rekla je. – Molim vas, odnesite sinjorinu gore.

Tetkina kuća je imala dva sprata te su se popele uz dva niza stepenica na poslednji sprat. U sobi dodeljenoj devojkama Antonela je povukla pokrivače sa ogromnog kreveta i sklonila bakrenu posudu s dugačkom drvenom drškom. – Napunila sam je žarom. Odlično radi, ali je prevruća i mogla bi da povredi tvoju sestru, ako je ostavimo tu.

Enco je pomogao Stefanu da spuste Adelu na zagrejan deo perjanog dušeka. Obojica su se odmakla, a onda je Đina predložila da svi siđu da jedu dok se ona pobrine za sestru.

– Doneću ti činiju vruće supe. – Karmen je stegla Đinu za ruku. – I suvu odeću.

– *Grazie.*

Đina je legla u krevet pored Adele i privila se uz nju. Poljubila joj je hladan obraz. – Sjajno si izdržala, *tesoro.* Tako sam ponosna na tebe. Lepo spavaj, najdraža sestro. Ali ne spavaj predugo, molim te. – Još jednom ju je poljubila.

Adela se pretvorila u Uspavanu Lepoticu, pomislila je. *Ali nije bilo princa na belom konju da je probudi.*

Bio je Božić, a Adela je i dalje bila u komi. Karmenina majka je otišla kod doktora Renconija dan pošto su stigli, pre skoro dve nedelje, a on je rekao da je previše opasno za njih da je dovedu u bolnicu. Ipak ju je posetio. – Ne možete da uradite ništa više od onog što već radite – potvrdio je. – Utopljavajte je. Sipajte joj kašikom supu i tople napitke. Bar normalno diše. Budite veoma pažljivi kad joj dajete tečnost da se ne udavi. Njen refleks za gutanje je ugrožen zbog kome, te je opasnost od gušenja povećana. – Proverio je Adeli temperaturu i pregledao joj promrzline na šakama i stopalima. Plikovi ispunjeni krvlju ukazivali su na dugotrajna oštećenja. Ako joj koža pocrni, ali se ne oljušti, verovatno će morati da joj amputira te delove da ne bi došlo do gangrene. Previo je rane sterilnim zavojima i uputio Đinu u to kako da je neguje. – Voleo bih da imam malo penicilina – vajkao se. – Ali u bolnici je nestašica.

Tog jutra Đina je promenila zavoje, prsti su joj drhtali. Ali srećom, Adelina koža nije više bila crna. Da je dobila gangrenu, doktor Renconi bi morao da joj amputira prste na rukama ili nogama. Kad bi samo Adela mogla da se povrati, mislila je Đina, milujući je po kosi koju joj je sklanjala sa čela, bio bi to srećniji Božić.

Uzdahnula je dok je razmišljala o proteklih desetak dana. Karmen je bila tako dobra prijateljica, ostajala je sa Adelom da bi se Đina nakratko odmorila. Ali Đina uglavnom nije ostavljala svoju sestru bliznakinju. Bila je iscrpljena, dugo bi dremala pored nje, ležale su jedna uz drugu kao nekad u majčinoj utrobi. Tetka Marija je potrošila skrivene zalihe usoljenog mesa i povrća kako bi pravila hranljive supe i paprikaše. Đina je posmatrala Enca i Stefana kako se pretvaraju u prasiće, miluju svoje stomake, mljackaju dok nižu pohvale na račun Karmenine tetke. I oni su mnogo spavali na seniku, govoreći da je savršeno udoban.

Đina je tužno uzdahnula. Tetkina dnevna soba bila je ispod i veseli glasovi dopirali su kroz drvene podne daske. Svi su bili dole, uživali u piću pred božićni ručak. Karmen ju je pozvala da im se pridruži, ali Đina nije htela da ostavi Adelu samu. Uspomene na Božić kod kuće u Portofinu naterale su joj suze na oči. Nedostajali su joj majka, babo i Tomazo, srce ju je bolelo od čežnje za kućom. Čak joj ni utešan Encov zagrljaj nije pomagao.

Odjednom joj se naježila koža na potiljku. Glasovi u donjoj sobi su zamukli.

Prišla je prozoru i provirila kroz zamrznuto staklo. *O Dio*, nemačka patrola približavala se iza ambara.

Narednik i petorica njih, dobro naoružani.

Đini se krv sledila u žilama.

Vrata balkona ispod su se uz tresak otvorila, a Enco je preskočio ogradu. Pao je na neprijateljskog narednika, oborivši ga. Onda ga je ustrelio u glavu revolverom koji je nosio za pojasom.

Stefano i Karmen su takođe preskočili ogradu i borili se sa ostalim Nemcima, ubivši dvojicu pre nego što su se ostali razbežali u mraku, dok ih je Enco jurio pucajući.

Đina je shvatila da se trese kad je okrenula leđa groznom prizoru – Karmenin otac je izašao iz kuće da pomogne da odvuku tela poginulih Nemaca. Đina je bila rastrzana između želje da siđe i vidi da li je Enco dobro i potrebe da ostane pored sestre. Usta su joj se osušila od brige. Šta ako se vojnici koji su pobegli vrate u svoju bazu? Setila se šta se dogodilo u Nivioneu. Odmazda bi bila nemilosrdna. U najboljem slučaju bi ih tukli, poklali bi im stoku i zapalili kuću i imanja. U najgorem, to bi značilo smrt seljana Mosaga. Usrdno se molila da ne dođe do toga.

Prešla je preko sobe i uzdahnula od iznenađenja.

Adela je sedela u krevetu.

– Ralf? – ta reč je izgovorena kao pitanje, praćena tišinom.

– Adela – Đina joj je pritrčala.

Adela je zurila u previjene ruke, namrštivši se. – Ralf. Ralf. Ralf.

Đina ju je zagrlila. – *Carissima*, tako si nas uplašila.

– Ralf. Ralf. Ralf – ponavljala je Adela kao litaniju.

Adela je pokušala da govori, shvatila je Đina. *Zašto nije mogla?* Bilo je to kao da ne može da izgovori reči koje je želela da kaže.

Dođavola.

Nadala se da će doktor Renconi moći da joj pomogne.

– Ralf. Ralf. Ralf.

Vrele suze potekle su Adeli niz obraze, a Đina ih je poljupcima otrla. – Tiho, *tesoro*. Sve će biti kako treba.

27.

1945.

Bilo je blago februarsko popodne kad je Đina prebacila sestri ćebe preko ramena i prvi put se osmelila da je izvede napolje. S rukom u ruci, šetale su se okućnicom, Đina je pokazivala Adeli predmete i životinje i podsticala je da ponavlja njihove nazive.

Prošlo je skoro dva meseca sporog napretka njene sestre. Adela još nije mogla da govori kako treba; činilo se da su joj se mentalne sposobnosti vratile na nivo dečjih. Kad ju je doktor Renconi posetio na Dan darova, rekao je da joj je možda mozak oštećen usled nedostatka kiseonika, kad je prestala da diše u snegu. Đina je plakala zbog svoje sestre i rešila da učini sve što može da joj pomogne da se oporavi koliko god je to moguće.

– Pile – rekla je Đina, pokazujući na pile koje je kljucalo po šljunku između kamenih kocki.

– Pile – ponovila je Adela.

– Odlično. – Ohrabrujuće se osmehnula Adeli, zadovoljna što se oštro zimsko vreme povuklo pred pretprolećnim suncem, iako je protekle noći bilo ledeno kao obično. – Pogledaj, Adela, eno Enca. – Pokazala je ka mestu gde je on cepao drva.

– Enco – ponovila je Adela. Onda je, veoma tužno, rekla: – Ralf?

Đina je nežno držala Adelinu ruku u rukavici, zavukavši je u svoju dok joj je pomagala da hoda. Pocrnela koža na promrzlim prstima njene sestre otpala je pre dve nedelje i, hvala bogu, dobro je zacelila. Đini je srce bilo ispunjeno zahvalnošću što dosad nije bilo nikakve neprijateljske odmazde nakon incidenta na božićni dan. Enco je rekao da su preživeli Nemci verovatno odlučili da kažu da im je veliki odred partizana postavio zasedu u brdima, umesto da priznaju ponižavajuću istinu da su ih u dvorištu napala dva muškarca i jedna žena.

Ali olakšanje koje je osetila zbog izostanka odmazde poljuljala je vest da je pukovnik Fjorentini započeo niz poseta Varciju. Očigledno ga je razdražilo što su partizani nedeljama držali grad, te se često svetio. Masovna hapšenja i zatvaranja, namerno uništavanje imovine, uključujući i prodavnicu mešovite robe Karmeninih roditelja. Na dan kad su Karmenini roditelji, srećom, bili u Mosagu, Fjorentinijevi ljudi su provalili u prodavnicu. Svaki deo nameštaja je pomeren, vrata su izvaljena iz šarki, zalihe uništene i napravljena ogromna rupa u podu. Izvaljene podne daske i malter na tavanici sručili su se i skoro ispunili podrum. Karmenini roditelji su podozrevali da je neki doušnik izvestio o njihovoj naklonjenosti pokretu otpora. Zaključili su da je bezbednije da se ne vraćaju, te su ostali kod tetke Marije i pomagali partizanima.

Karmenina porodica je imala ambar podignut na strmoj litici obrasloj voćkama, nekoliko stotina metara iznad sela. Sa senika ambara pružao se veličanstven pogled na okolinu. Neki partizani koji su se povukli da prezime počeli su tu da se okupljaju, te se stvaralo jezgro novog bataljona, koji je Enco rasporedio u straže i odbrambene patrole. Ljudi su spavali u jednoj veštačkoj pećini, iskopanoj u obližnjem brdu. Zidovi su bili vešto ojačani, a dosta sena i slame štitilo ih je od spoljašnje hladnoće.

Uskoro je trebalo nastaviti gerilski rat, ali za Đinu to nije važilo. Sa osećajem praznine u grudima, nedelju dana ranije rekla je Encu da više neće biti partizanski borac, već samo patriota koji im pruža podršku. – Moram da ostanem sa sestrom – objasnila je.

Enco je zagrlio Đinu. – Razumem, ljubavi. Pretpostavio sam da će doći do toga i divim ti se. – Onda joj je dao svoj revolver P38, rekavši joj da ga drži za pojasom pantalona radi zaštite. – Nikad ne znaš kad ti može zatrebati – rekao je.

Đina je sad povela Adelu ka njemu, dok joj se srce topilo od ljubavi. Taj čovek. Tako opušten, smiren i pribran. Kako je mogla da živi bez njega? Nadala se da nikad više neće morati, a ta nada ju je još više rastužila kad je pomislila na sestru. Bila je tužna i ujedno ljuta na nju. *Da nije radila za Nemce, ne bi upoznala Ralfa. On ne bi poginuo, a ona ne bi bila u Mosagu, gde se muči da govori, već bi bila kod kuće u Portofinu, bezbedna.*

Posle večere koja se sastojala od supe i domaće salame od godišnjeg svinjokolja, Đina je sedela pored vatre sa Adelom. Enco i ostali su jeli pečeno kestenje i pijuckali kuvano crno vino. Začulo se kucanje na vratima i Đina se sledila. Ko bi mogao da bude u to doba? Zadržala je dah kad je tetka Marija otišla da proviri kroz prozor. – Napolju je neki nizak mladić lisičjeg lica.

Đina se nasmejala; to je mogao biti samo Libero. I bio je on. Srdačno su ga dočekali, tutnuli mu čašu vina u ruku i prineli mu stolicu uz vatru.

– Onda, jesi li došao da nam se pridružiš?

– Zapravo jesam.

Stefano mu je ponudio cigaretu. – Ima li vesti od Rosa?

– Ne dobrih, bojim se. – Libero se nagnuo da pripali.

– Šta se dogodilo? – Đina je zadržala dah.

– Skijao se gore iznad prevoja Peniče kad je naišao na neprijateljsku patrolu. Izgleda da je mislio da će ih namučiti pre nego što im umakne. Upravo to smo i čuli od špijuna – obrušavao se, kružio i izmicao im u svom stilu. On je vešt skijaš. Poznaje svaki pedalj planine kao svoj džep. A onda...

– Šta? – izletelo je Encu.

– Izgleda da mu je skija naišla na prepreku skrivenu snegom. Pao je. Slomio je levu nogu. Patrola je došla po njega, a jedan od njihovih, meštanin, prepoznao je Rosa kao partizana.

– *Merda* – promrmljao je Stefano.

– Je li dobro? – Đina je susrela Liberov pogled.

Odmahnuo je glavom. – Stavili su mu improvizovane udlage, odveli ga u Varci, a zatim u Vogeru. Onaj *stronzo* Fjorentini je bio tamo te je podvrgao Rosa dugom i nemilosrdnom ispitivanju. – Libero je povukao dim iz cigarete. – Roso je ćutao. Zato ga je Fjorentini poslao u zloglasni zatvor u Čigonjoli, nedaleko od Bronija.

Đinin dah se pretvorio u jecaj. Zloglasni „bunar“, *pozzo di Cigognola*, mesto je gde su zatvarali zarobljene partizane i druge političke zarobljenike, dok ne umru od gladi i žeđi. Male ćelije ne dozvoljavaju zatvorenicima da se ispruže, sednu, čak ni da se nagnu u stojećem položaju. Samo stoje... i stoje... dok ih smrt ne pozove.

– To đubre Fjorentini – Enco je zarežao.

– Najgori ološ – dodao je Libero.

– Jel' Roso umro? – Đina se usudila da upita.

– Nije. – Libero je otresao u vatru pepeo sa cigarete. – Pošto je i dalje odbijao da progovori, amputirali su mu slomljenu nogu bez anestetika. Roso je preživeo takozvanu operaciju, ali još je u zatvoru.

Đina je zgranuto prinela ruku ustima. Osetila je kako se Adela ukočila pored nje. Da li je razumela ono što je Libero upravo ispričao? Đina je obavila ruku oko sestre. – Bezbedna si, *tesoro*. Taj zlikovac Fjorentini je daleko odavde.

– A ako nam se i približi, uhvatićemo ga po svaku cenu – zavetovao se Enco. – U to možeš biti sigurna.

Hvatanje Rosa i mučenje kojem ga je Fjorentini podvrgao izazvalo je gorčinu ne samo Đine i njenih drugova već i mnogih partizana u oblasti. Uskoro se grupa od šezdeset njih pridružila Encu, sve borci koji su se pregrupisali u Kapanetama na Peničeu. Sad je pod svojim zapovedništvom imao sto pedeset partizana. Bilo je vreme da povrate Varci.

Đina je nekoliko dana znala da se akcija bliži, a pomisao da Enco ide bez nje u borbu izazivala joj je mučninu od brige.

Veče pre nego što je Enco trebalo da krene sa ostalima, Đina se spremila za krevet u sobi koju je delila sa Adelom i Karmen. Adela je već bila zaspala. Obično je spavala čvrstim snom tokom noći, tek se pred rano jutro budeći iz uznemirujućih snova.

Karmen je provirila kroz vrata. – Enco te traži. – Široko se osmehnula. – Želi da odeš u ambar.

Đina je pogledala u Adelu. – Ja ću paziti na tvoju sestru – rekla je Karmen. – Potrebna si svom čoveku.

Đini je srce tuklo od uzbuđenja. Znala je da se Karmen povremeno iskrada sa Stefanom na senik, ali Đina je bila previše zauzeta Adelom da bi to radila.

U stomaku joj je treperilo, kad se pogledala u ogledalo i brzo stavila malo ruža. Kako je žudela za Encovim zagrljajem. – Brzo ću se vratiti – rekla je Karmen.

– Nema potrebe da žuriš. – Prijateljica joj je namignula.

Dole je zatekla Stefana kako sedi pored vatre u kuhinji i osetila je kako joj obrazi gore. Nehajno mu je mahnula pa izašla.

Enco ju je čekao pored merdevina koje vode na senik, naslonjen na njih. Prišla mu je, srce joj je jurilo. – Karmen mi je rekla da želiš da me vidiš.

Zakoračio je i obavio je rukama, pritisnuvši joj usne na teme. – Pomislio sam da bi trebalo propisno da se oprostimo.

Zagnjurila je glavu u njegove grudi, čula je otkucaje njegovog srca. – Volela bih to.

Dlanovima joj je obujmio lice kad je digla glavu. Poljubili su se s takvom ljubavlju da joj je to oduzelo dah.

Izvila se i zagledala se u njegove tamnoplave oči. – Vodi ljubav sa mnom, Enco.

– S velikim zadovoljstvom – rekao je, uhvativši je za ruku i odvevši je do merdevina.

Kasnije su ležali u toplom senu, isprepletenih nogu, Encova ruka obavijala ju je oko pasa. – Divna si, *amore mio*. Mnogo te volim.

Uživala je u njegovom pogledu. – I ja tebe volim, *tesoro. Ti amo.* – Prešla je prstom preko njegovog krivog nosa. – Obećaj da nećeš poginuti, Enco. – Iako je izgovorila te reči, znala je koliko očajnički zvuče.

Osmehnuo se nakrivo, pa joj izvadio slamku iz kose. – Obećavam.

Duboko je udisala njegov miris, uživajući u mošusnoj aromi koju je pohranjivala u pamćenje; umalo je zaplakala znajući da im je to možda poslednji put. Uzdahnula je. – Držim te za reč.

28.

1945.

Đina je kupala Adelu u kuhinji sinjore Galo. Sapunala je sestrina ramena u velikom drvenom koritu koje su ona i sinjora donele iz podruma i stavile na pod od terakote. Ugrejale su mnogo šerpi vode da bi ga napunile, te je jedva čekala da i sama zaroni kad njena sestra završi. Doktor Renconi je predložio da ohrabruje Adelu da sama radi ponešto, te joj je Đina dodala sunđer. – Trljaj se, *cara* – rekla je.

Sela je na svoja kolena i zagledala se u sestru, poželevši svakim delićem svog bića da joj bude bolje. Kad bi bar mama bila tu da joj pomogne. Ali nije bilo načina da joj pošalje poruku. Sigurno je bila van sebe od brige za ćerke.

Đina se uporno nadala da će se rat uskoro završiti. Ali borbe kao da su bile beskonačne. Bio je već kraj marta, a ona i Adela su se dva dana ranije preselile u Varci. Đina je zaključila, posavetovavši se s doktorom Renconijem, da bi za Adelin oporavak život u gradu bio bolji nego da ostanu na farmi. Tetka Marija joj je rekla da je tužna što odlaze, ali je mislila da je Đina ispravno odlučila.

Sinjora Galo je raširenih ruku dočekala Đinu, pre nego što se upustila u tužne priče o fašističkoj i mongolskoj okupaciji. – Strahovali smo za svoj život – jadikovala je. – Morala sam da se zabarikadiram u kuću. – Srećom, sinjora je uzela Adelu pod svoje okrilje, ponašala se prema njoj kao da joj je majka i stalno ponavljala *poveretta*.

Đina je duboko uzdahnula. Iako je neprijatelj napustio Varci, i dalje je bio sveprisutan na svim ostalim mestima. Slušajući radio,

Đina je saznala da su Amerikanci napokon počeli da se bore širom Apenina. Uspeli su da oteraju nemačke branioce s njihovih položaja na kojima su držali pristupe Bolonji još od neuspelih savezničkih pokušaja da zauzmu grad prošle jeseni. Ta oblast je bila na samo dva dana pešačenja od Varcija, ali u svim važnim aspektima mogla je da bude i na drugom kraju sveta. Đinu je stezalo u grudima od tuge; borbe između Nemaca i Saveznika u Apeninima bile su podsetnik na rovovsku borbu tokom Velikog rata.

Hvala bogu, Encova strategija preuzimanja Varcija dobro je prošla. Bila je neverovatno ponosna na njega. Kasnije joj je pričao koliko je uživao što je ponovo u akciji; osećao je bezmalo dečačko uzbuđenje dok je slušao štektanje mitraljeza, praštanje puščane vatre i odjeke eksplozije ručnih bombi. Njoj, s druge strane, borba nije nimalo nedostajala. Otkako je Ralf poginuo, sama pomisao da puca iz svog šmajsera izazvala bi joj mučninu u stomaku.

Dok su Enco i njegovi ljudi vršili pritisak na neprijateljske položaje u okolini Varcija, partizanski bataljoni, sad u uniformama i okupljeni pod Edoardovim zapovedništvom, bili su zauzeti nizom okršaja. U mnogima je učestvovao Fjorentini, kojeg su, podvijenog repa, uspeli da potisnu do Bronija. Ostatak garnizona *repubblichinija* u Varciju, koji je očigledno shvatio kolika se partizanska sila obrušava na njih, napustio je grad ne ispalivši ni metak.

Izgledalo je previše dobro da bi bilo istinito, i Đini je i te kako laknulo. Strahovala je da će Enco poginuti u borbi. Ali znala je da je on još u šumi. Kad god bi otišao na zadatak, sa srcem pod grlom bi čekala da se vrati. A on je i danas bio na terenu. Edoardo je poslao poruku da su savezničke jedinice za specijalne operacije koje deluju južno i zapadno od Varcija organizovale spuštanje oružja i namirnica padobranom na visoravan iza Peničea. Edoardo je tražio od Enca da preuzme namirnice i pobrine se da budu ravnopravno raspoređene. Enco je otišao rano ujutru i neće se vratiti bar do prekosutra. Pre nego što je otišao, rekao je da mu je žao što je ostavlja, ali ona mu je rekla da ide. – Edoardu je potrebna tvoja pomoć – rekla mu je, uprkos brizi. Mogla je samo da se nada i moli da on neće upasti u zasedu i da će biti dobro.

Đina je pogledala u korito. Sinjora Galo je ušla u kuhinju s peškirima. – Obrisaću Adelu dok se ti kupaš – rekla je.

Pomogle su Adeli da izađe iz vode, a Đina se skinula pa utonula u toplu sapunicu. Zadovoljno uzdahnuvši, počela je da se sapuna. Kad se Enco bude vratio, napokon će lepo mirisati.

Dva dana kasnije, Đina je gledala Adelu kako se igra lutkom koja je nekad pripadala ćerki sinjore Galo. Sinjora Galo ju joj je dala rekavši da zna da će je Adela čuvati, a tako je i bilo. Ali Đinu je srce bolelo dok ju je gledala kako ljulja i ljubi igračku. Jedva je čekala da se rat završi pa da može da nađe specijalistu za svoju sestru. Doktor Renconi je učinio sve što je mogao za Adelu, ali on je bio samo seoski lekar. U Đenovi sigurno ima stručnjaka na polju povreda mozga koji će joj pomoći da povrati svoje sposobnosti. Slaba nada, ali Đina se čvrsto držala za nju – to je bilo jedino što je mogla.

Oglasilo se zvono na vratima i Đina je otišla da otvori. Pridržavala se protokola te je prvo provirila kroz zavesu. Srce joj je poskočilo. Na vratima je stajao muškarac u kaki borbenim pantalonama i košulji. Trebalo joj je nekoliko sekundi da shvati da je to Enco u britanskoj uniformi. – Tako si zgodan – rekla je, otvorivši mu vrata. – Odakle ti to?

Šeretski se osmehnuo kad je ušao u hodnik. – Prvo me poljubi pa ću ti reći.

Bacila mu se u zagrljaj i poljubila ga u usne. – Jesi li gladan? Sinjora Galo je izašla, ali ja mogu da podgrejem večeru.

– Gladan sam kao vuk – široko se osmehnuo. – Dug je put od Peničea.

Ostavili su Adelu da se igra lutkom i otišli u kuhinju. Đina je stavila šerpu paprikaša na šporet, pa sipala Encu čašu crnog vina i isekla mu krišku hleba. – Pričaj mi o padobranima – rekla je.

– Bilo je zapanjujuće i neobično lepo.

– Oh?

– Sat pre nego što je trebalo da nadlete avioni, naredio sam da se upale vatre u uglovima zone za spuštanje. Avioni su bili u sekund tačni. Stotine raznobojnih padobrana dolelujalo je dole sa okačenim kanisterima.

– Je li u njima bila samo odeća?

– Padobrani su spustili oružje, municiju, novac i hranu. – Enco je popio gutljaj vina. – Posle toga, dva aviona su letela nisko i ispuštali su bale koje su padale uz niz tupih udaraca. Ispostavilo se da je to odeća. – Prepredeno se osmehnuo. – Odlučio sam da sad, kad su partizani u uniformama, i ja treba da je obučem.

– Pa, mislim da izgledaš divno. – Đina mu je sipala podgrejan paprikaš u tanjir.

Kad je Enco završio s jelom, vratili su se u dnevnu sobu sa čašama vina. Enco je ponudio Đini cigaretu pa su seli, pušeći, pijuckajući i ćaskajući o napredovanju ratnih napora, dok se sinjora Galo nije vratila kući.

Otišli su u svoje odvojene sobe, ali Đina je znala da joj Enco neće doći. Delila je krevet sa Adelom i, u svakom slučaju, videla je koliko je iscrpljen. Đina je pomogla sestri da obuče spavaćicu pa se i sama presvukla. Dok je čekala da je san savlada, osetila je bolnu tugu. Kad je videla Enca u britanskoj uniformi, podsetila se da je on Englez. Iako je želela da se borbe završe, to će značiti da on treba da se vrati u Englesku. Enco joj nije pominjao zajedničku budućnost, a ona nije pitala.

Sutradan je Đina hrabrila sebe da razgovara sa Encom o svojim brigama kad mu je stigla poruka od don Rina, koji je bio sa svojom sestrom u Banjariji, desetak kilometara dalje, i zvao ga je na večeru. – Treba li da odem? – Enco je upitao Đinu. – Pozvao je i Edoarda i ostale partizanske vođe.

– Naravno da treba da ideš – rekla je Đina. – Ja ću te čekati ovde.

Ovoga puta Đina se nije brinula za njega. Imala je većih briga. Nedugo pošto je on otišao u Banjariju, osetila je grčeve u stomaku, kakve mesecima nije imala. Vratila joj se menstruacija. Kad je prestala da je dobija, pomislila je da nešto ozbiljno nije u redu s njom te je podelila svoje strahove s Karmen. Ali Karmen ju je uverila da je to uobičajeno za devojke koje se, kao ona, mnogo naprežu i slabo se hrane. Rekla je da je to samo privremeno i da će Đini biti drago što neće morati da pere menstruacione krpe dok živi tegobno pored toliko muškaraca.

Popela se na sprat da uzme šta joj treba kad joj je iznenada nešto palo na pamet. Ni Adela mesecima nije imala menstruaciju. *O Dio*, da nije trudna? Ne, nemoguće. To je skoro sigurno stres od povreda.

Đina je ostatak dana pomno posmatrala sestru, tražeći bilo kakav znak trudnoće; nije imala mučnine. Ali kad ju je Đina pažljivije pogledala, primetila je da su Adeline grudi jedrije nego inače. Nelagoda se pridružila menstrualnim grčevima u Đininom stomaku. Adela ne bi bila u stanju da se brine za dete – i sama je jedva nešto više od deteta.

Pošto je stavila sestru na spavanje, sišla je da sačeka Enca. Sinjora Galo je upravo otišla gore kad je Đina čula Enca kako otvara vrata ključem koji mu je sinjora dala.

Ušao je u sobu, a Đini je odmah bilo jasno da se dogodilo nešto strašno. – Šta je bilo?

– Don Rino je uhapšen – rekao je bez okolišanja. – Jedva sam i sâm izbegao hapšenje.

Đina ga je uhvatila za ruku. – Reci mi šta se dogodilo.

Enco je oboma pripalio cigaretu. – Kad sam stigao u Banjariju, Edoardo i ostali već su bili tamo. Don Rino nam je pokazao svoju novu, uvećanu tajnu zalihu *sten* automata, revolvera, municije i ručnih bombi. Možeš li da veruješ da ih je skrivao u podrumu ispod volujskih kopita u štali? Njegova sestra je dobra kuvarica, spremila nam je rižoto sa šparglama i jajima. – Enco je otpuhnuo dim. – Razgovarali smo o okolnostima koje će nastati u oblasti kad napokon pobedimo u ratu. – Enco je otresao pepeo. – Don Rino je bio zabrinut da bi antikomunistički elementi među partizanima mogli da se povuku kad pobedimo, ostavljajući dobro organizovanim komunistima da govore u ime celog partizanskog pokreta.

– Verovatno je u pravu u tom pogledu – primetila je Đina.

– Razgovarali smo o detaljima, a onda je svako krenuo svojoj kući, u svoj logor ili skrovište. Upravo sam se spremao da pođem kad sam čuo snažno lupanje na vrata. Stiglo je prokleto nacifaši-stičko oklopno vozilo puno *repubblichina*. Don Rino mi je brzo po-mogao da preskočim zid u zadnjem dvorištu, te sam doskočio na travnatu padinu.

Đina je zadahtala. – Šta se onda desilo?

– Prikrao sam se do prednje strane kuće i sakrio se u neko žbu-nje. Znao sam da neću moći da pomognem don Rinu, ali bar sam mogao da saznam kuda ga vode. – Enco je zastao, protrljao čelo. – Vojnici su ga uhapsili. Čuo sam komandujućeg oficira kako se cere-ka, *Fjorentini te čeka u Vogeri i postareće se da umireš malo-pomalo.*

Đina je briznula u plač; bilo je to jače od nje. Sela je Encu u krilo i tad je primetila da i on plače. Poljupcima su jedno drugom otirali suze sa obraza, slomljenog srca. Nije mogla da mu kaže za Adelu; nije mogla da ga pita za njihovu budućnost. Mogla je samo da se privije uz njega dok su plakali za hrabrim sveštenikom koji im je mnogo pomogao.

29.

1945.

U jedno toplo aprilsko popodne, Đina se šetala sa Adelom i sinjorom Galo kroz centar grada, što su radile svakog dana. Činilo se da Adela uživa u tome; osmehivala se ljudima pored kojih su prolazili i veselo je zacičala kad su se zaustavili ispred mešovite radnje Karmeninih roditelja da kupe sveže voće i povrće. Antonela bi dala Adeli krušku ili jabuku da gricka, a Adelina detinja radost zbog poklona dirnula bi Đinu u srce.

Hodala je u ritmu svoje sestre, držeći je podruku. Kad su bile male, majka bi ih isto obukla, te su u školi pravile smicalice zbunjujući nastavnike. Posle toga bi se smejale. Kasnije, kad su odrasle, a njihove naravi počele da se razlikuju, namerno su se različito oblačile – Adela u suknje ili haljine, Đina u šortseve ili pantalone. Ali sad je Đina nalazila utehu u njihovim istovetnim crtama. Ošišala se da bi imala frizuru istu kao sestrin paž srednje dužine, odbacila pantalone i nosila suknje koje joj je dala ćerka sinjore Galo. Lako se moglo desiti da ih ponovo zamene, jedino što je Adela imala problema s govorom i sve širi struk.

Đina je jedva čekala da stupi u vezu s majkom i ocem; bila je zabrinuta za sestru. Posle don Rinovog hapšenja, zakazala je pregled kod doktora Renconija, a on je potvrdio da je njena sestra u drugom stanju. Izračunao je da bi trebalo da se porodi krajem avgusta. Đina se molila da njena majka ostavi po strani razmirice sa Adelom i dođe u Varci da im pomogne. Šta će biti kad stigne beba? To je bilo pitanje koje je Đina stalno postavljala sebi i na koje nije imala odgovor. Bila je sigurna jedino da će se rat dotad završiti.

Kad je stigao april, Đina je postajala sve svesnija da se rat zaista bliži kraju. S prolećem je očajanje neprijatelja počelo da se ogleda u teškim borbama u kojima su učestvovali Enco i partizani. Enco joj je rekao da je sve na šta sad može da misli napad na Vogeru, a možda i zarobljavanje Fjorentinija.

Đina je usporila pomislivši na tog bednika i na ono što je uradio don Rinu. Pre nedelju dana, špijun u neprijateljskom logoru poslao im je vest o svešteniku. Fjorentini ga je dvadeset četiri sata držao u samici u podrumskim ćelijama Kastela u Vogeri, ruku vezanih na leđima. Niko mu nije dao ništa da jede i pije. Dva civila, fašisti, ispitali su ga sutradan, zahtevajući da im pruži informacije o partizanima i da prizna da je jedan od njih. Ništa im nije rekao. Nemački oficir Gestapoa preuzeo je ispitivanje. Sveštenik je i dalje ćutao. Fjorentini ga je lično podvrgnuo trodnevnom iscrpljujućem ispitivanju. Pitanja su se nizala, ali don Rinu je, izgleda, pomogla njegova vera, te je Fjorentini odustao, besan. Poslao je sveštenika u Paviju, sedište nemačke vojne komande. Ponovo se don Rino hrabro držao. Sad je zatvoren u zloglasnom zatvoru *San Vitore* u Milanu. Đina se molila da on preživi i da ne mora još dugo da podnosi zatočeništvo.

Prolivala je suze radosnice kad je čula, pre dve nedelje, da su Saveznici pokrenuli konačnu ofanzivu. Bilo je masovnih vazdušnih i artiljerijskih napada iza nemačkih linija; britanska Osma armija probila se na istok. Poslali su snage kako bi se sastali sa američkim trupama koje su napredovale sa Apenina i opkolili Nemce. Sad kad su stigli do reke Po, kraj je bio blizu. Bilo je vreme da partizani povrate svoju zemlju, te je CLN izdao naređenje za masovni ustanak sveg italijanskog naroda. Crkvena zvona u Varciju zvonila su slaveći taj događaj, a Enco je podigao Đinu i zavrteo je po sobi od uzbuđenja.

Otad je Enco bio zauzet intenzivnim aktivnostima. Imali su velike zalihe oružja i opreme. Partizani su se slili s planina. Enco je okupio oko trista ljudi te su, svi do zuba naoružani, juče krenuli da se pridruže kolonama partizana i nastave ka Vogeri.

Đina se zabrinuto mrštila. Vogera je i dalje bila u rukama Nemaca, te se molila za Encovu bezbednost. Bilo bi tako okrutno ako bi ostala bez njega tako blizu poslednje prepreke. Ne, to se neće desiti, rekla je sebi s više samouverenosti nego što je osećala. Stegla je sestru za ruku. – Hajdemo kući, *tesoro*. Uskoro treba da spremimo večeru.

Celu tu noć i narednog dana Đini se stomak uvrtao od zebnje. Na kraju je mladi kurir, kojem nije bilo više od petnaest godina, stigao s dobrim vestima od Enca – nemački odred u Vogeri se predao. Ali loša vest je bila da od Fjorentinija nije bilo ni traga ni glasa. Trebalo je da se Enco sutradan vrati u Varci da sačeka savezničke snage koje će uskoro zauzeti oblast.

Kad je stigao kući, Enco je obasuo Đinu poljupcima. Pitala ga je kako je prošao u borbi, a on joj je rekao da je borba bila haotično nedisciplinovana. Nije bilo plana za jedinstven napad na Vogeru. Različite grupe partizana spuštale su se svaka za sebe do grada, usput nasumično pucajući. Neprijatelj je hrabro uzvratio. Zaprepašćen nedelotvornošću napada, Enco ga je prepustio napadačima postavivši se kao puki posmatrač. – Bio sam potišten i skoro slomljenog srca – rekao je. – Ono što je mogla da bude slavna konačna bitka bilo je samo mahnito napredovanje vojske divljaka. Bilo me je sramota. Drugog dana kiša je neprekidno pljuštala, a ja mislim da je ona odigrala jednaku ulogu u propasti branilaca kao i bilo koja konkretna partizanska akcija.

Đina ga je zagrlila i privila uza se. Zadržala je za sebe olakšanje što Enco nije učestvovao u borbama; predosećanje nadolazeće nesreće koje ju je danima držalo napokon se raspršilo.

Te noći je otišla u njegovu sobu. Srećom, u zalihama koje su prošlog meseca spuštene padobranom bilo je i onoga što je Enco nazvao „francuskim pismima", te se nije plašila da će zatrudneti. Da je bar Ralf preuzeo mere predostrožnosti i više mislio na Adelu, njena sestra ne bi bila u tom položaju, razmišljala je.

Enco je vodio ljubav s njom s nekom skoro očajničkom silinom, izdižući se na ruke i gledajući je pravo u oči dok su se zajedno njihali. Posle toga ju je pomilovao po obrazu i duboko uzdahnuo.

– Šta te muči, *amore*? – upitala je.

– Sad kad se rat završava, uskoro ću morati da se javim britan-
skim vlastima kao odbegli ratni zarobljenik.

– Da li te to uznemiruje?

– Naravno, ljubavi. Poslaće me kući u Englesku. Ne znam kad
ću moći da se vratim ovamo.

Srce joj je poskočilo. – Želiš li da se vratiš?

Iznenađenje mu je sevnulo u očima. – Mislio sam da znaš da
te ne mogu ostaviti. Volim te i želim s tobom da provedem ostatak
života.

– Nikad nisi rekao...

Ali naravno, Đina je znala zašto te reči nisu izgovorene. Rat lako
može da razveje nečije nade i snove. Dovoljno je bilo da pogleda u
svoju sestru da bi to znala.

– Izvini, ljubavi – rekao joj je trenutak kasnije. – Trebalo je to
da razjasnim. – Poljubio ju je u usne. – Hoćeš li se udati za mene,
Đina, čim ponovo postanem civil? Obećavam da ću te voleti i štititi
do kraja života.

Bujanje sreće u njenim grudima bilo je stari, zaboravljeni osećaj,
koji kao da je raspršio teret sveta oko njih. – Da. Da. Da! – Poljubila
ga je, suze radosnice slivale su joj se niz lice.

Đina i Enco su narednu nedelju proveli u neizvesnosti. U Varci
je stigla vest da je Musolinija i njegovu ljubavnicu, koji su se za-
putili u Švajcarsku pod pratnjom nemačke kolone oklopnih vozila,
zarobila partizanska patrola, da su ih ustrelili i obesili naglavačke
o kuke za meso. U Varciju je nastalo slavlje, ali i dalje nije bilo vesti
o Fjorentiniju.

U međuvremenu, prešavši na desnu obalu Poa, britanske sna-
ge su napredovale ka severu i severoistoku u pravcu Venecije i Tr-
sta. Divizije američke Pete armije krenule su ka Milanu, a njihovi
„bufalo vojnici"[17] brzo su se kretali duž ligurske obale ka Đenovi.
Brzo napredovanje Saveznika ka Torinu iznenadilo je nemačko-ita-
lijansku Ligursku armiju, dovevši do njenog pada. Između 26. aprila

---

[17] Američke jedinice sastavljene isključivo od Afroamerikanaca. (Prim. prev.)

i 1. maja vodile su se borbe koje su dovele do predaje 148. nemačke pešadijske divizije, obeleživši kraj sukoba na tlu Italije, kao i kraj Italijanske Socijalne Republike.

Rat u Italiji je okončan... ali za Đinu i Enca ne sasvim. Ostalo je pitanje Fjorentinija. Napokon je stigla vest koju su iščekivali: gnusni fašista je pronađen. Najpre se krio u nemačkoj oklopnoj koloni, kao što je to Musolini uradio. Dok je pokušavao da pređe Po, Fjorentinija su prepoznali i jedva je izbegao linč. Da bi ga zaštitili od gneva meštana, stavili su ga u drveni kavez, pa na otvorenu prikolicu kamiona i vozili ga iz grada u grad, gde su ga žitelji koje je mučio vređali, pljuvali i zahtevali da ga odmah obese.

Ali partizanske vođe su odlučile da neće biti nasumičnog pogubljenja Fjorentinija; sudiće mu „narodni sud", a suđenje će se održati u Varciju, gradu koji je najviše propatio zbog njegovih gnusnih zločina. Đina i Enco su dobili pozivnicu za taj događaj. Nikako nisu ni mogli ni hteli da je odbiju.

Trećeg maja ujutru, Đina je ostavila Adelu na staranje sinjori Galo pa otišla sa Encom na glavni trg. Dah joj je zastao dok je rulja izvikivala pretnje i psovke, besno nasrćući na kamion parkiran ispred gradske većnice. – Smrt ubici! – urlali su.

Đina je držala Enca za ruku. Fjorentiniju su ručni zglobovi bili vezani konopcem jedan za drugi, a kraj konopca je bio pričvršćen za šipku postavljenu popreko preko prikolice. Dok je ranije bio visok i ponosan, sad kao da je ostario preko noći i izgledao je kao usukani starac raščupane i tanke sede kose i modrih masnica na licu.

Đina je iskolačila oči. Među partizanima koji su čuvali Fjorentinija, osim Karmen, Stefana i Libera, bio je i Roso, oslanjao se na štaku, jedna nogavica mu je lelujala na vetru. Jednako lep bio je i pogled na don Rina, koji je stajao pored zarobljenika. Đini je srce bilo puno pri pogledu na takvo milosrđe usred sveg tog užasa. Znala je da su stotine partizana oslobođene, ali niko joj nije rekao da su Roso i don Rino među njima.

Enco ju je uhvatio za ruku. – Budi uz mene, ljubavi.

Poslušala ga je, te su se probili kroz gužvu. Rulja se prozlila, kao čopor izgladnelih pasa koji laju na lisicu u zamci. Tražili su krv. Bilo je to razumljivo. Godinama su bili ugnjetavani, ponižavani, maltretirani i zastrašivani. Za sve to vreme mržnja se gnojila, ključala i previrala – a sad je prekipela u povicima kojima su zahtevali osvetu.

Đina je čula kako neko doziva Enca. Bio je to Roso, koji je sišao s kamiona i razgovarao s nabijenim muškarcem u britanskoj uniformi. *Odakle se, dođavola, on stvorio?* Enco je prišao Rosu i zagrlili su se. Pošto je porazgovarao na engleskom sa strancem, Enco je rekao Rosu da je taj čovek oficir koji se spustio padobranom u tu oblast kao prethodnica. Oficir je osećao da je njegova odgovornost da sprovede Fjorentinija do oficira savezničkih snaga, koje će tokom narednih nekoliko dana zauzeti tu teritoriju.

– Vidiš ovo – zarežao je Roso, pokazavši na lelujavu nogavicu pantalona. – Kaži mu, Enco... i kaži mu da Fjorentinija prepusti nama.

Enco je razgovarao s nabijenim čovekom, zatim preveo razgovor na italijanski. – Ovaj čovek traži Fjorentinija samo zbog svireposti koje je počinio. – Enco je nastavio saževši Fjorentinijeve zločine i udovoljivši oficirovoj radoznalosti u pogledu svog prisustva tu.

– Ne želite da pokušate da spasete ovom čoveku život, ili bar da garantujete zvanično suđenje za ratne zločine? – upitao je oficir, pogledavši u sad utihnulo mnoštvo.

Enco je odmahnuo glavom.

Svi pogledi bili su uprti u oficira. Đina ni na sekund nije verovala da će se on suprotstaviti Encu.

– Vrlo dobro – rekao je oficir. – Onda mogu i da odem u Vogeru. Vi ste očigledno sposobni da procenite okolnosti daleko bolje nego što bih ja ikad mogao. Srećno.

Suđenje Fjorentiniju održano je na balkonu gradske većnice izrešetane minobacačkom vatrom. Roso i don Rino su stajali uz fašistu, dok je čovek kojeg Đina nije poznavala čitao naoko beskonačan spisak optužbi. Dok je čitao, čuo se nestrpljivi žamor među okupljenima, a čak se i Fjorentini uzvrpoljio. Naposletku je stigao do kraja spiska, a Roso je proglasio Fjorentinija krivim osudivši ga na smrt streljanjem.

Procedura je ubrzana. Đinu su podigli na kamion, između Enca i Rosa, s Fjorentinijem i don Rinom pored njih. Partizani su sad pohrlili u Varci i stajali su uz kolovoz dok je vozilo odlazilo sa trga. Sporo su napredovali zbog mnoštva ljudi koji su hteli poslednji put da pogledaju omraženog neprijatelja. Kolona se probijala ka obližnjem putu gde je Fjorentini ustrelio tri partizana u znak odmazde, pre nego što su Đina i Enco stigli u Kastanjolu.

Na predviđenom mestu, Fjorentini je spušten s kamiona. Ruku i dalje vezanih na leđima, hodao je tamo-amo travnatim obodom gde je don Rino čuo njegovu poslednju ispovest. Fjorentini se onda okrenuo ka partizanima i naglas rekao: – Pogrešio sam... A ono što će me zadesiti potpuno sam zaslužio.

Vika se razlegla iz mnoštva. Roso je dao Encu uputstva za odabir streljačkog voda. Fjorentiniju su ponudili poslednju cigaretu. Roso se oslonio na dršku štake nalik onoj na lopati, pomerajući ruku duž remena svog šmajsera dok Fjorentini nije završio cigaretu. – Pucajte mu u leđa – naredio je Roso.

Prvi put je fašistički pukovnik ispoljio neko osećanje. Očigledno užasnut, okrenuo se ka don Rinu. – Preklinjem vas. Ubedite ih da mi pucaju u grudi.

Sveštenik je preneo molbu, a Roso je nevoljno klimnuo glavom.

Očigledno ohrabren uspehom svoje molbe, Fjorentini je uzviknuo: – Dozvolite mi da naredim svoje pogubljenje.

– Ne – zarežao je Roso. – To bi bilo previše.

Don Rino se raspravljao s njim, ali Roso je bio tvrdoglav.

– Ono što on želi je sasvim prikladno – intervenisao je Enco.

Nastao je tajac, a onda je Roso kratko klimnuo glavom.

Pre nego što je partizanski komandant mogao da se predomisli, Fjorentini je uzviknuo: – Vod! – Zatim: – *Pronto* – privukavši pažnju streljačkog voda. Načas je zastao kad mu je dozvoljeno da otkopča borbenu uniformu i otkrije grudi. Ispravio se, na sekund mu je lice zasjalo spokojem. – *Viva l'Italia!* Pali!

Oružje u rukama partizana zaštektalo je oživevši. Đini je pripalo muka te se okrenula – nije mogla da gleda. Kad je bilo gotovo, bacila je tužan pogled na telo izrešetano mecima. Nije sumnjala u ispravnost presude – Fjorentini je bio ubica – ali nije mogla da ne poželi da nije bila tu da gleda njeno izvršenje. To ju je strašno rastu-žilo i bila je zahvalna što je sukob, sa svim ubijanjima u podeljenoj zemlji, priveden kraju.

30.

1945.

Pred Encovu poslednju noć u Varciju, tetka Marija je priredila oproštajnu večeru u Mosagu, na koju su pozvani njegovi najbliži prijatelji. Tri dana ranije dobio je poruku od britanskog oficira koji se pojavio pred Fjorentinijevo pogubljenje, u kojoj mu objašnjava da svi odbegli ratni zarobljenici moraju da se jave komandi u Milanu. Sad kad su vozovi ponovo saobraćali, Enco nije mogao naći opravdan izgovor da ostane.

Đina je sedela pored njega za velikim kuhinjskim stolom; užasavala se sutrašnjeg oproštaja na stanici – biće to kao da gubi deo svoje duše. Jedina uteha bilo joj je pismo koje je tog jutra primila od majke. Izgleda da su Đininoj poruci bile potrebne dve nedelje da stigne u Portofino. Slomljena vešću o Adelinom stanju, ipak je osetila olakšanje što su joj obe ćerke bezbedne, te je planirala da doputuje u Varci, a da pre toga pošalje telegram s danom i vremenom svog dolaska.

Roso je podigao čašu s vinom i predložio da nazdrave Encu. – *Grazie per tutto quello che hai fatto per noi.*[18] – Čaše su zvecnule, oko stola se razlegao uzvik: – *Viva Enzo!* – Đina se divila Rosu. S lakoćom prihvativši svoju slabost, odbio je da mu nameste protezu i nije želeo da kači nogavicu pantalona za gornji deo. Lelujala je na vetru postavši simbol dana okupacije, partizanskog otpora i fašističkih preterivanja. Roso je koristio samo jednu štaku, malo kraću od visine kuka i sa žarom je mahao njome. Bio je tek u ranim

---

[18] It.: Hvala na svemu što si učinio za nas. (Prim. prev.)

dvadesetim, kao Enco, ali ispoljavao je veliku zrelost. Kao svi oni, Đina je pretpostavljala. *To dolazi sa iskustvom...*

Osmehnula se don Rinu, koji je sedeo u čelu stola uživajući u testenini i čorbastom pasulju. Prošle nedelje je došao da poseti Adelu i blagoslovio je načinivši joj znak krsta na čelu. Đina je odgajana u veri i držala se nade koju joj je ulivala vera u Boga. Don Rinova briga za svoje parohijane duboko ju je dirnula; podsticao ih je da izbiju iz glave svaku pomisao na osvetu fašistima ili onima koji su sarađivali s neprijateljem. Ali Varci je vrio netrpeljivošću i bilo je očigledno da je vlast u rukama naroda, a ne u rukama savezničke vojne vlade. Đina je strahovala da bi svakog trenutka moglo da dođe do odmazdi i krvoprolića koje bi preplavilo grad. Kako bi volela da Enco ne mora da ode. Varciju je bio potreban njegov hladnokrvan, smiren i pribran uticaj.

Posle večere, boca grape kružila je oko stola dok su punili čaše.
– Dobar je osećaj što više ne moramo da krijemo svoj pravi identitet – rekla je Karmen. – Ali Stefano želi i dalje da me zove Karmen. A meni se više sviđa Stefano nego Čezare. – Osmehnula se Đini. – Rekao mi je tvoje pravo ime i sviđa mi se. – Đina je podozrevala da je Stefano mesecima unazad otkrio svoje pravo ime, kao što je i ona otkrila svoje Encu.

Uskoro su svi počeli da otkrivaju krštena imena, te je Đina saznala da je Roso zapravo Antonio, a Libero – Flavio.

– Šta je s tobom, Enco? – Stefano je izvio obrvu. – Uvek sam se pitao zašto imaš italijansko ime...

– To mi je pravo ime, italijanska verzija – nasmejao se. – Enco je skraćeno od Vinčenco, zar ne? Engleska verzija je Vinsent. Kod kuće me zovu Vini.

Đina je umalo pala sa stolice. – Rekao si da ti je Enco pravo ime. – Frknula je.

– To je italijanska verzija. A na tom jeziku ovde razmišljam i govorim. – Posegnuo je ispod stola i stegao je za ruku. – Naći ću posao u Italiji kad se budem vratio. Provešću ceo život u ovoj zemlji i biću poznat kao Enco. – Zastao je. – Ništa drugo ne bih poželeo...

Kasnije su se pod zvezdanim nebom prošetali niz brdo do Varcija. Toplota poznog maja pretvorila se u prohladnu noć i Đini je bilo drago što ona i Enco hodaju zagrljeni. – Pretpostavljam da si srećna što ćeš ponovo videti porodicu, *amore* – rekla mu je.

– Jesam. – Nakašljao se. – Ali ne radujem se što ću videti Margo.

To nije bilo prvi put da pominje devojku koju je ostavio u Šefildu. Kad su on i Đina počeli da spavaju zajedno, uverio ju je da on i Margo nisu vereni. – Verovatno je dosad upoznala nekog drugog.

Đina se pomolila da je on u pravu. – Malo sam zabrinuta. Mama će se zaprepastiti kad otkrije da je Adela trudna... – Promenila je temu.

– Hmmm. Šta misliš, kako će reagovati?

– Nemam pojma, da budem iskrena. Nisam to mogla da joj kažem kad sam joj pisala. To bi bilo previše posle saznanja o Adelinom stanju. – Đina je odmahnula glavom. – Saopštiću joj to obazrivo kad bude došla.

Kad su se vratili kod sinjore Galo, Đina je otišla da vidi kako je Adela. Pošto se uverila da njena sestra mirno spava, na vrhovima prstiju je otišla hodnikom u Encovu sobu.

Zatekla ga je kako je čeka iza vrata i ispreplela prste s njegovima. – Toliko toga smo prošli – rekla je pošto su se poljubili.

– Ako smo mogli to da preživimo, sve ćemo preživeti, ljubavi.

Suze su je pekle te je trepnula da ih otre. – Vrati mi se brzo, *tesoro*. Potreban si mi.

– I ti si meni potrebna, dušo. Mnogo.

Ponesena željom, Đina je uživala u svakom trenutku dok je Enco vodio ljubav s njom s takvom silinom da je pomislila da će se onesvestiti.

– Vratiću se što pre – obećao joj je Enco kasnije. – Onda ćemo biti zajedno do kraja života.

Ugnezdila se pored njega i udisala njegov mošusni miris. – Ti i ja, *amore*. Uvek i zauvek.

Mama je stigla nedelju dana posle Encovog odlaska. Đina ju je sačekala na stanici, pa dok ju je, ponevši njen kofer, vodila kod sinjore Galo, rekla joj je za Adelinu trudnoću pre nego što će joj ispričati šta se sve dogodilo. Majka je jecala dok su hodale jedna uz drugu. – *Madre di Dio* – jecala je. – Moje jadne, voljene ćerke.

Sinjora Galo je insistirala da njihova majka ostane tu; dala joj je nekadašnju Encovu sobu i samo je zamolila da podele troškove za račune. Sad kad više nije bila partizanka koju je podržavao CLN, Đina je takođe morala da doprinese. Srećom, majka je bila tu; Đina je planirala da skoro odmah potraži posao konobarice ili prodavačice.

Majka nije mogla da prikrije zaprepašćenje kad je videla Adelu s trudničkim stomakom kako sedi i igra se lutkom, i ne može da sastavi više od nekoliko reči. Ali Adela ju je odmah prepoznala, stala da ponavlja *mama, mama* i zagrlila je, a majka joj je uzvratila zagrljaj i poljubila je. – Sve će biti u redu, *tesoro*. Sad sam ovde da te pazim i pomognem da ti bude bolje.

– Kako je babo? – Đina je upitala kad je Adela nastavila da se igra lutkom.

– Laknulo mu je što ste obe bezbedne, ali zabrinut je za Adelu, naravno. – Majka je uhvatila Đinu za ruku. – To kroza šta ste obe prošle prevazilazi moju moć razumevanja...

Đina ju je stegla za prste. – Ima li vesti o Tomazu?

– Još je u Engleskoj, iako se molimo da se uskoro vrati.

Pošto su te večeri stavile Adelu na spavanje, sinjora Galo je nenametljivo ostavila Đinu samu s majkom. Razgovarale su o tome da li bi bilo pametno da odmah odvedu Adelu u Portofino. – To bi moglo naneti više štete nego koristi – rekla je majka, stisnuvši usne. – Previše je uspomena na tog Nemca. Može da ode kući posle porođaja.

Đinu je srce bolelo. Pokušala je da ne misli loše o Ralfu, ali nije mogla a da ne krivi „tog Nemca" za ono što se dogodilo njenoj sestri. Adela će biti neudata majka s posebnim potrebama. *Kako je to tragično!* Ali nije bilo ni govora o tome da je se porodica odrekne ili da je napusti. Živeće u kući s majkom i ocem čim to bude moglo da se izvede.

Đina je onda rekla majci za Enca. – Zaprosio me je i pristala sam.

Majčine oči su zasijale. – To je divno, *cara*. – Privukla je Đinu u srdačan zagrljaj. – Jedva čekam da ga upoznam.

Dan posle majčinog do.aska, Đina je otišla da traži posao. Išla je od jedne do druge proda/nice i od jedne do druge gostionice pitajući za posao, ali svugde je dobijala isti odgovor – nema ničeg na raspolaganju. Samo što je prešla preko glavnog trga, dočekao ju je ružan prizor. Grupa muškaraca vukla je ženu obrijane glave preko pločnika, cimajući je za uže koje joj je bilo vezano oko vrata, tukući je štapovima i vičući: „Kurvo!"

Đini je srce tuklo kad se zavukla u prodavnicu Karmeninih roditelja. Karmen je služila za tezgom. – Šta se događa? – Đina je pitala drhtavim glasom.

– Progone sve žene za koje otkriju da su imale nešto s Nemcima. – Karmen je iskrivila lice. – Bolje ti je da držiš Adelu u kući dok ne prođe gužva.

– Ali kako bi u Varciju mogli saznati za nju?

– Ovo je mali grad, *cara*. Ljudi ogovaraju. Bilo koji partizan s Peničea koji dođe ovamo mogao bi neočekivano da kaže nešto o Ralfu.

– *O Dio*. – Đini je bilo tuklo u ušima. – Nadam se da neće.

Otrčala je nazad kod gospođe Galo, dišući plitko i isprekidano. Kako da objasni svojoj sestri da više neće moći da idu u svakodnevne šetnje?

Adela je sedela s majkom u kuhinji. Sinjora je našla blok za crtanje i nekoliko bojica, koje je Adela dobro iskoristila. Ružičasti jezik provirivao joj je iz ugla usana dok je crtala detinje crteže farme sa životinjama u Mosagu i kikotala se za sebe.

Đina je uhvatila majčin pogled. – Moram nešto da ti kažem – prošaputala je.

Naredne nedelje, Đina i majka su držale Adelu kod kuće, odbacujući njeno ponavljanje reči „šetnja" izgovarajući se na vreme ili jednostavno govoreći da će ći kasnije.

Jedne tople junske večeri, prožete mirisom jasmina s puzavice iza prozora, Đina je bila u kuhinji, pomagala je majci da spremi

rižoto za večeru. Vrata su se otvorila i gospođa Galo je ušla u sobu.
– Gde je Adela? – upitala je.

– Zar nije s vama? – Đini je srce uplašeno zalupalo.

– Ne. Ostavila sam je kad sam pošla u toalet. Kad sam se vratila u dnevnu sobu, nije više bila tamo.

– Bolje da je potražimo – rekla je Đina majci. – Pretpostavljam da je otišla u prodavnicu Karmeninih roditelja. Antonela se uvek šali s njom...

Đina je uhvatila majku za ručni zglob pa je izvukla na nadsvođeni pločnik i ulicu koja vodi ka trgu. Hvala bogu, nije bilo ni traga onim groznim ljudima. Gurnula je vrata prodavnice i odahnula od olakšanja. Adela je sedela na stolici za tezgom, jedući jagode.

– *Tesoro* – rekla je Đina. – Tako si nas prepala.

– Jagode – rekla je Adela. Vapila je za njima; stalno ih je jela otkako im je počela sezona.

Majka je izvadila novčanik iz džepa kecelje. – Hvala vam što ste pazili na nju – rekla je Antoneli. – Dozvolite mi da vam platim voće.

– Smatrajte ga poklonom – rekla je Antonela. – Ali morate odmah otići. U ovom gradu tinja želja za osvetom, podstaknuta neznanjem i mržnjom.

– Odvešćemo Adelu kući – rekla je Đina, pomažući Adeli da ustane. – *Grazie.*

Zakoračile su na zasvođeni pločnik ulice koja je vodila od trga. Đini se zaledila krv u žilama. Visok, tamnokos čovek u grupi od njih šestorice, kezio se. – Koja od vas je kurva?

– Ne znam o čemu govorite. – Đina je isturila bradu.

Visoki muškarac se nakašljao pa je pljunuo. Pljuvačka joj je završila na obrazu, a ona ju je obrisala nadlanicom.

Majka je zacvilela, a Adela se rasplakala.

Đina je odlučno stajala; nije im mogla dozvoliti da dohvate njenu sestru.

Visoki muškarac je pogledao nju pa Adelu, a onda ponovo nju. – Koja od vas se kurvala s Nemcem? Koja je od vas devojka iz Portofina?

– Ja... to sam bila ja – rekla je Đina odlučno. – Molim te, pusti moju sestru i majku da odu. One su nedužne. – Taj čovek očigledno nije čuo da je Adela zatrudnela s Ralfom, ili bi je prepoznao po stomaku.

– Odlično, one mogu da idu. Ali ti – uneo joj se u lice, od njegovog zadaha iz usta zanemela je – ti, *stronza*, moraš platiti za svoj zločin. – Prikovao joj je ruke za leđa.

Majka je pružila ruku ka tom čoveku, udarala ga pesnicama, zatim zaplakala kad ju je oborio na pločnik.

– Odlazi ili ćemo vas sve tri odvesti – zarežao je.

Đina je molila majku, srce ju je bolelo dok je Adela jecala pored srušene majke: –Idi, mama, molim te. Ja ću se uskoro vratiti.

Đina je sačekala da se majka i Adela udalje. Onda je počela da se otima, pokušavajući da se oslobodi iz čovekovog stiska. Oslobodila je jednu ruku i zarila mu nokte u obraz.

– *Aiutatemi*, pomozite mi – zarežao je na ostale.

Đinu su sad držali i drugi muškarci, ali ona je i dalje pokušavala da se otme. Ujedala ih je za ruke, šutirala u potkolenice i vikala iz sveg glasa. Neko će je sigurno čuti. Ali ne, niko se nije usudio da joj pomogne.

Jedan od muškaraca provukao joj je prste kroz kosu pa joj cimnuo glavu unazad. Pojavile su se makaze, ogolili su joj lobanju. Toliko se otimala da su je sečiva posekla, te je jecala od bola.

Oko vrata su joj vezali kanap, bezdušno gledajući kako joj se suze slivaju niz obraze.

Šamari su joj pljuštali po licu, pesnice po grudima, grudnom košu, stomaku. – *Bastardi* – dreknula je kroz stisnute zube. – Vi ste proklete kukavice koje napadaju bespomoćnu ženu. – O, kako je želela da je ponela revolver koji joj je Enco dao. Ali predala ga je zajedno sa šmajserom pošto su se partizani povukli pred Saveznicima.

– A ti si, *bastarda*, osramotila Italiju – rugao joj se visoki muškarac. Okrenuo se svojim kompanjonima. – Šta da radimo s njom, drugovi?

Ponovo su je šutirali u noge, te je pala na pločnik.

Zgrabili su je za ruke i noge.

Raščerečili su je kao morsku zvezdu.

O, Gesu bambino, no.[19] Nemoguće da se ovo događa. Vrisnula je.

Visoki muškarac joj je stavio ruku preko usta.

---

[19] It.: O, mali Hriste, ne. (Prim. prev.)

Zarila je zube u njegov dlan.

– *Stronza!* – zarežao je i silovito je udario po licu.

Đina je odvratila pogled od njega.

Drugi čovek se približavao s vinskom bocom.

Šta, dođavola?

Dao ju je visokom muškarcu.

O dragi bože, ne.

– Držite je – promumlao je visoki čovek, posegnuvši za pojasom Đininih gaćica.

Hladno staklo su gurnuli u nju. Završtala je od bola. *Umreću,* pomislila je. Pokušala je ponovo da vrišti, ali nije imala glasa. Tama. Samo tama. I više ništa nije znala.

31.

1945.

– Stiglo ti je pismo iz Engleske – majka je ušla u dnevnu sobu gospođe Galo. – To bi trebalo da te razvedri.

Đina se usiljeno osmehnula. Majka ju je namerno hrabrila, kao da se ništa nije desilo, otkako se Đini povratila svest mesec dana ranije pod budnim okom sestre Natalije. Doktor Renconi joj je ušio rascepan perineum i dao joj nekoliko injekcija penicilina pre nego što ju je otpustio. Kad se vratila kod gospođe Galo, Đina je pokušala da se usredsredi na ono dobro: preživela je; majka i Adela su bile bezbedne. Ali koliko god da se trudila, nije mogla da se oslobodi tame koja ju je obuzela. Čak ni to što je čula da su te hulje uhapšene kad su uhvaćene prilikom još jednog napada, čak ni don Rinove česte posete nisu mogle da razvedre njeno sumorno raspoloženje. Sakrila je osećanja i nije ni suzu pustila od napada.

– Hvala, mama. – Đina je sa užasom u srcu posegla za pismom. Sad joj je još samo trebalo da otkrije da je Enco ponovo s Margo i da je odlučio da ostatak života provede s njom.

Otvorila je kovertu poderavši jedan kraj pa počela da čita. Zaustavila se pa ponovo pročitala. Jedva je mogla da uhvati za glavu i za rep Encovo pisanje na italijanskom. Naravno, on nikad ranije nije pisao na tom jeziku, samo ga je govorio.

Mukotrpno se probijala kroz njegovo zbrkano pisanije. Enco je iz Milana odleteo za Napulj, gde su ga zadržali u tranzitnom logoru podno Vezuva. Tamo je prošao kroz niz ispitivanja – dok mu je sve vreme Đina toliko nedostajala da je očajavao od čežnje za njom. Sve mu je izgledalo nestvarno, naročito razgovor na engleskom posle toliko vremena. Da bude još gore, meštani, koji su uglavnom govorili samo napolitanskim dijalektom, nisu ga razumeli; govorili su mu da se u njegovom italijanskom oseća snažan uticaj ligurskog narečja.

Na kraju mu je naređeno da se javi na RMS[20] *Carica Škotske* – bio je još jedno vojno lice među hiljadama njih poslatih kući. Pristali su u Liverpulu tek pre tri nedelje. Enco je uhvatio voz za Gosport i javio se na HMS[21] *Delfin*, brod za podršku podmornicama. Saznao je za proces demobilizacije, koja još nije počela, i mogli bi proći meseci dok se ne okonča. U međuvremenu je dobio odsustvo te je otišao kući u Šefild.

Đini je srce treperilo dok je tumačila naredni deo pisma. Dah joj je zastao, a zatim se opustila. Margo je upoznala nekog drugog dok je Enco bio u Italiji. Srećno je udata i čeka dete. Enco je pisao o dirljivom susretu s roditeljima, sestrom Beti i bratom Daglasom. Pismo je završio podsećajući Đinu koliko je voli i da jedva čeka da se vrati civilnom životu i doputuje u Italiju da bude s njom. Moli je da mu u međuvremenu piše. To neće biti isto kao da je drži u naručju, ali biće bolje nego ništa.

Bilo je to kao da je pukla brana na Đininim potiskivanim osećanjima. Zajecala je, plačući od čežnje za Encom i zbog bola koji su joj naneli oni muškarci. Majka ju je obavila u topao zagrljaj, tapšući je po leđima i tešeći je. – Plači, kćeri moja, isplači svoj bol, oslobodi ga se čistotom svojih suza.

Đina je odmah odgovorila Encu – tako je osećala da mu je bliže i nije joj previše nedostajao. Izostavila je priču o napadu; ispričaće mu kad ga bude videla. Znajući Enca, bila je sigurna da bi pobesneo zbog onog što se dogodilo, uznemiren što ne može lično da je uteši i nemoćan jer mora da čeka demobilizaciju da bi mogao da dođe u Italiju.

Zato je, umesto toga, pričala o napretku Adeline trudnoće. Njena sestra je čekala blizance i verovatno će se poroditi pre termina, sudeći po rečima doktora Renconija. To što su dve bebe bile na putu, majku nije nimalo zapanjilo. Ona i njena sestra bile su bliznakinje

---

[20] Engl.: *Royal Mail Ship* – brod Kraljevske pošte. (Prim. prev.)
[21] Engl.: *His Majesty's Ship* – brod Njegovog veličanstva. (Prim. prev.)

– blizanaca je bilo u porodici, ali nisu bili identični. Adeline i Đinine istovetne crte lica bile su iznenađenje za sve.

Đina je napisala Encu i da se Stefano i Karmen venčavaju iduće nedelje. Želeli su da Enco bude na venčanju, ali Karmen je zatrudnela, te su odlučili da ne čekaju.

Đina je spustila olovku uzdahnuvši. Toliko beba na putu. Znak nade u budućnost, ako je uopšte ima. Shvatila je da žudi da i ona i Enco imaju dete.

Adela je dobila trudove krajem avgusta, kad joj je i bio termin. Đina, majka i sinjora Galo učinile su sve da je pripreme. Temeljno su sredile Adelinu sobu – Đina je sad delila sobu s majkom – i isekle i porubile pamučne krpe da posluže kao pelene. Sašile su i benkice za bebe. Adeli su rekli da će dobiti blizance i činilo se da je razumela. Sate je provodila sedeći u dnevnoj sobi, milujući ogroman stomak, ljubak osmeh titrao joj je na usnama. Đinu je podsetila na fotografiju koju je jednom videla – fotografiju slike trudne Bogorodice Pjera dela Frančeske.

Tog popodneva, Đina i mama su odvele Adelu u uobičajenu šetnju do trga kad se ona iznenada presamitila i vrisnula, očigledno trpeći bol. Mlaz bledožute tečnosti potekao joj je niz noge. Uspele su da je odvedu kući, a sinjora Galo ih je brzo uvela unutra. – Idem po babicu – rekla je, dodirnuvši Adelu po ramenu.

Đina i majka su uvele Adelu u kuhinju. Iako je bilo toplo, Adela je drhtala, te su joj prebacile šal preko ramena. – Stižu bebe – rekla joj je majka. – Ali neće odmah stići. Moglo bi potrajati satima...

Adela je cvilela. Da li je razumela? Onda je zarežala kad ju je stomak zaboleo od kontrakcije. – Neka prestane – cvilela je.

– Ne može da prestane, *tesoro*. – Đina joj je gladila vlažnu kosu sklanjajući je sa čela. – Molim te, pokušaj da se ne plašiš. Mama i ja ćemo ti pomoći da prođeš kroz ovo.

Sinjora Galo se vratila s babicom Linom, suvonjavom sedokosom ženom koja je donela na svet stotine beba, i koja je nadgledala Adelinu trudnoću. – Lina mi je pomogla da donesem i sina i ćerku na svet – umirivala je sinjora Galo Đinu i njenu majku, kad ih je upoznala s babicom. – Adela će biti u dobrim rukama.

Lina je odmah krenula u akciju. – Donesite mi čiste čaršave. Prostrite jedan preko kuhinjskog stola i podignite Adelu da bih proverila koliko je otvorena.

Đina i majka su poslušale Linu. Bilo je uobičajeno da se žene porađaju na kuhinjskom stolu, kako se kreveti ne bi uprljali, sećala se Đina.

– Još malo je ostalo – objavila je Lina.

Celo veče i dobrim delom noći pomagale su Adeli da prođe kroz trudove, vodajući je po kuhinji između kontrakcija, dajući joj da pije, i da jede male zalogaje hleba i sira. Adela je očigledno bila prestravljena i to je bilo jedino što je moglo da je umiri. Konačno, nakon ko zna koje po redu provere, Lina je rekla: – Blizu je. Stavite vodu da se kuva. Sad ću je poroditi.

Pomogli su Adeli, koja je jecala da se ponovo popne na kuhinjski sto, a Đina i majka su je uhvatile za ruke, stojeći pored nje i ohrabrujući je.

Ali porođaj je sporo napredovao. Činilo se da je prošla večnost pre nego što je došlo vreme da se Adela napne. Đinu je srce bolelo zbog sestre; bila je potpuno iscrpljena. Čak je prestala i da plače, koliko je bila umorna.

Napokon se ukazala glava prve bebe. – Napni se, *tesoro*, napni se – podsticala ju je Đina. – *Brava*. Dobro ti ide. Tako sam ponosna na tebe.

Lina je podigla novorođenče. – Devojčica. – Lina se osmehnula. Presekla je pupčanu vrpcu, temeljno pregledala dete, rekla da je savršeno zdravo, umotala ga u krpe pa spustila Adeli na grudi.

Adelino pepeljasto lice poprimilo je blaženi izraz, te je Đinu ponovo podsetila na Bogorodicu. – *Speranza*, Houp[22] – prošaputala je Adela.

– Divna je. Jel' tako želiš da je nazoveš? – upitala je Đina.

Adela je klimnula glavom pa zažmurila.

Telo joj je odjednom klonulo.

Đinu je umalo izdalo srce kad je jedva stigla da uzme dete iz Adelinih mlitavih ruku. Nešto je pošlo po zlu.

---

[22] It./engl.: nada. (Prim. prev.)

– Ovo nije dobro – uzviknula je Lina. – Molim vas, gospođo Galo, otrčite po doktora Renconija. – Lina je obuhvatila Adeli stomak rukama. Placenta i krv curili su Adeli između nogu.

Adela se onesvestila upravo kad je druga beba, majušan dečačić, skliznula iz nje, bleda i beživotna.

Majka je zakukala prizivajući Boga, Hrista i Bogorodicu. Prstima je stezala brojanicu, zglavci su joj pobeleli koliko je stezala zrna.

Lina je brzo radila, presekla je pupčanu vrpcu, zatim dala mrtvo novorođenče majci, da ga očisti i povije.

Čaršavi su pocrveneli. *O Dio*, Adela je iskrvarila. Đini je pripalo muka; nije mogla da veruje da se to događa.

Lina je dugim prstima čeprkala po Adelinom stomaku, očajnički pokušavajući da joj izmasira matericu. – Mora da se zgrči da bi prestalo krvarenje – objasnila je. Nastavila je da masira oko dvadeset minuta, dok nije stigao doktor Renconi, a majka je za to vreme plakala i ljuljala mrtvorođenče u naručju.

Nema i hladna od šoka, ukopana u mestu, Đina je držala bebu Houp i molila se.

– Ne mogu ništa da uradim – rekao je doktor pošto je pregledao Adelu. – Otišla je. Mnogo mi je žao.

Majka je vrisnula od očajanja.

Đina je ljuljala u naručju Houp, koja je tiho plakala, a suze su joj se slivale niz lice. Tiho je umirivala savršenu devojčicu, prinevši je svojim usnama. Poljubila je njen topao obraz i rekla: – Ja ću se brinuti o tebi, *tesoro*. Za moju sestru, koju sam celog života volela. A voleću i tebe, Houp. Obećavam. Voleću te do kraja života.

32.

1970.

Đina se iskobeljala ispod čaršava pa posegnula za Adelinim dnevnikom u fioci noćnog stočića. Srce ju je bolelo od tuge, te ga je privila na grudi kao što je prvi put privila malu Houp, pre skoro dvadeset pet godina.

Setila se koliko su tužni bili dani nakon Adeline smrti, suze su joj peckale oči. Don Rino je odmah došao da se pomoli za Adelu i njenog mrtvorođenog sina, dok su Đina i majka plakale i izgovarale „Ave Marija" uz brojanicu. Babo je doputovao iz Portofina na sahranu, na taj potresan događaj. Dečaku su posthumno dali ime Lorenco, po Adelinom ocu, i sahranili ga sa Adelom na groblju u Varciju. Babo nije mogao dugo da ostane – morao je da radi. Gorko je žalio što nije imao priliku da se pomiri sa Adelom, i što je otišla u grob verujući da je se odrekao.

Kad je Vini stigao u Varci, nedelju dana nakon Adeline sahrane, Đina mu je predložila da usvoje Houp, a on je bez oklevanja pristao. Majka je svim srcem bila za to; videla je koliko Đina voli to dete, koliko je slomljena bila zbog onog što se desilo njenoj sestri bliznakinji.

Ali Đina je potom saznala da u Italiji samo bračni parovi mogu da usvoje dete. Iako su Vini i Đina bili vereni, morali su da čekaju dokumenta iz britanskog konzulata u Đenovi, da bi mogli da se venčaju, budući da Vini nije Italijan. Uza sve posleratne potrese, to je moglo da potraje mesecima. Očajna, Đina je predložila da odu u gradsku većnicu i prijave Houp kao svoju. Sve što je trebalo da uradi, bilo je da usmeno izjavi da je ona Houpina majka i da je Vini njen otac. On nije morao lažno da se zaklinje, morala je samo ona.

Vini se pobunio protiv toga. – Ništa dobro neće proisteći iz toga – upozorio ju je. Ali Đina nije popuštala i malo-pomalo ubedila ga je. Osim toga, on je zavoleo bebu koliko i ona, i želeo je da bude Houpin otac.

Tako je počela ta obmana. S godinama, Đina se mnogo puta branila u svom srcu, pravdajući svoj čin time što su želeli najbolje. Zakopala je istinu, ali laž se gnojila. Kad je stigla u Portofino, nešto što je toliko dugo izbegavala zato što je znala da će je naterati da se suoči s bolnom prošlošću naposletku ju je nateralo da shvati da je možda pogrešila. Ona i Vini su mogli da sačekaju da usvoje Houp. Niko im je ne bi oduzeo. Njen izgovor je bio da je imala samo devetnaest godina i da je upravo prošla kroz strašnu traumu – ne samo da je izgubila voljenu sestru već je patila i zbog strašnog napada koji je doživela.

Razmišljala je o mesecima tokom kojih su ona i Vini živeli u Varciju. Venčali su se nedugo nakon Vinijevog dvadeset drugog rođendana, početkom novembra 1945. Dotad su potrošili njegovu ušteđevinu. Nije mogao da nađe posao; zemlja je velikim delom bila razrušena i pod okupacijom Saveznika. Italijanski radnici su imali pravo prvenstva nad nekvalifikovanim Englezom – koji nije mogao kako treba da čita i piše italijanski. Vinina sestra Beti pisala je i rekla da je počela da radi za pivaru, ponudivši da mu pomogne da nađe posao. Vini je preko konzulata stavio Đinu i Houp na svoj pasoš, pošto se Đina složila da bi preseljenje u Englesku bilo najbolji izlaz iz teškoća.

Isprva su živeli u Šefildu. Vinijevi roditelji srdačno su primili Đinu u porodicu i pomogli joj da se navikne na nov život. Vini se dobro pokazao na poslu, te mu se pružila prilika da iduće godine otvori pab u Londonu. „Izlaz iz teškoća“ ispao je mnogo bolji nego što se Đina nadala. Houp je bila divno, nimalo naporno dete. Postala je naporna tek kad je potpala pod uticaj takozvanih raskalašnih šezdesetih – seksa, droge i rokenrola.

Teško uzdahnuvši, Đina je pogledala koliko je sati. Bilo je dva posle ponoći, a Houp se još nije vratila iz izlaska. *Gde je, dođavola?*

* * *

Posle besane noći, u kojoj je bezuspešno osluškivala da li će se Houp pojaviti, Đina se presvukla u šorts i majicu pa otišla u kuhinju.

– *Buongiorno.* – Majka joj je sipala kafu.

– *Buongiorno.* – Đina je osećala napetost u telu. – Houp se još nije vratila... Brinem se za nju.

Majka joj je spustila ruku na mišicu. – Biće dobro s Kurtom...

Đina je zaustila da odgovori, kad su se vrata otvorila, a Houp dolelujala u kuhinju. – 'Jutro. – Neodoljivo se osmehivala. – Zdravo, mama. Žao mi je što nisam naišla na tebe juče kad sam došla da se presvučem. Tako sam uživala na ronjenju. To je kao raj pod vodom. Toliko različitih boja riba, sunđera i korala. Svidelo mi se.

Đina je zadrhtala od iznenadnog besa. – Gde si bila celu noć?

– S Kurtom, naravno. – Houp je slegnula ramenima. – Razgovarali smo i... – Prepredeno se osmehnula. – Telefonirala bih da ti kažem da ću provesti noć s njim, ali... pa, jedno je vodilo drugom, a onda je bilo previše kasno. Nisam htela da te budim.

– Nisam ni trenula od brige za tebe – brecnula se Đina.

– Dobro, mama. Tako si napeta.

– S razlogom. Nemoguća si.

– Ne tako nemoguća kao ti. Ponekad pomislim da me mrziš.

– Ja? Mrzim tebe? – Đinin glas je postao piskav. – Brinem se za tebe zato što te volim.

– Gušiš me – uzviknula je Houp. – Hoćeš da me pretvoriš u nešto što nisam. Ja sam Houp, mama. Nisam Đina broj dva.

– Šta se događa? – uzdahnula je majka. – Zašto vičete jedna na drugu?

Houp se obratila noni na italijanskom. – Mama se uporno trudi da budem kao ona. Ja sam potpuno drugačija.

– Ti si kao Adela – nona je uzdahnula. – Đinina sestra.

– Šta?! – Houp se sručila na stolicu. – Mama je imala sestru?

Đina je osetila mučninu i vrtoglavicu; znala je šta se sprema. Sela je za sto, obuhvativši šolju s kafom da bi umirila ruke, dok se Houp mrštila na nju.

Majka je prišla kuhinjskom ormariću i otvorila fioku. Uzela je uramljenu fotografiju Đine i Adele, snimljenu na njihov šesnaesti rođendan. – Bile su bliznakinje. Identične po izgledu, ali različite po naravi. Adela je bila slobodnog duha, a ti si kao ona.

Houp je zurila u fotografiju. – Šta joj se dogodilo? Zašto ste je krili?

Majka im se pridružila za stolom pa uhvatila Đinu za ruku. – Vreme je – rekla je.

Đina je počela od početka i ispričala je kako je u osamnaestoj godini Adela otišla da radi za Nemce. Teško je bilo izgovoriti to naglas, prisećati se tih traumatičnih vremena. Đina je često zastajala da bi otrla suze iz očiju, dok je Houp slušala otvorenih usta, prekidajući je svaki čas radi objašnjenja.

Đina je došla do kraja priče. Do Houpinog rođenja. Nije bilo načina da izbegne to, iako je pokušala da to nežno saopšti Houp. – Adela je umrla na porođaju – rekla je, progutavši jecaj. – Ja sam te od tog trenutka podizala kao svoju.

Houp se ukočila, grleno zarežavši. – Kako je moguće da mi ti nisi prava majka?!

– Celog života si bila moja ćerka, ljubavi. Jeste da te nisam rodila, ali ti si mi ćerka u srcu. – Videla je Houpin besan izraz lica pa dodala: – Adela bi te mnogo volela, veruj mi. Ali sudbina nam ju je oduzela...

– Lagala si me. – Houp je ispljunula te reči. – Znala sam da sam rođena u Varciju. Na mojoj krštenici piše da ste mi ti i tata roditelji...

Đina joj je objasnila obmanu, i rekla da je to jedan od razloga što je krila istinu od nje.

– Gde je Adelin dnevnik? – upitala je majka. – Mislim da bi Houp pomoglo da ga pročita.

– U fioci mog noćnog stočića...

Majka je otišla po dnevnik, dok je Houp sevala pogledom u Đinu. – Sve vreme si imala dnevnik moje prave majke?

– Ne, dušo. Nona ga je našla tek prošle nedelje, dok je spremala moju sobu. Objašnjava istinite okolnosti Adeline veze s tim Nemcem.

– Taj Nemac je moj otac. – Houp se lice zajapurilo, isturila je bradu. – I dalje ne verujem u sve ovo. Kao da sam Alisa koja je upala u zečju rupu.

Đina se nagnula preko stola da joj dodirne ruku.

Houp se trgla, izmakavši ruku. – Nemoj. Ne mogu. Jednostavno ne mogu...

– Razumem. – Đinu je izdao glas. – Volela bih da sam ti odavno rekla. Kad bih mogla da vratim vreme, rekla bih ti.

– Mislila si da nisam u stanju da prihvatim to? Da sam previše krhka? – Houp je izvila usne. – Čula sam tebe i tatu, ili treba da ga zovem čika Vini, kako šapućete o meni. Nikad niste imali poverenja u mene.

– To nije istina. – Ali još dok je izgovarala te reči, Đina je znala da izgovara još jednu laž.

Majka se vratila i pružila dnevnik Houp. – Evo ti.

Houp je uzela dnevnik od nje. Onda je, držeći ga bezmalo s poštovanjem, ustala od stola.

– Odlazim odavde. – Pošla je ka vratima. – Nemojte da me tražite. Mnogo sam besna na tebe i moram da razmislim...

Đina je provela prepodne uzrujana. Vini je telefonirao sa aerodroma da javi da je stigao – i da će uzeti prvi popodnevni voz za Rapalo, koji stiže odmah posle dva. Do Portofina će uzeti taksi, kao što su se dogovorili.

– Sačekaću te na parkingu, ljubavi. – Pošto je duboko udahnula da bi se smirila, Đina mu je rekla za Houp.

– O, dušo, mislio sam da smo se dogovorili da zajedno razgovaramo s njom.

– Duga priča. Objasniću ti kad budeš stigao.

Što je i uradila dok su prolazili pešačkim ulicama ka malom trgu.

S koferom u jednoj ruci, dok je drugu obavio Đini oko struka, Vini joj je rekao da se ne brine. – To je bio šok, grom iz vedra neba. Nije ni čudo što je Houp uznemirena. – Zastao je, a Đina ga je poljubila u obraz. – Šteta što se tvoja mama izlanula.

– To sam bila ja, *amore*. Ja sam izgubila prisebnost. Razbesnelo me je što je Houp ostala napolju celu noć.

– Ona je velika devojka. Treba da prihvatiš da je odrasla žena, sposobna da sama donosi svoje odluke.

– Da, dobro, znam da bi trebalo...

– Bila si sjajna majka. Siguran sam da će Houp to shvatiti kad se bude smirila.

Đina je zajecala.

Vini se zaustavio, okrenuo se i pogledao je. Spustio joj je ruke na obraze i otro joj suze. – Volim te, volim sve na tebi. I Houp te voli, znam to.

Đina je klimnula glavom – nije mogla da progovori jer bi se slomila.

Hodali su kejom, a Vini je zadivljeno gledao oko sebe. – Video sam slike Portofina, ali stvarnost je još lepša.

– Da smo ostali u Italiji, dovela bih te ovamo...

– Ne kaješ se?

– Ne. – Stegla ga je za mišicu. – Stigli smo. Ovo je Tomazov restoran. A tu su, pored njega, vrata naših stanova.

Povela ga je uza stepenice u stan. Dah joj je zastao od šoka. Houp je bila tu, sedela je na sofi s Kurtom, zajedno su gledali Adelin dnevnik i ćaskali s Đininom majkom.

Kurt je skočio na noge, a Houp ga je predstavila pre nego što se obisnula Viniju oko vrata. – Super što si došao, tata.

– Ja *jesam* tvoj tata. – Osmehnuo se. – A Đina ti je mama. I oboje te mnogo volimo, znaš to.

Majka se probila napred, glasno ljubeći Vinija u obraze, obraćajući mu se sa Enco.

– Enco? – Houp je izvila obrvu.

– Moje italijansko ime.

Svi su sedeli i s nelagodom zurili jedni u druge.

Houp je prekinula tišinu. – Kurt i ja smo dugo razgovarali. On je usvojen, što je slično mojoj situaciji. Roditelji su ga uzeli iz sirotišta posle rata... – Uzdahnula je. – Ali njega nisu lagali u vezi s tim.

Kurt se nakašljao. – Trebalo bi da pođem. Ovo je porodično okupljanje i osećam se kao uljez.

– Hvala ti što si doveo Houp kući. – Đini se on malčice svideo. – Nisi nikakav uljez.

– Ipak... Možda biste voleli svi da dođete sutra na moj brod? – Osmehnuo se Viniju. – Čuo sam da ste vi pomorac.

– Dobro si čuo. – Vini se nasmejao. – Voleli bismo, zar ne, Đina?

– A mama? – upitala je Đina.

Kurt je ponovio poziv Houpinoj noni, ali ona je odbila. – Ja ću uživati u mirnom danu posle svih ovih uzbuđenja.

Kasnije, kad je Kurt otišao, majka i Đina su na Vinijev predlog otišle u svoje sobe da se odmore, kako bi on mogao nasamo da razgovara s Houp.

Ali Đina nije mogla da se smiri. Kašljala je i prevrtala se brinući se da je spalila mostove s ćerkom, da joj Houp nikad neće oprostiti što je krila istinu.

Kad se otprilike sat kasnije vratila u dnevnu sobu, zatekla je Houp i Vinija i dalje zadubljene u razgovor, te je pošla nazad u sobu.

– Nemoj da ideš, mama. Tata mi je rekao mnogo više nego što si mi ti ispričala. Kako si se žrtvovala za svoju sestru i kako su te napali oni zlikovci. Rekao je da si mi spasla život. Da su napali Adelu, to bi bio kraj njene trudnoće.

Đina se na drhtavim nogama spustila na sofu između Vinija i Houp. Oboje su je zagrlili. – Tata mi je rekao da zato nisi mogla da održiš trudnoće. Zbog ožiljaka nisi mogla da ih izneseš do kraja.

– Lekari nisu bili sto posto sigurni da je to razlog. Godinama smo pokušavali da ti podarimo brata ili sestru. Na kraju sam odustala, da budem iskrena, skoro da sam odustala od sebe.

Houp se ugnezdila uz nju. – Tata je rekao da si imala šmajser i da si se borila s njim u ratu. To je bilo tako davno.

– Bio je to mračan period u istoriji Italije i sveta. Tvoj tata i ja smo mogli da umremo. Ali umesto toga je Adela bila ta koja je sve izgubila.

– Kurt je čitao dnevnik sa mnom i prevodio mi delove da bih mogla da razumem. Nona je bila u pravu kad je rekla da sam ja kao Adela. Misli koje je zapisala iste su kao moje misli.

– Bila je neverovatno hrabra. Tako pametna i darovita. – Suze su zagušile Đinu te je teško progutala. – Bezuslovno sam je volela i nedostaje mi i dalje, svakoga dana. – Podigla je dnevnik sa stočića pa pomilovala koricu od ljubičaste teleće kože. – Možeš da se ponosiš njome, dušo. Kao što bi se ona ponosila tobom.

33.

1970.

Narednog jutra, Đina i Vini su sišli u restoran pre nego što su ga otvorili za goste, da porazgovaraju s Tomazom o popravci krova.

Vini i Tomazo su se rukovali na vratima. – Drago mi je što te ponovo vidim – rekao je Vini, dok je Tomazo uvodio njega i Đinu unutra, a zatim ih poveo do stola u uglu. On i Tomazo su se videli u Londonu pre nego što se Tomazo vratio u Portofino. Tad je Đina poverila bratu tajnu o Houp.

– Đina mi je rekla za problem s krovom. – Vini je odbio cigaretu koju mu je Tomazo ponudio.

Tokom proteklih dvadeset godina, otkako su Đina i Vini prestali da puše, uhvatila bi sebe kako žudi za nikotinom u stresnim okolnostima. Sad se zadovoljila udišući dim Tomazove cigarete.

Tomazo se osmehnuo. – Meni se čini da je prodaja maminog stana dobro rešenje.

Vini je pogledao po restoranu. – Posao ti dobro ide.

Đina je shvatila Vinijevu izjavu kao podstrek da se umeša. Sinoć su posle večere, kad je Houp izašla s Kurtom, ona i Vini razgovarali s majkom o tome kako da pristupe razgovoru s Tomazom. – Jasno ti je da sam ja sad delimični vlasnik tvog lokala – podsetila ga je.

Lice mu je posivelo. – Šta hoćeš da kažeš?

– Mama mi je rekla da nikad nisi plaćao nikakvu zakupninu tati. To znači da si sigurno ostavio na stranu više nego dovoljno da platiš popravku krova...

Tomazu je bilo potrebno nekoliko usplahirenih trenutaka pre nego što je odgovorio. – Ne vidim zašto bi to trebalo da bude isključivo moja odgovornost, ako si ti suvlasnik zgrade.

Vini je prekrstio ruke. – Možda bi trebalo da vidimo koliko je zakupnina za sličan lokal, da izračunamo poštenu zakupninu, podelimo je na tri, da bi dve trećine platile Đina i vaša majka? – Lupnuo se prstom po bradi. – I zakupnina za tvoj stan. Osim, naravno, ako vas troje ne podelite imovinu na ravne časti. Postoje tri jedinice: tvoj restoran i dva stana iznad.

– Ne predlažeš valjda da se iselim s porodicom iz svog doma?

Đina je nakrivila glavu. – Kako drugačije predlažeš da podelimo nasledstvo?

Tomazo je povukao dim iz cigarete. – Dobro. Jasno mi je. Hoćete da me ucenjujete da bih platio popravku krova.

– Ne da te ucenjujemo, brate. Samo želimo da budemo razumni i da ne maltretiramo mamu. Babo joj je ostavio tek toliko da dopuni svoju penziju i da ima za svaki slučaj. Ako dâ trećinu za popravku krova, ništa joj neće ostati, tako da bi ti morao da plaćaš zakupninu za restoran. – Đina se ozbiljno zagledala u Tomaza. – Isto je i sa mnom i Vinijem. Ako platimo svoju trećinu, očekujemo da nam nadoknadiš kroz zakupninu za restoran. – Zastala je. – Ti si na potezu.

Tomazo je iskašljao dim. – Dakle, kako god okreneš, nagrabusio sam. – Pogledao je u Vinija. – Koliko dugo ostaješ?

– Nedelju dana. To bi trebalo da bude više nego dovoljno vremena da doneseš odluku.

Sat kasnije, Houp je povela Vinija i Đinu do mesta u marini Portofina gde je Kurtova jahta bila usidrena.

Kurt je stajao na krmi, blizu prolaza, kosu dugu do ramena vezao je u konjski rep. Podigao je naočare za sunce na preplanulo čelo i osmehnuo se. – Dobro došli na *Baronicu Elizabet*.

Izuli su se da ne prljaju palubu od tikovine. Vini je otišao s Kurtom do kormila na gornjoj palubi, dok su se Houp i Đina smestile na udobna sedišta na hladovitoj krmi jahte dugačke dvadeset tri metra.

Houp im je ranije dala sve podatke o jahti: plovilo je imalo salon s raskošnim drvenima panelima i sofama od svetložute kože, kao i dve dvokrevetne i dve jednokrevetne kabine. Đina se osećala nelagodno okružena takvim luksuzom.

Član posade, vižljast mladić kovrdžave tamnosmeđe kose, otpustio je vezove pa pošao da nadzire zaustavljanje brodskog sidra. S lučkim kapetanom u gumenom čamcu koji je nadgledao isplovljavanje, Kurt je izveo jahtu iz luke Portofina kao profesionalac.

Uskoro je Đina uživala u mirisu mora, dok su brzo promicali pored svetionika podignutog na masivnom grebenu na kraju rta. Bela pena se stvarala na krestama talasa, a jahta je zaokrenula. – Ovo je kao kad me je otac vozio svojim čamcem. – Zadovoljno je uzdahnula.

Pogledala je nazad u Crkvu Svetog Đorđa na prevlaci. *Koliko uspomena.* Plovili su ka *Hristu iz dubina,*[23] bronzanoj statui Spasitelja, postavljenoj na dubini od petnaest metara, na morskom dnu kod San Frutuoza, nedaleko od istoimene opatije. Đina se sećala kako je kao tinejdžerka pešačila do plaže u maloj uvali ispod strmog brda obraslog drvećem. Do drevnog ribarskog sela iz dvanaestog veka – svega nekoliko kuća grupisanih oko manastira – moglo se doći samo morem ili peške. Ali statua u dubinama bila je nešto novo.

– Onda... – Đina je pogledala Houp u oči. – Ti i Kurt... je li to ozbiljno?

Houp se nasmejala. – Ma kakvi! Još nisam spremna da se vežem. On je sjajan i mnogo mi se sviđa. Ali ja i milioner? Ne. Ništa od toga...

– Zaista izgleda kao da je strašno bogat.

– Da. Nasledio je mnogo novca i uložio ga u akcije na berzi.

– Tvoja nona kaže da provodi samo leta u Portofinu...

– Bivša žena i sin su mu u Hamburgu. – Houp se zagledala u daljinu. – I Ralf je bio odande. Kakva slučajnost...

Đina je zadrhtala; nije želela da razgovara o čoveku koji je odveo Adelu u smrt. – Nisam znala da je Kurt razveden – rekla je umesto toga.

---

[23] It.: *Il Cristo degli Abissi.* (Prim. prev.)

– Deset godina je stariji od mene – slegnula je ramenima Houp.
– Premlad se oženio, kazao je.

Ona i Vini su se venčali mladi, pomislila je Đina. *Ali to je bio drugačiji svet.* – Nadam se da ti nije više davao travu, dušo.

– O, mama. Tako si kruta. Pa šta ako tu i tamo pušim travu... Nisam zavisnik.

– A kad si bila u Dorsetu?

– Bila sam depresivna. Koristila sam je kao pomoć.

– Šteta što mi nikad nisi rekla koliko si bila nesrećna.

Houp je uhvatila Đinu za ruku. – Nisam mogla. Uporno si me ućutkivala. Ovo je prvi pravi razgovor koji vodimo posle mnogo godina.

Đina je klimnula glavom, grlo joj se steglo pred istinitošću Houpinih reči. – Mnogo mi je žao. Kao što sam rekla, volela bih da mogu da vratim vreme. Ali prošlost je iza nas. Sad treba da mislimo na budućnost. – Zastala je, potisnula jecaj. – Adela ti je dala ime Houp, kad smo kod toga. Tvoje ime bilo je poslednja reč koju je izgovorila.

Houp je obavila ruke oko nje, te su se zagrlile u suzama.

– Volela bih da odem u Hamburg jednog dana. – Houpino lice postalo je odlučno. – Da vidim mogu li da saznam nešto više o Ralfu. Možda imam rođake u Nemačkoj. Kurt je rekao da bi mi pomogao. On je prošle godine saznao ko su mu biološki roditelji i zna kako se to radi. – Houpine čokoladnosmeđe oči su zasijale. – Kakav je bio? Mislim na Ralfa?

Đini se stomak skvrčio od iznenadnog kajanja. Naravno da je Houp želela da sazna nešto više o čoveku koji joj je bio otac. – Nisam ga dugo poznavala, dušo. Bilo je očigledno da je voleo moju sestru i bio je veoma hrabar. Imao je nežnu dušu, rekla bih, i nije bio stvoren za rat.

Zavladala je tišina dok su se motori *Baronice Elizabet* zaustavljali. Kamena opatija gledala je na uzanu traku oblutaka koji uranjaju u čisto, prozirno more. Sigurno jedna od najboljih plaža u Liguriji, sa zaista upečatljivim okruženjem, pomislila je Đina. Nabrekli talasi su se podizali i zapljuskivali jahtu. Jedva je čekala da skoči i zapliva.

* * *

Na Đinino poslednje veče u Portofinu uoči povratka u London, Tomazo ih je pozvao na večeru u restoran. Đina je bila daleko vedrija sad kad je pitanje popravke krova bilo rešeno. Kurt je Viniju dao ideju da osnuju kompaniju za upravljanje imovinom. Majka, Tomazo i Đina plaćaće članarinu, u zavisnosti od toga koliko prostora zauzimaju, što će se, hvala bogu, koristiti za buduća renoviranja i održavanje.

Tomazo je uvideo da je pogrešno razmišljao kad se suočio sa izborom da plati zakupninu ili da sâm izdvoji novac za popravku krova. Srećom, bio je predusretljiv, naročito kad ga je Đina izvestila da će Houp živeti s bakom. – Dobro je što će još neko preuzeti odgovornost da pravi mami društvo – rekao je. – I što ćete vi češće dolaziti, Đina.

Saznanje da je Houp odlučila da ostane u Portofinu bilo je takvo iznenađenje za Đinu da još nije mogla sasvim da poveruje u to. Veče po izletu Kurtovom jahtom, Houp je došla kući pošto je provela popodne s njim cepteći od uzbuđenja. – Dobila sam posao – objavila je bez uvoda. – Sećaš se kad sam ti rekla da će me Kurt upoznati sa svojim prijateljem koji vodi galeriju? Kad je taj čovek čuo da sam završila Umetničku školu *Čelsi*, tražio je da vidi moje radove. Ne samo da je ponudio da stavi na prodaju sve slike Portofina koje sam uradila već mi je ponudio da mu budem asistent.

– Ko je taj čovek? – upitao je Vini, a Đini je nazrela zabrinutost na njegovom licu.

– Ne brini – Houp se nasmejala. – Kurt mi je rekao da je taj momak – Frančesko – gej.

I tako je bilo utanačeno. Đina će, kad stignu kući, spakovati sve Houpine stvari u Londonu i poslaće ih u Portofino. Progutala je čvor tuge pri pomisli da će se uskoro rastati od nje.

Sedeći u čelu spojenih stolova, Đina je posmatrala svoje prijatelje i porodicu. Stefano i Karmen su se iznenada pojavili dva dana ranije. – Čuli smo od Tonija da ste se vratili – objasnio je Stefano. – Pozvao nas je kod sebe pa smo došli u Portofino da vas vidimo.

– Stefanov brat je živeo u Santa Margeriti i vodio posao sa iznajmljivanjem čamaca. Đina se iznenadila što je vest o njenom povratku stigla tako daleko, ali setila se da se svi meštani međusobno poznaju. Ona i Vini proveli su juče nekoliko sati sa starim prijateljima. Saznali su da su Stefano i Karmen pre desetak godina preuzeli prodavnicu njenih roditelja u Varciju, isplativši Karmenine roditelje Stefanovim delom od prodaje porodične kuće u Portofinu. Karmenina i Stefanova dva sina su se oženila i dobila decu; Stefano i Karmen bili su ponosni baka i deka tri unuke.

Đina je uzdahnula pomislivši na tugu koja je obojila njihov susret kad su ona i Vini čuli od Karmen da je Roso umro pre tri godine. Ali don Rino i dalje drži parohiju. Stefano i Karmen su rekli da bi voleli da Houp dođe kod njih, kako bi posetili mesta gde su se Enco i Đina borili u partizanima. Houp je poskočila kad je to čula i rekla da bi volela i da položi cveće na Adelin i Lorencov grob. Đina je tad obećala da će idućeg leta doći u Portofino pa će otputovati zajedno sa ćerkom.

Pogledala je Houp i Kurta, koji su sedeli na suprotnom kraju stola. Kurt je očigledno bio zaljubljen u Houp. *Nadam se da zna u šta se upušta*, pomislila je Đina, gde je nada bila ključna reč.

Posle raskošne večere sa obiljem dobrog vina i hrane, Đina i Vini su odveli majku gore, spremni za rani počinak. Njihov sutrašnji let za London je u podne, ali moraće mnogo ranije da krenu.

Sklupčali su se zajedno u Đininom krevetu za jednu osobu. Vini je privio Đinu uza se, milujući joj ramena. – Sećaš se kad sam rekao da će Houp možda naći svoj put u Portofinu? Mislim da se moja želja obistinila. Naša ćerka konačno odrasta. Sad je druga osoba.

Đina se šćućurila uz njega. – Verujem da si u pravu.

– Znam da sam u pravu. – Strasno ju je poljubio.

Polako su uživali u svom zadovoljstvu, znajući gde da dodirnu jedno drugo, gde da poljube. Đina se čudila kako nikad nije osećala da se njihova strast pretvara u rutinu. Vini ju je sve vreme terao da se topi uz njega.

– Mnogo te volim, *tesoro*. – Pomilovala ga je po leđima. – *Ti amo.*

– *Ti amo di più.*[24]

– Nemoguće. – Zakikotala se.

Ležali su zajedno čekajući da ih obuzme san. – Naša kuća u Londonu biće tako prazna bez Houp – rekla je Đina. – Ali potrebno joj je bilo usmerenje, i našla ga je tamo gde ga je najmanje očekivala, u selu u kome je odrasla njena majka, „devojka iz Portofina".

---

[24] It.: Ja tebe volim još više. (Prim. prev.)

Epilog

1980.

Đina je gledala dve male devojčice kako se igraju kamenčićima na plaži u San Frutuozu. Plavokose, sa čokoladnosmeđim očima. Bile su bliznakinje, ali crte lica im nisu bile istovetne. Ema je imala više okruglasto lice nego Đorđa; nos joj je bio kraći, usta manja. A Đorđa je bila malo viša od Eme, slika i prilika svoje majke i baba-tetke. Neobično je biti baba-tetka sopstvenim unukama, razmišljala je Đina. Ali devojčice su je zvale nonina, bakica, i Đini je bilo puno srce.

– Mama – Đorđa je potrčala ka Houp s kamenčićem u ruci; Houp ga je uzela od nje s popustljivim osmehom.

Kurt je podigao Emu i zavrteo je, izazvavši kikotanje. – Gde je nono? – upitala je.

– Ovde sam. – Enco se zaputio ka njima, s maskom i disaljkom u ruci. Nije mogao prestati da roni i istražuje morski svet. Još otkako su se on i Đina preselili u Portofino nedugo nakon rođenja bliznakinja, a on ponovo postao Enco, udovoljavao je sebi kad god bi mu vreme i posao dozvoljavali. A danas je posao dozvoljavao; bio je to njegov i Đinin slobodan dan.

– Gladna sam – rekla je Đorđa, a Ema je ponovila. – Kad će ručak?

Kurt se nasmejao, podigao obe devojčice, svaku pod jednu ruku i poveo ih sve ka malom čamcu s vanbrodskim motorom privezanim uz obalu. Ukrcali su se i vratili se na *Baronicu Elizabet*, gde je Houp raspakovala izletničku korpu.

Od popodnevne vrućine u kombinaciji s dobrom hranom – i vinom za odrasle – uskoro se svima prispavalo, te je bilo vreme za odmor pre povratka u Portofino. Đina se ispružila u kabini koju bi obični dodelili njoj i Encu. Ali san joj je izmicao, te je slušala njegovo tiho hrkanje.

Misli su joj se vratile na one odlučujuće trenutke pre pet godina, kad je Tomazo umro od iznenadnog srčanog udara kao babo, ubrzavši njenu i Encovu odluku da se presele u Portofino. Emilija, Tomazova žena, nije mogla da se izbori bez njega; njene ćerke – Kjara i Federika – obučene konobarice, zasnovale su porodice, a osim toga, ništa nisu znale o vođenju restorana.

Đinina žalost zbog iznenadnog gubitka jedinog brata ublažena je objavom da Houp čeka blizance i da je napokon pristala da se uda za Kurta, koji ju je godinama čekao.

Bio joj je dobar muž, kao što je bio dobar momak. Uprkos Houpinoj tvrdnji da među njima nije ozbiljno i da ne želi da se vezuje, ostala je s njim. Zimi, kad je zbog manjka turista u Portofinu Frančesko zatvarao galeriju, Houp bi otišla u Hamburg s Kurtom. Tamo je istraživala Ralfovo poreklo i upoznala njegove roditelje i sestru. Ali to je bilo sve – oni su za nju bili stranci, rekla je Houp. Njena porodica bila je u Portofinu s nonom i u Londonu s majkom i ocem.

Đina se osmehnula za sebe pomislivši na majku. Sad joj je bilo osamdeset pet godina i bila je i dalje britkog uma, mada se malo sporije kretala. Nije bilo govora o tome da je smeste u dom jer je bila prisebna i pokretna i molili su se da još dugo bude najbolje što može.

Đina i Enco su dolazili svakog leta dok se nisu trajno preselili. Našli bi zamene za pab i odleteli u Đenovu. Houp bi ih dočekala na aerodromu, i pre nego što bi otputovali u Portofino uvek bi na nekoliko dana otišli u Varci. Tamo bi odneli cveće na Adelin i Lorencov grob, proveli malo vremena sa Stefanom i Karmen i potražili bi stare prijatelje. S vremenom su sećanja na prošlost postala za Đinu manje bolna; čak je uspela da hoda zasvođenim pločnikom na kojem je napadnuta, i nije dobila napad panike.

Što se tiče njenog odnosa s Houp, dovoljno je bilo da joj kaže istinu i sve prepreke između njih su se srušile. Trebalo je da ima više poverenja u svoju ćerku; Houp nije bila tako krhka kao što je ona strahovala, bila je snažna mlada žena koja je sad postala sjajna majka. Đina je u njoj videla mnogo toga od Adele – uvek je bilo tako – i znala je da bi i Adela bila sjajna majka da je poživela i oporavila se od povreda. Đina je duboko odahnula od olakšanja što joj je Houp tako velikodušno oprostila što ju je slagala, ne dozvolivši da osećaj izdaje pogorša stvari. Iako je do tog otkrića došlo pre deset godina, Đina je i dalje svakog dana zahvaljivala bogu što se Houpin gnev nije gnojio i što se pokazala mnogo zrelijom nego što bi Đina ikad pomislila.

Bila je vrlo ponosna na Kurta. Njen zet je dobar čovek, nimalo umišljen zbog svog bogatstva i divan otac bliznakinjama. Luksuzna jahta mu nije služila samo za njegovo zadovoljstvo, kako se ispostavilo. Iznajmljivao ju je članovima ekoloških pokreta, a i sâm je bio aktivista, doprinosio je i vremenom i novcem zaštiti korala i morskog života u Portofinu. Đini je postao izuzetno drag.

Ali je ljubav prema Houp postala vrhunac njenog života. Sve bi učinila za nju, kao što je učinila za Adelu. Kako joj je još nedostajala sestra. Njena darovita voljena sestra. *Sestrinskoj ljubavi nisu potrebne reči*, majka joj je jednom rekla. Ali Đina nije mogla a da ne poželi svim srcem da Adela može da je čuje kako izgovara to: *Volim te*.

Uz dubok uzdah, Đina je obavila ruke oko Enca. On se okrenuo u njenom zagrljaju, poljubivši je u vrh nosa. – *Ti amo* – prošaputao je.

– *Ti amo di più, amore mio.*

Beleška autora

Zaljubila sam se u Portofino tokom posete Liguriji s mužem u leto 2021. Tumarali smo nadsvođenim pločnicima, preko malog trga, pristaništem, fotografisali se i upijali jedinstvenu atmosferu. Odseli smo u divnom agriturizmu[25] na strmom obronku brda koji gleda na Tigulijski zaliv, gde smo zadivljeni uživali u pogledu na rt i na čarobnu obalu od kojeg zastaje dah. Jednog dana smo se odvezli u planine i svratili smo u jednu gostionicu u kraju u kojem su se Đina i Stefano prvi put borili s partizanima. Na pultu pored vrata primetila sam knjigu Stefana Porkua *Deda, ko su bili partizani?*. Vlasnik restorana je imao samo jedan primerak, ali sam kasnije naručila knjigu onlajn i čitala je radi istraživanja. Bila sam malo uzbuđena kad sam čula od vlasnika da se nalazim baš na tom mestu i da su partizani bili u blizini.

Veliku zahvalnost dugujem divnim ljudima koji su bili nadahnuće za neke od likova u ovom romanu.

Enca/Vinija nadahnuo je Džejm Frederik Vajld, odbegli britanski ratni zarobljenik koji se borio s pripadnicima italijanskog pokreta otpora. Kao pozadinu svoje priče iskoristila sam mnoge okršaje, zasede i marševe preko planina u kojima je on učestvovao, kao i uzbudljive akcije opisane u knjizi *The Broken Column* Č. E. T. Vorena i Džejmsa Bensona.

Rosa je nadahnuo Anđelo Ansaldi, čije je konspirativno ime bilo Primula Rosa,[26] poznati partizanski vođa u oblasti Varcija.

---

[25] It.: imanja obuhvaćena seoskim turizmom. (Prim. prev.)
[26] It.: crvena jagorčevina. (Prim. prev.)

Don Rina je nadahnuo don Pjerino Kristijani, stvarni sveštenik koji je podržavao partizane.

Dva zlikovca, pukovnik Feliče Fjorentini i poručnik Ernst Rajmers, stvarni su ljudi. Fjorentinijevo pogubljenje dogodilo se tačno onako kako je opisano u *Devojci iz Portofina*.

Zahvalnost

Želela bih da zahvalim celom timu u *Boldvud buksu* na pomoći i ohrabrenju u procesu objavljivanja *Devojke iz Portofina*, naročito mojoj dragoj urednici Emili Jau, koja se uključila da približi ovu knjigu široj publici.

Beleška o autoru

Šivon Daiko je britanska autorka istorijskih ljubavnih romana. Kao ljubitelj svega italijanskog, živi u Venetu, regiji na severu Italije, s mužem, havanskim bišonom i udomljenom mačkom. Nakon što je živela u Hongkongu, Australiji i Velikoj Britaniji, životom ispunjenim romansom i pustolovinom, Šivon sad provodi vreme pišući i uživajući nedaleko od Venecije.

Šivon Daiko voli da bude u kontaktu sa svojim čitaocima i bila bi oduševljena ako biste je zapratili na društvenim mrežama.